Bye Bye, Jack

Anni Deckner

Verlag:
Zeilenfluss
Implerstraße 24
81371 München
Deutschland

———

ISBN 978-3-96714-123-8

———

Text: Anni Deckner
Bildmaterialien: © Vadmary, Veneratio,
pandionhiatus3/depositphotos.com
© Boiarkina Marina/shutterstock.com
Cover: Annadel Hogen
Korrektorat: Dr. Andreas Fischer
Lektorat: Martha Wilhelm – www.textwinkel.de
Satz: André Piotrowski

———

Bye Bye, Jack

Anni Deckner

Die Flügel kann man ihnen brechen, aber nie den Willen,
wieder aufzustehen.

Für die Frauen dieser Welt, die ihre Kindheit nie leben
durften und trotzdem immer wieder aufgestanden sind.
Ihr seid toll!!!

Jahreswechsel
2013

Nach langem Zögern hatte ich mich entschieden, mein zurückgezogenes Leben aufzugeben. Außerhalb meiner Tätigkeit als Chirurgin in einer Klinik hatte ich immer in selbst gewählter Abgeschiedenheit gelebt, doch meiner Tochter Sophie war das nie genug gewesen. Schließlich hatte ich mich ihr zuliebe dazu durchgerungen, mein Verhalten grundlegend zu ändern. In dieser Silvesternacht hätte ein neuer Abschnitt in meinem Leben anfangen sollen, im Leben der erfolgreichen Ärztin Christine Seidel. Doch es war alles anders gekommen.

Das Jahr 2014 war noch blutjung gewesen, so wie ich damals, da hatte ich ihn entdeckt.

Jack.

Ich sah ihn, kurz bevor das Büfett eröffnet wurde. Der Schock traf mich schwer. Dabei hatte ich erwartet, dass die Zeit diese Wunden geheilt hätte. Zumindest hatte ich gehofft, dass der Schmerz abgeklungen wäre. Die Silvesterparty auf dem Gutshof des reichen Jörn Petersen hatte ich nutzen wollen, um diese Gefühle ein für alle Mal hinter mir zu lassen. Ich dachte, ich hätte ein Alter erreicht, in dem ich endlich mit alldem abschießen konnte.

Jörn hatte mich angefleht, den Silvesterabend mit ihm zu verbringen. Sophie, unterstützt von meiner Enkelin Lia, hatte mich dazu gebracht, zuzusagen. Jörn war erfreut gewesen, dass seine jahrelange Umwerbung von Erfolg gekrönt schien. Doch obwohl ich zu seiner Feier erschien, hatte ich ihm bei meiner Ankunft erneut deutlich gemacht, dass unsere Beziehung nie über eine Freundschaft hinausgehen würde. Er hatte meine Worte mit einem enttäuschten Gesichtsausdruck und einem kurzen Nicken akzeptiert.

Ich hatte trotzdem ein schlechtes Gewissen. Er war ein Mensch, den man lieben musste. Aber ich liebte ihn eben nur als einen Freund, der mir kein Herzklopfen bereitete. Bis zu diesem Tag war ich ohnehin der Meinung gewesen, dass ich längst in einem Alter war, in dem Schmetterlinge und Herzklopfen keine Rolle mehr spielten. Ich war der Ansicht, als Herzchirurgin wären mir inzwischen alle Krankheiten bekannt, die dieses lebenswichtige Organ befallen konnten. Doch an diesem Abend wurde ich eines Besseren belehrt.

Für gewöhnlich blieb ich am Jahreswechsel in meiner an einem See gelegenen Penthouse-Wohnung am Stadtrand von Hannover. Ich verabscheute rauschende Partys, bei denen der Alkohol in Strömen floss, die Frauen kicherten und die Männer balzten bis zum Umfallen. Bei denen abzusehen war, wie das endete. Die einzige Frage war dann: Wer wachte am nächsten Morgen neben wem auf? Etwas, das mich nicht interessierte. Ich hatte Jahre der selbst gewählten Entbehrungen, der Sehnsucht und der Tränen hinter mir. Erst vor Kurzem hatte ich entschieden, ein neues Leben zu beginnen.

Der Entschluss war letzten Monat gefallen, nachdem ich einem Baby das Leben gerettet hatte. Die Kollegen hatten den Fall Sissi längst aufgegeben, sie hielten einen weiteren Eingriff nach drei fehlgeschlagenen Operationen für waghalsig. Der kleine Körper hatte die neuen Herzklappen bei jedem früheren Versuch abgestoßen. Aber meine geschickten Hände hatten das Unmögliche geschafft: Sissi durfte weiterleben. Die dankbaren Eltern konnten das Baby bald mit nach Hause nehmen und freuten sich auf eine glückliche, unbeschwerte Zukunft mit ihrem Kind. Ihre Freudentränen, gepaart mit ausgelassenem Lachen, hatten mich so bewegt, dass auch ich beschloss, einen Neustart zu riskieren. Ich war kurz vor dem Ruhestand, meine Zeit als Chirurgin so gut wie vorbei. Vielleicht war nun der richtige Zeitpunkt gekommen, etwas anderes zu beginnen. Nur aus diesem Grund war ich entgegen meinen Gewohnheiten Jörns Einladung zur Party gefolgt.

Ich hatte nicht erwartet, dass gleich der erste Versuch, mein Leben zu ändern, reibungslos funktionieren würde – aber musste er denn ausgerechnet so enden? Jack war hier!

Bevor das neue Jahr von den übrigen Gästen begrüßt wurde, flüchtete ich auf die Dachterrasse des Anwesens. Die schmerzvollen Erinnerungen schnürten mir die Kehle zu. Wie brodelnde Milch in einem Kochtopf drängten sie an die Oberfläche, um mich zu verbrennen. Ich schauderte. Nach einem Nahtoderlebnis berichteten Menschen oft, dass ihr Leben wie ein Film vor ihrem inneren Auge abgelaufen sei. Ich hatte mir das nie vorstellen können. Bis zum heutigen Abend.

Während die anderen unten ausgelassen feierten, lief vor meinem inneren Auge im rasanten Tempo mein Leben ab. Von den Misshandlungen meines Stiefvaters bis zu den steifen Interaktionen mit meiner Mutter, der es nie gelungen war, mir Zuneigung zu schenken. Erst viel später hatte ich begriffen, dass auch sie von einer quälenden Angst gefangen gewesen war. Nicht zuletzt erlebte ich erneut den ersten Kuss von Jack, der sogar nach Jahrzehnten meine Haut zum Kribbeln brachte.

Bald würde ich meinen siebzigsten Geburtstag feiern. Ein Alter, das mir, zugegeben, niemand ansah. Für diesen Abend hatte ich meine schlanke Figur in ein hautenges, bodenlanges Kleid gesteckt. Auf schwarzem Tuch blitzten Glitzersteinchen mit den Feuerwerksexplosionen und Sternen am Himmel um die Wette. Ein leichtes Make-up verdeckte die Narben in meinem Gesicht, die nie gänzlich verschwinden würden, aber über die Jahre verblasst waren. Für die Party hatte ich meine langen Haare, deren Rot nicht mehr natürlichen Ursprungs war, zu einer Hochsteckfrisur drapiert, die sich nun allmählich auflöste. Strähne für Strähne fielen sie der Schwerkraft zum Opfer.

Ich schloss die Lider, dabei erschien Jacks Gesicht deutlich vor mir. Älter war er geworden, aber er hatte nie besser ausgesehen. Fast erschreckend gut. Doch mir waren auch seine traurigen Augen aufgefallen.

Wie konnte er nur hier auftauchen? Warum war ich nicht vorgewarnt worden? Warum zum Teufel hatte ich diese Nacht nicht wie sonst in meiner Wohnung am See verbracht? Für mich war klar: Ich würde mich so lange auf der nördlichen Dachterrasse verstecken, bis der letzte Gast gegangen war. Auf keinen Fall wollte ich ein weiteres Treffen mit ihm riskieren. Er hatte mich vorhin nicht erkannt, dazu war unsere Begegnung zu flüchtig gewesen. Unsere Blicke hatten sich getroffen, als er sich kurz von einer Unterhaltung abgewandt hatte. Doch ich würde ihn unter Tausenden wiedererkennen.

Während die anderen Gäste sich auf der Westseite im Erdgeschoss dem Feuerwerk widmeten und den Gastgeber für die Pyrotechnik lobten, die sich ihnen am Nachthimmel bot, verharrte ich allein auf der noch weihnachtlich geschmückten Dachterrasse. Leider hatte ich meinen Mantel an der Garderobe gelassen. Die Kälte kroch mir bis in die Knochen. Ich zitterte. Noch vor einigen Tagen waren die Temperaturen im zweistelligen Bereich gewesen. Doch ausgerechnet heute, da ich hier draußen stand, hatte der Frost eingesetzt.

»Selbst schuld, warum hast du dich auch dazu überreden lassen, herzukommen«, schimpfte ich leise. Ich schlang die Arme um meine Schultern. Für einen Moment glaubte ich, etwas Wärme zu spüren. Leider hielt der Eindruck nicht lange an. Allein der Gedanke, dass Jack hier war, ließ mich wieder erschaudern.

Ich zuckte zusammen, als ich hinter mir Schritte hörte.

»Mamilein, hier steckst du! Ich habe dich überall gesucht.«

Verstohlen wischte ich mir mit dem Handrücken die Tränen fort. Mit einem Lächeln sah ich meiner Tochter entgegen.

Sophie war das komplette Gegenteil von mir. Mit ihren langen blonden Haaren wirkte sie wie ein Engel. Sie erkundete die Welt mit ihren strahlend blauen Augen, als ob es nie etwas Schöneres gegeben hätte. Ihre unbekümmerte Art zog jeden in ihren Bann. Ja, ich hatte bei meiner Tochter alles richtig gemacht. Die eigene schwere Zeit hatte ich vor ihr verborgen. Sie kannte keinen Hunger, keine Not und keinen Mangel an Zuneigung. Ich liebte mein Kind so sehr, dass es nahezu schmerzte. Ich hatte alles unternommen, damit Sophie nie die Schmach zu spüren bekam, die in der Nachkriegszeit solchen Kindern wie ihr zuteilwurde: Besatzungskindern. Was für eine furchtbare Bezeichnung. Es war nicht immer leicht gewesen, aber ich hatte alles getan, um ihre Herkunft zu verbergen – auch vor ihr selbst.

Ich wandte mich ihr zu und umarmte mein Kind liebevoll.

»Frohes neues Jahr, Schatz.« Ich gab ihr einen Kuss direkt auf den Mund.

»Warum bist du allein hier draußen? Jörn ist schon ganz verzweifelt, weil er dich nicht findet. Er möchte mit dir in das neue Jahr tanzen.«

Jörn! Er hatte die Hoffnung offenbar immer noch nicht aufgegeben. Doch es war mir einfach nicht möglich, ihn in mein Herz zu lassen. Ich bemühte mich um einen unbekümmerten Tonfall.

»Ach du lieber Himmel, mir tun die Füße weh. Daran, die Tanzfläche zu bohnern, ist wirklich nicht mehr zu denken.«

Ich lachte verhalten. Als Nächstes musste ich Sophie bitten, niemandem zu verraten, wo ich mich aufhielt. Aber wie sollte ich ihr das erklären? Ich belog meine Tochter nicht gern, aber die Wahrheit war keine Option.

»Mir ist nicht gut«, erklärte ich schließlich. Es war nicht mal geschwindelt. »Bitte verrate mein Versteck niemandem, ich möchte meine Ruhe haben.«

Sophie löste sich aus unserer Umarmung und sah mich prüfend an. »Bist du krank?«

»Nein, so würde ich es nicht bezeichnen. Bitte sorg dich nicht.«

»Natürlich sorge ich mich, was denn sonst?« Sophies Stimme klang verärgert.

Ich lachte etwas gequält. »Wer ist hier die Ärztin? Du oder ich?«

»Wer ist hier die Unvernünftige, die ohne Mantel in der Kälte steht? Du oder ich?«

»Du bist auch hier«, erinnerte ich sie.

»Ach Mama! Lass diese Spielchen, ich bin kein Kind mehr. Mir kannst du nichts vormachen.«

Ja, den Kinderschuhen war Sophie längst entwachsen. Im Sommer feierte sie ihren zweiundfünfzigsten Geburtstag und war inzwischen selbst Mutter einer entzückenden Tochter. Dazu hatte ich dank ihr einen Sohn bekommen, meinen Schwiegersohn. Anfangs hatte ich Bedenken gehabt, ob er der passende Partner für Sophie wäre, aber inzwischen wusste ich, dass mein Kind glücklich mit ihm war. Meiner Enkelin war er ein liebevoller Vater. Zweiundzwanzig Jahre waren seit Sophies Hochzeit mit Georg vergangen. Mich verwunderte es immer wieder, dass sie nie ein Ehetief durchlitten hatten. Wer, wenn nicht ich wusste, wie schmerzhaft Liebe sein konnte? Doch ich war froh, dass Sophie eine Liebe ohne Leiden kennenlernen durfte.

Nun war sie allerdings stur und ließ sich nicht von etwas

abbringen, das sie sich in den Kopf gesetzt hatte, vor allem wenn es um mich ging. Nach kurzer Überlegung traf ich eine Entscheidung. Vielsagend sah ich Sophie an, und sie schaute verunsichert zurück. Ich überwand mich, die Worte rasch auszusprechen. Sophie hatte mir oft Fragen nach ihrem Vater gestellt, ich hatte mir vor ein paar Tagen vorgenommen, ihr mein Leben zu erzählen. Es würde mir nicht leichtfallen, aber das gehörte nun dazu, ein neues Leben zu beginnen. Obwohl mir diese Entscheidung bereits leidtat. Jack war hier. Mein Herz war schwer. Doch ich musste Sophie dazu bringen, mich nicht zu verraten, und zog ein Ass aus dem Ärmel.

»Ich verspreche dir, deine Fragen nach meiner Vergangenheit zu beantworten, aber bitte lass mir heute meine Ruhe und vergiss, dass du mich hier oben gefunden hast. Bitte.«

Sophies Augen weiteten sich. Mein Leben warf für sie viele Fragen auf, die ich bisher nie beantwortet hatte. So hatte sie oft nach meinen Eltern gefragt und auch nach ihrem eigenen Vater. Ich wusste, dass sie keine Ruhe geben würde, bis sie alles erfuhr. Vielleicht war diese Zeit jetzt gekommen, nun gab es kein Zurück für mich.

»Das hört sich verlockend an, auch wenn ich dich gern mit Jörn tanzen gesehen hätte.« Sophie schmunzelte.

»Wo treibt Lia sich heute Nacht eigentlich rum?« Fragend schaute ich meine Tochter an. Als Lia klein war, hatte sie Silvester immer mit mir gefeiert. Wir hatten Schach gespielt oder andere Brettspiele, ferngesehen und Chips geknabbert, die Sophie ihrem Kind nur an besonderen Tagen erlaubte. Doch die Zeiten mit Oma gehörten längst der Vergangenheit an. Lia war vor einigen Wochen zwanzig Jahre alt geworden. Nun feierte sie ihre eigenen Partys.

»Sie hat mir nichts verraten, du kennst sie doch.« Sophie zuckte hilflos mit den Schultern.

»Sie ist erwachsen«, erwiderte ich. Gedankenverloren schaute ich sie an. »Ich frage mich immer wieder, wo die Zeit geblieben ist. Mir ist, als ob es erst gestern gewesen wäre, dass sie mit mir die Shows der Öffentlich-Rechtlichen verfolgt hat und stets meinte, wenn sie groß ist ...«

»... wird sie Sängerin«, vervollständigte Sophie meinen angefangenen Satz und lachte auf. »Letztendlich ist aus ihr eine singende Medizinstudentin geworden. Auch nicht schlecht.« Sie wandte sich zum Gehen, sagte aber noch: »Ich verrate dich nicht, aber ich werde dich an dein Versprechen erinnern. Du kommst mir nicht so leicht davon.« Fröhlich winkend verließ sie die Dachterrasse.

Langsam wandte ich mich ab und sah auf den parkähnlichen Garten hinaus, den Jörn liebevoll pflegte. Meine Mundwinkel zuckten. Wie hatte Sophie es ausgedrückt?

Eine singende Medizinstudentin.

Meine Enkelin war in die Fußstapfen ihrer Oma getreten. Lia war eine hervorragende Schülerin gewesen und nun eine der fleißigsten Studenten ihres Jahrgangs. Das war zumindest meine Meinung. Da einer von Lias Dozenten ein alter Studienfreund von mir war, war ich immer auf dem Laufenden über ihre Leistungen, ohne dass sie etwas davon ahnte. Ich war unglaublich stolz auf Lia. Und auf Sophie.

Die Liebe und das Vertrauen meiner Tochter und Enkelin – mehr konnte ich mir für meinen Lebensabend nicht wünschen. Es wurde Zeit, dass ich ihnen die Wahrheit erzählte. Schließlich hatten sie ein Recht darauf. Ein wenig fürchtete ich mich jedoch vor dem Schmerz, der dabei meine Seele aufwühlen würde.

Ich reckte den Hals, als ich hörte, wie unter mir Leute das Anwesen verließen. Es hatte den Anschein, dass sie reichlich Alkohol intus hatten. Als einer aus der Gruppe zu mir hochschaute, wich ich einen Schritt vom Geländer zurück und schloss die Augen.

Jack. Nach all der Zeit hatte er nichts von seiner Wirkung auf mich eingebüßt. Müsste sie mit beinahe siebzig Jahren nicht verstaubt sein, die Sehnsucht? Das Verlangen? Warum klopfte mein Herz immer noch wild in der Brust, sobald ich an ihn dachte oder er gar in der Nähe war? Offenbar heilte die Zeit doch nicht alle Wunden. Oder warum war mir der Boden unter den Füßen abhandengekommen?

Meine Hand tastete meine rechte Gesichtshälfte ab. Ja, der Schmerz war nicht nur sichtbar geblieben, er hatte auch meine Seele für immer zerstört. Ich spürte es bis in mein Innerstes. Doch ich wusste, dass ich nicht undankbar sein durfte. Immerhin hatte ich Sophie und Lia Wurzeln geben können, obwohl ich selbst nie das Gefühl gehabt hatte, eigene zu besitzen. Die beiden und Georg waren meine Familie. Das war unbezahlbar.

Ich war erleichtert, als ich endlich die Dachterrasse verlassen, unbemerkt in mein Auto steigen und nach Hause fahren konnte. Mein Herz schlug bei dem Gedanken an Jack bis zum Hals. Er war hier, in Deutschland!

Warum tust du mir das an?

Tränen rollten über mein Gesicht. Ich wischte sie nicht fort. Wie Feuer brannten sie sich bis zu meinem Dekolleté hinunter. Ich hatte mir fest vorgenommen, diese Lebensgeschichte hinter mir zu lassen, doch das Schicksal hatte offenbar etwas anderes für mich bestimmt.

Zu Hause angekommen, betrat ich das Wohnzimmer, ohne die Lampe einzuschalten. Das Licht der Straßenlaternen fiel von draußen ein und erhellte sanft den Raum. Ich klappte den Laptop auf. Die erste Nacht des neuen Jahres gehörte meiner Geschichte.

Den Schweinen eine Zukunft
1949

Konzentriert ging ich neben meinem Stiefvater her, leichte Schweißperlen hatten sich auf meiner Oberlippe gebildet. Mit beiden Händen umklammerte ich eine Porzellanschüssel, in der meine Mutter die Kartoffeln vom Vortag aufgehoben hatte. Jeder Schritt wurde begleitet von Angst und Unsicherheit. Mit meinen kurzen Beinen hatte ich Mühe, mit meinem Stiefvater mitzuhalten, doch ich hütete mich davor, zurückzufallen.

Hans Seidel war ein kräftiger Mann, dessen kantiges Gesicht immer grimmig und zornig wirkte, auch bei guter Laune. Die kleinen grauen Augen waren stets auf der Suche nach Fehlern, die mir passierten. Die schmalen Lippen verzogen sich nur selten zu einem Lächeln, vor allem in meiner Gegenwart. Das Einzige, was ihm Freude bereitete, waren die Schweine. Sie wurden bei uns verwöhnt und reichlich versorgt, denn ihr Fleisch war unentbehrlich. Auch die Kartoffeln in der Schüssel waren für sie gedacht. Meine großen blauen Augen blickten abwechselnd von der Schüssel zu meinem Stiefvater. Ich musste mich konzentrieren, damit mir kein Missgeschick passierte. Eine zerbrochene Porzellanschüssel hätte die ganze Wut meines Vaters auf mich gezogen, und die Vorstellung bereitete mir mächtige Angst.

Die Schweine bekamen genug zu essen, bei uns Menschen sah das anders aus. Die Lebensmittel waren knapp und meist sehr teuer. Der enorme Bevölkerungszuwachs durch Flüchtlinge machte das Leben auf dem Land nach dem Krieg nicht einfacher. Die zahlreichen Flüchtlingslager reichten für die Unterbringung der heimatlosen Seelen bei Weitem nicht aus. Die meisten von ihnen wurden zwangsweise in Wohnungen und Häusern der Einwohner einquartiert. Das unfreiwillige Zusammenleben gestaltete sich oft schwierig. Die Raumnot sowie die gemeinsame Nutzung von Bad und Küche führten regelmäßig zu Streit.

Wir hatten einmal einen polnischen Flüchtling zugewiesen bekommen. Hans Seidel hatte ihn sofort wieder auf die Straße gesetzt. Er beschimpfte den verschüchterten jungen Mann als ›Pollak‹. Doch die Ortspolizei sorgte dafür, dass der Junge wieder bei uns einzog. Ich war damals zwar noch sehr klein, sah in ihm aber eine Art Verbündeten, da er von meinem Stiefvater mit der Gerte geschlagen und zu den Schweinen gesperrt wurde. Sobald mir die Gelegenheit günstig erschien, stibitzte ich eine Scheibe Brot und brachte sie ihm. Ich erinnere mich noch gut an seine dunklen Augen, die mich anlächelten.

Er hatte nichts dabei außer dem, was er am Leibe trug. Während der Abwesenheit meines Stiefvaters reparierte meine Mutter die fadenscheinige Kleidung des Jungen und schob ihm warme Wollunterhosen zu, die sie abends strickte, bevor es Schlafenszeit wurde. Mein Stiefvater schlug ihn windelweich, sobald er einen Fehler machte. Im Gegenzug blieb ich verschont. Ich wusste nicht, ob es recht war, dass ich froh darüber war, ich schämte mich meiner Gedanken, wollte aber trotzdem nicht an seiner statt sein.

Eines Tages war er dann verschwunden. Ich vermisste ihn sehr. Wir hatten eine unausgesprochene Vereinbarung getroffen: zu überleben. Wie mein Stiefvater es hinbekommen hatte, danach keine Flüchtlinge mehr aufnehmen zu müssen, erfuhr ich nie.

Meine Mutter hatte mir schon sehr früh erklärt, dass mein leiblicher Vater im Krieg gefallen war. Leider hatte ich

ihn nie kennengelernt. Hans bestand darauf, von mir mit
›Papa‹ angesprochen zu werden. Daran hielt ich mich wohl-
weislich, denn die Strafen seiner großen Pranken kannte
ich auch mit fünf Jahren nur zu gut. Ihm waren besonders
meine roten Haare ein Dorn im Auge. Er beschimpfte mich
als durchtriebene Hexe. Nicht nur einmal wünschte ich mir
blonde Haare, in der Annahme, Hans wäre dann nicht so
gemein zu mir. Warum nur hatte Gott mich nicht hübscher
geschaffen? Ich war überzeugt, dass mein Stiefvater dann
umgänglicher gewesen wäre.

Auf dem Weg zum Stall ignorierte Hans mich. Er nannte
mich immer nur ›der Balg‹, meinen Namen benutzte er so
gut wie nie. ›Der Balg muss härter angefasst werden‹ –
diese abfälligen Worte prägten meine Kindheit. Ich spürte
den Hass meines Stiefvaters beinahe körperlich, auch wenn
er mich gerade nicht schlug. Dabei wurden seine grauen
Augen fast schwarz vor Wut. Ich wusste nicht, wovor ich
mich mehr fürchten musste: vor den brutalen Schlägen oder
seinen schwarzen Augen. Schnell fand ich heraus, dass er,
wenn ich ihm in die Augen starrte, nur noch wütender auf
mich wurde und die Prügel intensivierte.

Im Stall angekommen, stieg mir ein ekelhafter Gestank
in die Nase. Ich mochte den Geruch der Schweine nicht. Er
blieb hartnäckig in meinen Haaren und Kleidern hängen
und verfolgte mich für den Rest des Tages. Meine Tante
Gretel, die wenige Kilometer von uns entfernt in Struckum
lebte, beklagte sich oft darüber, dass ihre Nichte roch wie
ein Schweinestall. Sie selbst benutzte teures Parfüm und
war stets modern gekleidet. Ich himmelte sie an, wenn sie
uns besuchte.

Hans trat an den Trog der Schweine und grinste bei ihrem
Anblick. Ein Zeichen seiner guten Laune. Ein wichtiger Um-
stand, den ich schnell einzuordnen verstand. Ich versuchte
so wenig wie möglich zu atmen. Zum einen, damit Hans

mich nicht beachtete, zum anderen auch, um den Gestank besser zu ertragen. Ich reckte mein spitzes Kinn, um besser sehen zu können. Die behaarten, fleischigen Hände meines Vaters schubberten liebevoll die Rücken der Borstentiere. Obwohl ich Schweine nicht leiden konnte, wünschte ich mir an manchen Tagen, mit den Tieren tauschen zu können. Denn sie bekamen Streicheleinheiten, die ich sehnsuchtsvoll vermisste. Meine Mutter gab mir manchmal die Zuwendungen, die eine Fünfjährige brauchte, aber nur wenn Hans nicht in der Nähe war.

›Du verweichlichst das Kind, Anna‹, sagte er, wenn er es mitbekam. ›Wie soll sie denn so eines Tages ihr Leben meistern?‹ Schnell hatte ich herausgefunden, dass meine Mutter ihn ebenso fürchtete wie ich.

Ich hielt meinen Lockenkopf schief und beobachtete neidisch die Streicheleinheiten, die Hans den Schweinen nahezu ehrfürchtig zuteilwerden ließ. Im Dorf nannten die Leute ihn ›Nazischwein‹. Damals hatte ich keine Ahnung, was das bedeutete. Vielleicht war ein Nazischwein gut zu Schweinen? Ich wollte nie ein Nazischwein werden. Ich mochte diese Tiere nun mal nicht und meinen Stiefvater auch nicht. Doch das durfte ich ihn auf keinen Fall spüren lassen.

Ich reichte ihm die Schüssel, damit er den Inhalt über die Brüstung auskippen konnte. Dann gab er sie mir zurück.

»Bring sie zu deiner Mutter in die Küche. Aber ...«, er hob mahnend den Zeigefinger, »nicht fallen lassen, sonst setzt es was.«

Konzentriert übernahm ich erneut die Verantwortung für das gute Porzellan. Hans legte die Hand auf meinen Rücken und schob mich Richtung Stalltür. Bei seiner Berührung erstarrte ich augenblicklich und zog sicherheitshalber den Kopf ein. Meine Nerven vibrierten vor lauter Anspannung. Trotz größter Vorsicht war mir erst vor einigen Tagen ein

Teller zerbrochen. Ich hatte es nicht geschafft, ihn in der Hand zu behalten, als ich die Stiefel auszog. Die Erinnerung daran, was nach dem Unglück geschehen war, war noch sehr lebendig. Bei jedem Schritt auf dem Schotterweg bebten meine Füße, während ich wie ein Mantra in meinen Gedanken aufsagte: *Nicht hinfallen, nicht hinfallen.*

Meine Mutter schrubbte den grauen Betonfußboden in der Küche gründlich mehrmals am Tag. Damit sie nicht so viel Arbeit hatte, durfte nur Hans mit Stallstiefeln die Küche betreten. Das verstand ich natürlich. Denn die Hände meiner Mutter waren vom vielen Putzen rot und rissig. Dieses Mal stellte ich das wertvolle Porzellan auf der Stufe am Eingang ab, bevor ich die Stiefel auszog.

Meine Mutter, Anna, lächelte, als sie mich kommen sah. In ihren Augen schimmerten Tränen der Rührung, weil ich es dieses Mal nicht vergeigt, sondern die Schüssel heil in die Küche gebracht hatte. Ich durfte sie nur mit dem Vornamen ansprechen, für die damalige Zeit ungewöhnlich. Aber meine Mutter wollte das so. Später erst erfuhr ich den Grund: Ihr war es unangenehm, dass sie mich ohne einen Vater auf die Welt gebracht hatte. Ich war zwar kein uneheliches Kind, aber dennoch nicht erwünscht. Ob es vielleicht anders gewesen wäre, wenn mein Stiefvater mich liebevoller angenommen hätte?

»Sehr gut, Christine, danke.« Anna nahm die Schüssel entgegen. Sie streckte die linke Hand aus, als wollte sie ihrer Tochter über den süßen Lockenkopf streicheln. Doch dann schloss sie schnell die Finger zur Faust und zog die Hand wieder zurück.

Als ihr Mann, mein leiblicher Vater, nicht aus dem Krieg heimgekehrt war, hatte die schwangere Anna allein vor der schweren Arbeit auf dem Hof gestanden. Mit der Hilfsbereitschaft der umliegenden Höfe der Köge hatte sie nicht gerechnet. Denn der verlorene Krieg hatte bei jedem Elend und Trostlosigkeit hinterlassen. Trotzdem hatte Anna auf sie zählen können. Sie halfen ihr bei der schweren Geburt des Babys und versorgten die junge Mutter anschließend im Kindbett. Ein Jahr lang trug Anna Trauerkleidung und gab die Hoffnung auf eine Heimkehr meines Vaters nicht auf. Bis ihre Schwester Gretel meinte, sie hätte lange genug gewartet.

Eine schicksalhafte Begegnung mit Hans veränderte alles. Damit ihre Tochter nicht ohne Vater aufwuchs, heiratete Anna ihn bald darauf. Seither mieden die meisten der Nachbarhöfe ihre kleine Familie. Der Krieg war zwar zu Ende, aber in Annas Leben herrschte er weiter. Ockholm hatte gerade mal dreihundert Einwohner und war zum größten Teil landwirtschaftlich strukturiert. Jeder kannte hier jeden – und alle kannten meinen Stiefvater. Ehemals eine Halligsiedlung, war Ockholm inzwischen zu einem kleinen Friesendorf geworden, in unmittelbarer Nähe zur Nordsee. Lediglich ein Bäcker, ein Kaufmann und ein Schuster rundeten das Dorfleben ab. Die alte Backsteinkirche, die den Krieg ohne Schäden überstanden hatte, war aus dem sechzehnten Jahrhundert und wurde zu einer Pilgerstätte gläubiger Christen.

Es gab viele Kinder, mit denen ich hätte spielen können, aber mein Stiefvater erlaubte mir keinen Kontakt zu ihnen. Stattdessen half ich meiner Mutter bei der Gartenarbeit, so gut wie Fünfjährige dazu eben in der Lage waren. Ich lernte dadurch die Schätze der Natur lieben. Die Bienen auf der Wiese hinter dem Haus waren meine Freunde. Einmal war mir sogar eine Maus in die Schürzentasche gekrabbelt. Freudig hatte ich sie mit nach Hause genommen, weil das Fell des Tieres so wunderbar weich und seidig war. Leider kroch es jedoch aus seinem Versteck und wurde von Hans entdeckt. Er zertrat die kleine Feldmaus einfach mit seinen großen Stiefeln.

Es war für mich ein böser Schock gewesen, wie das entseelte Tier auf dem Küchenboden zappelte und die letzten Atemzüge aus dem Mausekörper entwichen. Lange erschien das Bild in meinen Träumen, aus denen ich weinend und untröstlich erwachte. Ich suchte dann Schutz unter der Bettdecke, weil niemand mein Schluchzen hören wollte. So verbrachte ich einen Großteil der Nächte. Allein, traurig und ungeliebt. Die Angst vor dem gewalttätigen Stiefvater ließ mich zu einem Menschenkind werden, dessen Leben bereits in den ersten Jahren seiner Existenz beendet schien.

Der erste Schultag

Wenige Wochen nach meinem sechsten Geburtstag wurde ich in der Grundschule Ockholms eingeschult. Es war das erste Mal, dass ich ein neues Kleid erhielt. Anna fuhr mit mir extra in die Kreisstadt Husum, um einzukaufen. Nagelneue Schuhe, eine schneeweiße Strumpfhose und ein dunkelblaues Kleid durfte ich hinterher mein Eigen nennen. Neugierig erkundigte ich mich, wofür ich diese Sachen bekäme.

»Du gehst ab morgen in die Schule«, lautete Annas knappe Antwort. Ich wusste nicht, was das für mich bedeutete. Da ich nie einen Kindergarten besucht hatte, kannte ich mich in solchen Dingen nicht aus. Bedeutete das etwa, dass ich weggeschickt wurde? Eine leise Hoffnung keimte bei dieser Vorstellung in mir auf, denn ich fürchtete mich nicht davor, mein Zuhause zu verlassen. Schlimmer konnte es nicht werden. Ich streckte die Brust heraus und atmete tief ein und aus. Bald schon würde ich keine Angst mehr haben müssen.

»Brauche ich dann nicht noch mehr Kleider?«, fragte ich naiv. Wir liefen gerade zum Busbahnhof, als Anna sich forsch zu mir umwandte und mir ins Gesicht schlug.

»Was erlaubst du dir, du undankbares Kind?« Ihre Augen funkelten wütend.

Schützend legte ich den Arm über meinen Kopf. Anna hatte noch nie die Hand gegen mich erhoben. Umso mehr verunsicherte diese Reaktion mich nun. Tränen rannen über meine Wangen. Ich war nicht in der Lage, sie aufzuhalten.

Nicht zum ersten Mal fragte ich mich, warum ich nur so ein unerträgliches Kind war. Längst war ich der Überzeugung, dass ich selbst schuld daran war, dass ich so oft geschlagen und beschimpft wurde. Ich zermarterte mir regelmäßig den Kopf, wie ich mich bloß ändern könnte, um meinen Eltern zu gefallen.

Wir liefen weiter zum Busbahnhof, der sich nahe dem Marktplatz in der Roten Pforte befand. Jede Menge Menschen warteten dort bereits auf ihren Linienbus. Anna verlangsamte die Schritte, obwohl der Bus nach Ockholm schon zur Abfahrt bereit schien.

»Wir nehmen den nächsten«, meinte sie. Es wäre immer noch Zeit gewesen, den Bus zu erwischen, aber Anna hatte offenbar etwas anderes im Sinn.

Sie führte mich über die Straße und sah dem Bus hinterher. Die nächste Gelegenheit, nach Hause zu fahren, war erst in einer Stunde. Der Wind trocknete mein tränennasses Gesicht, das zu brennen begann. Ich rieb meine vor Schmerzen pochende Wange, während ich mich mit gesenktem Blick neben Anna stellte. Sie suchte etwas in ihrer Handtasche. Eine Zigarette kam zum Vorschein, die sie mit zitternden, unsicheren Fingern anzündete. Ich riss meine Augen auf und sah zu ihr hoch. Anna zog daran, als ob sie nie etwas Besseres geschmeckt hätte. Als sie meinen verwunderten Blick bemerkte, funkelte sie mich wütend an.

»Wenn du deinem Vater davon erzählst, bist du tot.«

Dann bin ich tot?

Ich hätte mich nicht gefürchtet, wenn sie gedroht hätte, mich wegzuschicken. Aber tot sein? Das wollte ich mir nicht vorstellen. Rasch schüttelte ich meinen Lockenkopf. Angst schnürte mir die Kehle zu. Kein Sterbenswörtchen würde über meine Lippen kommen. Schließlich hatte ich Pläne für meine Zukunft. Wünsche, ein besseres Leben zu führen, ohne meine Peiniger.

»Ich verrate nichts«, schwor ich hektisch. Anna richtete ihren Blick ins Leere und zog weiter an ihrer Zigarette. Zwischen ihren Knien hielt sie die Tüte mit meinen Anziehsachen. Ich hatte Durst, aber ich wagte nicht, nach einer Brause zu fragen, die im Kiosk nebenan zum Verkauf angeboten wurde. Während wir auf den nächsten Bus warteten, rauchte Anna drei weitere Glimmstängel. Dann fuhr endlich der von mir ersehnte Bus vor.

Unterwegs starrte ich aus dem Fenster und ließ die Landschaft an mir vorbeisausen. Ich zuckte zusammen, als Anna mich anstieß und aufforderte auszusteigen.

Am Morgen meiner Einschulung musste ich meinem Vater das neu erworbene Kleid vorführen. Ängstlich trat ich vor ihn hin und drehte mich nach seiner Aufforderung im Kreis. Missbilligend betrachtete er mich, und mir lief eine Gänsehaut über den Rücken.

»Viel Geld für etwas, das dich nicht unbedingt hübscher macht«, brummte er abfällig. Nun, dass ich hässlich war, wusste ich inzwischen. Der liebe Gott war in dieser Hinsicht nicht gerade großzügig mit mir umgegangen. Vielleicht war das der Grund, weshalb mein Stiefvater mich verachtete? Eine Tatsache, die ich mit sechs Jahren nicht ändern konnte, sondern nur hinnahm. Aber wenn ich es richtig verstanden hatte, würde ich dieses Haus verlassen, um in eine Schule zu gehen. Für den Augenblick fasste ich Mut.

Überrascht stellte ich fest, dass die Schule nur einige Straßen von unserem Hof entfernt war. Viele Kinder in meinem Alter riefen aufgeregt durch die Klassenräume. Jedes trug eine bunte Schultüte mit Glitzeraufklebern und Schleifen. Meine war aus Zeitungspapier zusammengerollt, und der Inhalt bestand aus Obst, das meine Mutter im Garten gesammelt hatte. Aber das störte mich nicht weiter, bedeutete doch mein erster Schultag, dass ich nicht mehr im Haus meiner Eltern wohnen musste. Dachte ich.

Ich fühlte mich glücklich. Meine Lehrerin Fräulein Dankward schien zwar sehr streng, aber ich glaubte, mich nicht fürchten zu müssen. Die Eltern kamen der Aufforderung nach und verließen das Klassenzimmer. Innerlich jubelte ich. Denn von nun an würde ich keine Schläge aushalten müssen.

Wie vom Blitz getroffen hockte ich wenig später in der Schulbank, als die Lehrerin verkündete, dass der erste Unterrichtstag beendet sei und wir nun nach Hause gehen dürften. Was hatte das zu bedeuten? Ich verstand die Welt nicht mehr. Morgen durfte ich wiederkommen? Es dauerte eine Weile, bis ich begriff. Die Schule fand nur vormittags statt und war nicht mein neues Heim.

Mit hängendem Kopf ging ich zu Fuß zum Hof meiner Eltern, zurück zu meiner Folterkammer. Die Riemen meines Tornisters gruben sich in meine Schultern. Ich trug eine Last, die nicht nur der Tasche zuzuschreiben war, eine seelische Pein, die ich kaum zu bewältigen vermochte. Mir wurde klar, welch langer Weg noch vor mir lag.

Ach, wäre ich doch schon erwachsen.

Mit schleppenden Schritten schlich ich nach Hause. Schon beim Betreten der Hofzufahrt überkam mich ein beklemmendes Gefühl. Dann hörte ich ein schrilles Quietschen. Ich beschleunigte meine Schritte, mein Herz schlug alarmiert in der Brust. Was ging hier vor? Die Geräusche wurden lauter, dann verstummten sie abrupt. Ich rannte um das Stallgebäude herum und erstarrte. Mein Stiefvater schlachtete die Kaninchen. Ohne sie vorher zu betäuben, stach er sie mit dem Messer nieder, sodass sie qualvoll verenden mussten. Er stand in einer großen Blutlache.

»Nein!«, schrie ich. »Nicht meinen Felix!« Panisch rannte ich zu den Boxen, in denen die Tiere untergebracht waren. Alle waren leer.

Ich zuckte zusammen, als mein Stiefvater plötzlich hinter mir stand. Instinktiv hielt ich mir zum Schutz beide Arme über den Kopf.

»Hab ich dir nicht gesagt, du sollst dich nicht an die Viecher gewöhnen? Die gehören nun mal in den Kochtopf.«

Als ich mich umwandte und in seine bösen Augen schaute, zuckte mein Körper krampfartig. Ich konnte mich nicht beruhigen, in meiner Wut schrie ich ihn an: »Du Mörder!«

Für meinen geliebten Felix legte ich mich sogar mit ihm an, doch sollte ich meinen Ausbruch bald bereuen. Mein Stiefvater lachte höhnisch. Er schüttelte mich brutal, bis ich in den Dreck fiel. Dann zog er den Gürtel aus seiner Hose. Die Sorge um mein schönes Kleid verflüchtigte sich in dem Moment, als der Gürtel meinen Körper traf.

»Dir werde ich schon noch Benehmen einprügeln, und dein Felix brutzelt im Ofen.« Er sprach abgehackt und musste zwischendurch Luft holen, um den Gürtel durch die Luft sausen zu lassen, der ein weiteres Mal erbarmungslos auf meinem zitternden Leib landete. »Du hast dein neues Kleid schmutzig gemacht«, grölte er und holte wieder aus.

Er ließ erst von mir ab, als ich mein Gesicht leise wimmernd in den Dreck drückte. Ich fragte mich, ob ich ihm von Annas Zigaretten erzählen sollte. Ich wäre in diesem Moment sowieso am liebsten gestorben. Doch dann hörte ich, wie er seinen Ledergürtel zurück in die Hosenschlaufen schob. Ich hatte es geschafft. Er war fertig.

Oh, wie sehr ich ihn hasste. Eines Tages würde ich diese Rechnung begleichen, nahm ich mir vor. Nie zuvor hatte ich mich gegen meinen Stiefvater erhoben, und ich schwor mir, es nie wieder zu versuchen. Unsere Nutztiere würde ich von nun an links liegen lassen, damit mein Herz nicht noch mal vor Trauer brach. Ich schlich mich ins Haus, dort entledigte ich mich meiner verschmutzten Kleidung und verzog mich in meine Kammer. Die Striemen am Rücken brannten höllisch. Diese Zeugen einer unglücklichen Kindheit würden mich lebenslang begleiten.

Anna steckte den Kopf zur Tür herein. Mit ihrem Blick bedeutete sie mir, dass ich dem Mittagessen besser nicht fernbleiben sollte. Kraftlos krabbelte ich aus dem Bett, als es so weit war. Ich wusste, dass der schwarze Tag noch nicht vorbei war. Felix stand in Form eines Bratens auf dem Küchentisch. Mein Stiefvater würde mich zwingen, davon zu essen. Wie ich ihn doch hasste.

Die Schule wurde von da an mein Lichtblick. Ich begriff sehr schnell, wie wichtig Bildung war, um mich von meinen Eltern unabhängig zu machen. Zur Überraschung aller kam ich bestens im Unterricht zurecht und freute mich auf die Vormittage im Klassenraum. Mein Ziel behielt ich fest im Blick: mein Zuhause zu verlassen und nie wieder zurückkehren zu müssen.

Neujahrsmorgen
2014

Müde rieb ich mir die Augen. Sie brannten und tränten leicht von der Nacht am Laptop. Ich streckte meine Glieder und klappte entschlossen den Rechner zu. Wie an jedem Neujahrsmorgen wollten Sophie und Lia auch heute zum Frühstück vorbeikommen. Ich blinzelte zur Uhr. Gleich zehn Uhr, in einer halben Stunde würden die Kinder da sein. Erstaunt stellte ich fest, dass ich die ganze Nacht geschrieben hatte. Ich strich leicht über den Deckel des PCs.

»Nun gut, ich schreibe wohl gerade meine Memoiren«, sagte ich zu mir selbst. »Auch eine Lösung für den bevorstehenden Ruhestand.«

Ob Sophie wohl so lange warten würde, bis ich damit fertig war? Ein langes Leben lag hinter mir, gespickt mit etlichen Tiefen und wenigen Höhepunkten. Und ich wünschte mir noch viele weitere Jahre, so viel war sicher. Schöne Jahre, so wie die Zeit mit Jack. Versonnen starrte ich auf den PC.

Er war wirklich auf der Party gewesen. Ob er wohl auch noch an mich dachte? Oder hatte er nach all den vergeblichen Versuchen, mich zu finden, irgendwann aufgegeben? Wem gehörte nun die grenzenlose Liebe, zu der nur er fähig zu sein schien?

Mit der flachen Hand strich ich über meine Nasenspitze. Bei unserer zweiten Begegnung hatte er mich dort berührt. Ich musste an seine leuchtenden Augen denken, die mich sofort in ihren Bann gezogen hatten. Unvergesslich. Ich lächelte beseelt. Das war ewig her, aber mein Herz klopfte immer noch schneller, wenn ich daran dachte.

Steif vom stundenlangen Sitzen raffte ich mich auf. Ich musste mich beeilen, wenn ich mit den Vorbereitungen für das Frühstück fertig werden wollte, ehe die Kinder kamen. Rasch putzte ich die Zähne und spritzte mir kaltes Wasser ins Gesicht. Das musste fürs Erste genügen. Ich schlüpfte aus dem Ballkleid und tauschte es gegen einen Hausanzug ein. Der rosa-graue Stoff schmeichelte meiner Haut.

Als Nächstes startete ich die Kaffeemaschine. Der Wachmacher war an diesem Morgen besonders wichtig. Ich hatte zwar früher in der Notfallchirurgie regelmäßig Nächte ohne Schlaf überstanden, aber das war lange her. Wann hatte ich zuletzt eine Nacht durchgemacht? Mir fiel nur diese eine besondere Nacht ein – in der Jack mir zeigte, wie es war, geliebt zu werden.

Mist, ich durfte nicht mehr an ihn denken! Warum nur war er auf dieser Party gewesen? Ich schüttelte die Gedanken an ihn ab. Das hatte in der Vergangenheit doch auch funktioniert. Ich musste mich nur konzentrieren und nicht verrückt machen.

Meine sonst so ruhigen Finger zitterten, als ich die Wurstplatte vorbereitete. Sophie liebte Salami, deswegen legte ich reichlich davon auf den Teller. Lia war eher die Käsetante. Ich zuckte zusammen, als die Türglocke schellte, dann beeilte ich mich, den Türöffner zu betätigen. Das musste Sophie sein. Sie nahm wie jedes Mal die Treppe, weil sie keine Fahrstühle mochte. Jeden Moment musste auch meine Enkelin läuten. Sicherlich hatte Lia einen Bärenhunger im Gepäck, wie immer nach Partys.

Sophies Schuhe kündigten sie mit lautem Klacken an. Gegen die Tür gelehnt sah ich ihr entgegen. Die Stufen zum dritten Stock zu nehmen fiel auch meiner Tochter nicht leicht. Mit hochroten Wangen und offenem Mund blieb sie vor mir stehen.

»Puh, warum suchst du dir nicht eine Erdgeschosswohnung? Diese Treppen ...«

Ich küsste meine Tochter liebevoll auf die Wangen. »Ich mag keine Erdgeschosswohnungen, das weißt du doch. Warum nimmst du nicht den Fahrstuhl?«

Grinsend gab ich den Weg frei, und Sophie trat schnaufend ein.

»Ah, es duftet nach frischen Brötchen. Wie herrlich. Ich vermute, dass wir heute auf Lia verzichten müssen.« Sophie wirkte enttäuscht. »Ich glaube, sie hat einen über den Durst getrunken.«

Stirnrunzelnd sah ich sie an. »Lia?«, wiederholte ich gedehnt. Das war untypisch für meine Enkelin. »Hat sie irgendwelche Sorgen?«

»Ach was, ich vermute eher, dass sie verliebt ist.« Sophie kicherte.

»Das würde mich für sie freuen, aber muss sie deshalb so dem Alkohol zusprechen? So etwas passt nicht zu ihr.« Nachdenklich fuhr ich mit der Hand durch mein dichtes Haar.

»Mama, lass uns von anderen Dingen reden, mir bereitet das auch Kummer.« Sophie schälte sich aus ihrem Mantel und warf ihn achtlos auf die Garderobenbank. Mein Blick folgte dem fliegenden Kleidungsstück, doch ich ließ es dort liegen. Sophie war eben Sophie. Lange hatte ich versucht, ihren Ordnungssinn zu wecken. Doch alle Bemühungen dahingehend waren erfolglos gewesen. Inzwischen hätte mir sogar etwas gefehlt, wenn es anders gewesen wäre.

»Trotzdem schade.« Ich verbarg meine Enttäuschung nicht, war ich doch für mein Leben gern Oma, mit allem, was dazugehörte.

»Aber ist es heute nicht sogar besser, dass wir unter uns sind?« Sophie sah mich herausfordernd an.

Ich schwieg unbehaglich. Hoffentlich würde sie verstehen, warum ich jetzt noch nicht über meine Vergangenheit sprechen wollte. Es war nicht ratsam, mit Sophie vor dem Frühstück tiefergehende Gespräche zu führen.

Ich senkte den Blick und sagte schließlich: »Nein, ich finde, es geht euch beide etwas an. Lia ist auch ein Teil von mir.«

Sophie griff entschlossen zum Handy. »Ich pfeif sie mal ran. Nun muss sie auf jeden Fall herkommen.«

Ich legte die Hand auf Sophies Arm, ehe sie das Telefon ans Ohr heben konnte.

»Bitte, lass es. Ich erkläre es dir nach dem Frühstück.« Flehend sah ich sie an.

Sophie ließ das Handy sinken, und ich atmete erleichtert auf. Doch ihr misstrauischer Blick bohrte sich in mein Herz und ließ mein schlechtes Gewissen nur noch schwerer wiegen.

Christine schlägt zu
1959

Ich fluchte, als ich den Mistberg betrachtete, hielt meine Stimme aber gesenkt. Wenn mein Vater das mitbekäme, ließe er mich seinen Gürtel spüren. Erst vor drei Tagen hatte ich seine unbändige Wut zuletzt am eigenen Leibe erfahren müssen. Die Striemen zierten meinen Po und den Rücken, und bei jeder Bewegung erinnerte mich der Schmerz daran, dass es besser wäre, ihn nicht erneut zu provozieren.

Als ich an jenem Tag erst mit dem letzten Bus von der Schule nach Hause gekommen war, hatte er mich schon mit dem Ledergürtel in den Händen an der Tür erwartet. Er hatte es nicht für nötig gehalten, mich zu fragen, aus welchem Grund ich so spät nach Hause gekommen war. Meine versuchten Erklärungen waren an ihm abgeprallt. Er nutzte einfach die Gelegenheit, mich zu quälen. Dabei war mein Tag schon schlimm genug gewesen.

Ich hatte nachsitzen müssen, weil ich mit einem Mitschüler Streit gehabt hatte. Die weiterführende Schule durfte ich nur besuchen, wenn ich vor Schulbeginn den Schweinestall ausmistete. Ich hatte an jenem Morgen verschlafen, sodass ich nach der Arbeit keine Zeit mehr gehabt hatte, mich gründlich zu waschen, und mit dem Stallgeruch im Haar in die Klasse gekommen war. Ein Mitschüler hatte an meinem Zopf gezogen und mich ›Stinke-Christine‹ gerufen. Ich war so wütend geworden, dass ich ihm ein blaues Auge verpasst hatte. Damit hatte ich selbst nicht gerechnet, aber die harte Arbeit auf dem Hof sorgte dafür, dass ich stärker war als andere junge Mädchen. Mein Mathelehrer hatte mir nicht nur Nachsitzen aufgebrummt, sondern mir auch noch eine Ohrfeige verpasst.

Ich war es so unendlich leid, für alles Schläge und Schimpfworte zu bekommen. Doch ich ertrug alles ohne ein Widerwort. Ich musste das Abitur einfach schaffen. Eines Tages würde ich Ärztin sein und eine eigene Praxis führen. Dafür lohnte sich die Quälerei. Ich wusste schon, dass ich mich besonders um verängstigte Kinder mit blauen Flecken kümmern würde.

In der Schule war nicht alles schlimm. In Karin hatte ich eine Freundin gefunden. Sie tat meiner Seele gut, und ich freute mich umso mehr auf den Unterricht und die Zeit mit ihr. Ich hätte sie gern nach der Schule besucht, aber meine Eltern hatten mir verboten, nach dem Unterricht in Husum zu verweilen. So blieb ich offiziell eine Einzelgängerin. Niemand wusste, dass ich gefangen in der Wut meiner Eltern war.

Heute war ich zum Glück zeitig aus dem Bett gekommen, aber mein Vater hatte eine besonders gemeine Sonderaufgabe für mich vorgesehen. Der Mistberg hinter dem Haus musste gestapelt werden. Bei dem Anblick konnte ich mir sofort ausrechnen, dass ich den frühen Bus nach Husum nicht mehr erwischen würde. Das bedeutete schon wieder Nachsitzen. Ich hoffte nur, dass mein Vater diesmal eine andere Strafe für mich fand, denn die Verletzungen von der letzten Tracht Prügel schmerzten immer noch höllisch.

Ich beeilte mich und warf schließlich angewidert die Mistforke auf die Schubkarre. Vielleicht schaffte ich den Bus doch noch. Doch als ich um die Ecke kam, um die letzte Karre abzuladen, blieb ich abrupt stehen. In meine Augen stiegen Tränen der Verzweiflung. Offenbar hatte mein Vater den Misthaufen mit dem Trecker verteilt.

Ich widerstand dem Impuls, die Strafarbeit liegen zu lassen. Die Striemen auf meinem Rücken brannten ermahnend.

Lieber fand ich mich gleich damit ab, die Schule für den heutigen Tag abzuschreiben. Mit etwas Glück würde meine Mutter mir für die Fehlstunden eine Entschuldigung mitgeben. Wenn Hans nicht in der Nähe war, kam es schon mal vor, dass sie ihre Angst vor ihm überwand und mir mit zitternder Hand eine Entschuldigung auf einen fleckigen Zettel notierte.

»So wird das nichts mit deiner Schulbildung, Fräulein.« Die Stimme meines Vaters holte mich jäh aus meinen Gedanken. »Du hast verdammtes Glück, dass ich dich bei mir arbeiten lasse. Deine Ausbildung, wofür auch immer die gut sein soll, wird ohnehin zu teuer.« Ein dröhnendes Lachen ertönte. »Du taugst sowieso zu nichts, der Misthaufen wird dein Zuhause bleiben.«

Ich spürte deutlich, wie mir die Farbe aus dem Gesicht wich, und umklammerte mit beiden Händen den Stiel der Forke. Tränen rannen über mein Gesicht. Am liebsten hätte ich ihm die Mistgabel in den Leib gerammt. Nur die Angst, ihn nicht richtig zu treffen, hielt mich im letzten Augenblick davon ab. Außerdem wollte ich nicht seinetwegen ins Gefängnis, denn das war er nicht wert. Eines Tages würde ich Ockholm für immer verlassen. Für diese Zukunft lohnte es sich, meinen Kampf ums Überleben weiterzuführen. Mit aufgestauter Wut im Bauch wandte ich mich von meinem Vater ab und widmete mich meiner Arbeit. Widerworte waren gefährlich, das wusste ich nur zu gut.

In der Schule erfuhren wir in Heimatkunde, dass die Soldaten stark verändert aus dem Krieg heimgekehrt waren. Sie hatten seelische Wunden davongetragen, die nur langsam heilten, wenn überhaupt. Mein Stiefvater war ein gehorsamer Offizier gewesen. Für ihn war der verlorene Krieg eine persönliche Katastrophe. Er machte keinen Hehl daraus, wie viel er vom Führer Hitler hielt. Inzwischen verstand ich, warum er von allen ›Nazischwein‹ genannt wurde. Dieses Wissen machte mein Leben allerdings nicht leichter, zumal die Hofnachbarn aus den Kögen unsere Familie mieden.

Ich stellte mir oft die Frage, was aus mir und meiner Mutter geworden wäre, wenn sie diesen Mann nie getroffen, geschweige denn geheiratet hätte. Meine Mutter litt sehr unter seinen Vorwürfen, dass sie nie ein Kind von ihm bekommen hatte, schließlich kam er seinen ehelichen Verpflichtungen regelmäßig nach. Meine Vermutungen, was diese Pflichten beinhalteten, ließen mich erschaudern. Die nächtlichen Geräusche aus dem Elternschlafzimmer und der Anblick meiner Mutter, wie sie am nächsten Morgen mit dunklen, verquollenen Rändern unter den Augen das Frühstück bereitete, ließen nichts Gutes erahnen.

Forke für Forke stapelte ich den übelriechenden Haufen auf und biss die Zähne gegen die Schmerzen in meinen von Blasen übersäten Händen zusammen. Irgendwann würde ich frei sein. Nur dafür kämpfte ich unermüdlich weiter. Auch wenn mir bewusst war, dass noch ein langer, schwerer Weg vor mir lag. Ich erstarrte, als ich einen Schatten an der linken Hausecke bemerkte. Nur gut, dass Hans meine Gedanken nicht lesen konnte. Doch dann atmete ich auf, als ich meine Mutter erkannte, die langsam auf mich zukam. Die Hände in den Taschen der Kittelschürze vergraben, sah sie sich verstohlen um.

»Ich helfe dir, Christine«, flüsterte sie. Ihr Blick wanderte hektisch hin und her. »Papa ist weggefahren.«

Ich sah sie erstaunt an. »Lass das lieber, Anna. Wenn er wiederkommt …«

»Dann verschwinde ich«, zischte sie. Sie begann bereits mit der Arbeit. Manchmal glaubte ich doch noch an die Liebe meiner Mutter. Eben in solchen Momenten. Ich hätte mir weit mehr von ihr gewünscht, aber meine Mutter war zu schwach. Ich schwor bei Gott: Eines Tages, wenn ich meine

Volljährigkeit erreicht hätte, gäbe es für mich nur noch Frieden. Vielleicht könnte ich meine Mutter mitnehmen, wenn ich fortging?

Mit neuer Motivation häufte ich den Dreck der Schweine weiter auf. Seite an Seite mit Anna. Irgendwie fühlte sich das vertraut an. Ein bisschen wie Liebe. Ja, die Liebe meiner Mutter war für mich in diesen Minuten deutlich zu spüren. Ich hielt mit der Arbeit inne und sah zu ihr hinüber.

»Danke für deine Hilfe, Anna.«

Sofort verfinsterten sich ihre Augen, und ich bereute es, sie angesprochen zu haben.

»Rede keinen Unsinn, sonst sage ich deinem Vater, dass du frech warst.« Ich öffnete den Mund, um etwas zu erwidern, ließ es dann aber bleiben. Anna hatte offensichtlich nicht weniger Angst vor ihrem Mann als ich vor meinem Stiefvater.

Sie presste die Lippen aufeinander und arbeitete still weiter. Meine Schnapsidee, dass meine Mutter mich lieben könnte, löste sich in Luft auf. Ich war es nicht wert, geliebt zu werden, ich musste mich damit abfinden. Was hatte ich nur getan, um das zu verdienen? Hieß es nicht, die Liebe besiegte die Angst? Wieso nicht bei uns? Die Morgensonne brannte inzwischen vom Himmel. Mir brach der Schweiß aus. Meine Mutter ignorierte die Tränen, die hemmungslos über mein Gesicht liefen. Tränen, die niemand sehen wollte.

Schließlich lehnte Anna die Mistgabel gegen die Hauswand. Ich sah nicht auf, als sie sich entfernte, weil ein Wagen auf das Grundstück tuckerte. Hans war zurück. Kurz darauf hörte ich die Autotür klappen und verkrampfte mich. Wenn er bemerkte, wie weit ich mit der Arbeit gekommen war, würde er schlussfolgern, dass ich Hilfe von meiner Mutter gehabt hatte. Unter Schmerzen beschleunigte ich meine Bewegungen.

»Du bist schnell«, dröhnte seine Stimme von der Hausecke her. »Eine bessere Magd gibt es in ganz Ockholm nicht. Ich frage mich gerade, warum du zur Schule gehst.«

Ein eisiger Blitz durchfuhr mich. Wollte er, dass ich die Schule aufgab? Das durfte nicht passieren. Ich bemühte mich um ein Lächeln, als ich mich ihm zuwandte.

»Ich kann nach dem Abschluss doch immer noch hier arbeiten.« Ich zitterte, aber eher vor Wut als vor Angst. Ihn mit einem Lächeln zu überzeugen, misslang kläglich. Mein Gesicht gefror zu einer Fratze, als ich in die höhnischen grauen Augen meines Stiefvaters sah.

»Ich finde, das ist Zeitverschwendung. Aber wenn du deine Arbeiten zusätzlich zum Unterricht schaffst, härtet das nur ab, wer weiß schon, wofür das gut ist. Das Plumpsklo muss übrigens auch noch geleert werden. Deine Mutter schafft das nicht mehr.« Lachend drehte er sich zum Gehen.

»Das kann nicht schlimmer sein als diese Schweinekacke«, zischte ich. Dann fuhr ich zusammen. Ich betete, dass er mich nicht gehört hatte. Die Schule konnte ich für heute abschreiben, wenn ich mich auch noch ums Klo kümmern musste.

In vielen Haushalten und in der Schule gab es bereits Wasserklosetts. Voller Staunen hatte ich zugeschaut, wie alles Weggespülte in der Kanalisation verschwunden war. Im Hause der Seidels hingegen war alles armselig und altmodisch. Selbst die Kleidung meiner Mutter schien dem Fundus eines Museums zu entstammen. Hans hatte ihr verboten, Hosen anzuziehen. Stattdessen trug meine Mutter Kleider mit unschönen Flicken und Holzpantinen, auf denen sie kaum einen Schritt machen konnte.

Tante Gretel hatte meiner Mutter einmal ein Petticoat-Kleid geschenkt. Voller Freude hatte sie es anprobiert. Sie hatte wirklich schön darin ausgesehen. Meine Tante hatte ihr die Haare hochgesteckt und die passenden Schuhe spendiert. Tante Gretel plante ihre Besuche meist für die

Zeit ein, wenn Hans fort war, und fuhr rechtzeitig nach Hause, bevor er heimkam. Meine Mutter hatte gerade vor dem alten Spiegel im Schlafzimmer gestanden, als Hans hereingekommen war. Blind vor Zorn hatte er ihr ins Gesicht geschlagen, sodass sie hart zu Boden gefallen war.

»Zieh den Fummel aus!«, hatte er gebrüllt. »Du siehst aus wie eine Hure!« Anna hatte sich beeilt, die modische Kleidung von ihrem Körper zu zerren. Danach waren die Dinge auf dem Dachboden des Vergessens verschwunden.

»Fortschritt ist etwas für Dumme«, hatte er gemeint und nie mehr von dem Vorfall gesprochen.

Nach getaner Arbeit wusch ich mich gründlich, danach lief ich in die Küche zu meiner Mutter. Auf dem Kohleherd dampfte und brutzelte es köstlich. Wir hatten keinen dieser neuen Herde, die mit Strom funktionierten, wie Karin mir erzählt hatte. Trotz der großen Hitze, die draußen herrschte, musste unser Ofen geheizt werden, damit Anna kochen konnte und stets warmes Wasser zur Verfügung stand. Die silberne Platte des Ofens rieb sie täglich mit einem Färbemittel ein, damit er immer schön glänzte.

Ich erschrak, als ich jemanden auf dem Stammplatz meines Vaters bemerkte. Tante Gretel war zu Besuch gekommen. Ihr liebevoller Blick richtete sich auf mich, und ich verspürte tiefe Dankbarkeit. Es tat unglaublich gut, dass da jemand war, der mir Wärme entgegenbrachte.

»Du guckst, als ob du einen Geist gesehen hättest.« Sie lachte. »Ich bin es, deine Patentante.«

Aus einem Impuls heraus schlang ich meine Arme um ihren Hals. Sie erwiderte die Umarmung und hielt mich für den Bruchteil einer Sekunde fest. Meine Mutter beäugte die Szene argwöhnisch, bevor sie das Wort an mich richtete. »Deckst du bitte den Tisch?«

Hatte sie gerade ›bitte‹ gesagt? War wirklich ich gemeint?

»Setz dich, Christine, ich mache das schnell, du siehst müde aus.« Tante Gretel zwinkerte mir aufmunternd zu, bevor sie rasch aufstand und den Küchenschrank durchsuchte. Während sie die Teller auf den Tisch stellte, sagte sie in einem Tonfall, der keine Widerworte erlaubte: »Christine kommt für ein paar Tage zu mir. Ich brauche sie für den Hausputz.«

Sie hatte meiner Mutter den Rücken zugedreht und sah nicht, dass diese sie mit offenem Mund anstarrte. Sie glaubte offenbar, sich verhört zu haben. Mir ging es ebenso. Meine Tante wollte mich von diesem Ort fortbringen? Dem Ort, der für mich die Hölle bedeutete? Ich blinzelte dankbare Tränen zurück und zuckte dann zusammen, als mein Vater die Küche betrat. Mit verkniffenen Augen sah er in die Runde, bis sein Blick an mir hängen blieb.

»Warum sitzt du hier faul herum? Gibt es nichts für dich zu tun?«

Ich beeilte mich, aufzuspringen, aber Gretel berührte mich an der Schulter und schob mich sanft, aber mit Nachdruck zurück auf den Stuhl.

»Sie ist fertig«, erwiderte meine Tante bestimmt. »Lass deinen Frust über den verlorenen Krieg nicht an Christine aus. Wir stecken mitten in einem Wirtschaftswunder. Wenn du es nicht mal da hinkriegst, deinen Arsch hochzubekommen, ist das ganz allein deine Schuld. Ich nehme das Kind für ein paar Tage mit zu mir.«

Hans Seidel plusterte sich zornig auf. »Was erlaubst du –«

»Ich erlaube mir noch viel mehr. Und du wirst mich lassen, außer du möchtest, dass das Jugendamt von deinen Erziehungsmethoden erfährt.« Gretel ließ sich nicht einschüchtern. Sie hatte eine stabilere Persönlichkeit als ihre Schwester Anna. »Können wir nun essen?« Sie funkelte ihren Schwager an.

Er ließ sich überraschenderweise auf den Stuhl neben

seinem Stammplatz nieder, knurrend, aber ohne weiteren
Streit. Dennoch verzichtete er nicht auf sein Recht, als Erster
seinen Teller mit Bratkartoffeln und Spiegelei zu befüllen.
Ich war erleichtert, ihm für eine Weile zu entkommen, doch
gleichzeitig keimte in mir die Angst davor, wie er sich an mir
rächen würde, sobald ich wieder zurück war. Aber in diesem
Augenblick war mir das gleichgültig, und ich versuchte
mich zu entspannen.

Das Mittagessen verlief schweigend. Danach forderte
Tante Gretel mich auf, einige Sachen zu packen, während
sie mit Anna den Abwasch erledigte. Ich achtete darauf, dass
meine Schulsachen gut verstaut waren, damit die Bücher
keinen Schaden nahmen. Ich war mir sicher, dass meine
Tante mich zur Schule schicken würde.

Aufgeregt nahm ich vorn im VW Käfer neben ihr Platz.
Es war ungewöhnlich, dass Frauen einen Führerschein besaßen. Wenn Frauen vor 1959 die Fahrerlaubnis erwerben
wollten, benötigten sie die Einverständniserklärung der Eltern oder des Ehemannes. Aber Gretel hatte sich beizeiten
die Erlaubnis von ihrem Mann geholt und eine grandio-
se Führerscheinprüfung abgelegt. Mit leuchtenden Augen
schaute ich durch die Windschutzscheibe. Ich konnte es
kaum glauben, aber dieser Tag würde wohl doch noch schön
werden.

Im Rückspiegel sah ich meine Mutter in der Haustür
stehen, mit hängenden Schultern schaute sie dem Auto
hinterher. Die Arme vor der Brust verschränkt, wirkte sie
beinahe teilnahmslos, als wäre es ihr gleichgültig, was mit
mir geschah. Doch ich bekam immer mehr eine Ahnung davon, wie sehr auch sie unter ihrem Ehemann litt, und hatte
plötzlich Mitleid mit ihr. Offenbar deutete Gretel meinen
traurigen Blick richtig.

»Anna kommt schon zurecht, mach dir bitte keine Sorgen. Ich habe mehrfach versucht, ihr zu helfen, aber sie will

es einfach nicht.« Meine resolute Tante tätschelte meinen Arm. »Wir machen es uns schön«, meinte sie liebevoll. Unwillkürlich starrte ich sie an. »Ja hast du denn gedacht, du sollst wirklich zum Arbeiten in mein Haus kommen? Du erholst dich erst mal, dann sehen wir weiter.«

Ich lehnte mich entspannt im Sitz zurück. Mit geschlossenen Augen lauschte ich dem Motorengeräusch. Es war ein traumhaftes Gefühl, die Angst, die Anspannung und erst recht den Hass zurückzulassen. Es waren noch sechs Jahre bis zu meiner Volljährigkeit, rechnete ich nach. Eine verflixt lange Zeit. Ich schwor bei Gott: Wenn ich hier lebend herauskam, würde ich nie wieder einen Fuß in das Haus meiner Eltern setzen.

Die Worte meiner Tante gingen mir im Kopf herum. ›Dann sehen wir weiter.‹ Was meinte sie wohl damit?

In mir keimte ein winzig kleiner Hoffnungsschimmer, dass Tante Gretel mich zu sich holen würde. Ich hätte dann einen kürzeren Schulweg, und meine Freundin Karin wohnte in der Nähe. Bisher war es ein heimlicher Traum, nach der Schule mit Karin zusammen sein zu dürfen. Ein Lächeln huschte über mein Gesicht. Vielleicht würde er ja doch noch in Erfüllung gehen.

Gretel machte einen Abstecher zum Husumer Bahnhof. Ich hatte gar nicht bemerkt, dass sie nicht direkt nach Hause fuhr, sondern einen Umweg nach Husum genommen hatte. Sie suchte die Häuserreihen ab. Dann hellte sich ihr Gesicht auf. Mit dem Finger zeigte sie auf ein Gebäude hinter der Bücherei.

»Dort ist deine Schule, nicht wahr?«

Sehnsüchtig sah ich aus dem Seitenfenster. »Ja, stimmt. Es ist gerade die letzte Pause.«

»Morgen fahre ich dich höchstpersönlich dorthin.« Tante Gretel nickte zufrieden.

Ich schluckte vor Aufregung. Ich musste nicht mit dem

Bus fahren? Ich würde wie eine behütete Tochter vor dem Schulgebäude abgesetzt und später abgeholt werden? Ich rieb meine zerschundenen Hände aneinander und schob sie danach unter meine Oberschenkel.

»Nun guck nicht so, glaubst du, du hättest nicht auch mal ein bisschen Luxus verdient? Außerdem setze ich große Hoffnungen in dich. Sobald du Ärztin geworden bist, hoffe ich, in dir den Doktor meines Vertrauens zu finden.« Gretel lachte ausgelassen.

»Wenn ich es schaffe, wirst du meine erste Patientin.« Ich war etwas verwundert, dass sie sich an meinen Berufswunsch erinnerte und sogar ernsthaft an mich zu glauben schien. Es erfüllte mich mit Wärme.

Ein bisschen Frieden

Tante Gretel besaß ein Häuschen in Struckum. Es war nicht groß, aber für eine alleinstehende Witwe in dieser Zeit purer Luxus. Es verfügte sogar über eine Toilette mit Wasserspülung. Das letzte Mal war ich vor zwei Jahren hier gewesen. Im Garten waren Gemüsebeete angelegt, aber es wuchsen nur wenige Blumen dort. Meine Tante meinte, es wäre wichtiger, das bisschen Land zur Selbstversorgung zu nutzen, statt für bunte Blumen.

Ihr Mann war wie viele andere im Krieg gefallen. Aber Gretel konnte von der Witwenrente gut leben. Sie war ohnehin genügsam. Ihre Garderobe bestand zum größten Teil aus Überbleibseln der Vorkriegszeit. Sie besaß zwar einige wenige Kleider, die derzeit in Mode waren, aber das waren Ausnahmen. Das Auto war, neben kostbaren Parfüms, der einzige Luxus, den sie sich gönnte. Ihre schlanken Hände lagen selbstbewusst auf dem Lenkrad. Gretel war eher dünn als schlank. Ihre großen blauen Augen, die stets etwas spöttisch blickten, dominierten die zarten Gesichtszüge. Feine Linien zeichneten sich bereits darauf ab, die Fältchen vorhersagten. Ohne einen knallroten Lippenstift aufzutragen, verließ sie nie das Haus. Ich bewunderte ihre ansteckende fröhliche Art.

»Komm, mein Mädchen, ich habe dir das Bett in der kleinen Kammer bezogen, ich hoffe, es gefällt dir«, sagte Gretel, als wir aus dem Auto stiegen. Ob es mir gefiel? Danach hatte bisher noch niemand gefragt. Es dauerte eine Weile, bis ich meine Sprache wiederfand.

»Ich bin sicher, dass ich mich wohlfühlen werde, Tante Gretel. Danke«, flüsterte ich schüchtern.

Gretel nickte zufrieden.

»Lass uns hineingehen«, meinte sie fröhlich und zwinkerte mir aufheiternd zu. Sie schloss die Haustür auf und ließ mir den Vortritt. Staunend sah ich mich um. Überall war Teppichboden ausgelegt, und in der Küche gab es sogar einen richtigen Elektroherd. Daneben brummte ein nagelneuer Kühlschrank. Vorsichtig strich ich mit dem Zeigefinger über die blank geputzten Herdplatten. Auf dem Fenstersims vor dem Küchenfenster blühten rosa Orchideen. Ich wollte die Tür des Kühlschranks öffnen, warf aber zuerst meiner Tante einen fragenden Blick zu.

»Darf ich?«, hauchte ich ehrfürchtig. Tante Gretel lächelte mir liebevoll zu.

»Nur zu, schau dir alles an, wenn du Freude daran hast«, ermunterte sie mich. Und ob ich Freude daran hatte!

Inzwischen hatte ich viel von den Neuerungen der Technik gehört, sie aber selbst nie zu Gesicht bekommen. Mit einem Plopp öffnete sich die Tür des Kühlschranks. Sofort schlug mein Herz schneller. Ich traute meinen Augen kaum. Eine riesige Sahnetorte befand sich darin. Verziert mit üppigen Sahnetupfern. Mit großen Augen drehte ich mich zu meiner Tante um.

»Bekommst du Besuch?«

Gretel lachte vergnügt. »Den habe ich doch schon. Und wenn es nach mir ginge, bliebest du für immer.«

Ich schluckte.

»Hans wird es nie erlauben«, wisperte ich, plötzlich unsicher geworden. Das war doch alles nur ein wunderbarer Traum, das konnte unmöglich wahr sein.

»Das werden wir noch mal sehen«, meinte Gretel. »Ich will, dass du glücklich bist. Du bist meine einzige Nichte. Ich habe längst mitbekommen, wie es dir bei deinen Eltern ergeht. Ich werde alles tun, damit du ein würdiges Leben führen kannst.«

Ich wusste nicht, was ich dazu sagen sollte. Wann hatte es je jemanden gegeben, der sich für mich interessierte, geschweige denn darauf achten wollte, dass mir nichts geschah? Meine Augen füllten sich mit Tränen.

»Nein, nein, ich dulde keine Tränen, Liebes!«, rief Gretel.

Sie stürmte auf mich zu und wollte mich umarmen. Doch ich hob instinktiv die Arme, um mich zu schützen. Gretel blieb wie angewurzelt sehen. Entsetzt sah sie mich an. »Aber Kind ... Ich tue dir doch nichts!«, rief sie. »Ist es denn so schlimm?«

Ich nickte.

»Schlimmer«, hauchte ich.

Zögernd trat Gretel näher. »Darf ich dich jetzt mal in den Arm nehmen?«

Ein Zucken ging durch meinen dünnen Körper, dann stimmte ich leise zu. Dankbar schloss ich die Lider und ließ die Wärme meiner Tante auf mich wirken. Meine Seele erhob sich auf einer Wolke des Glücks. So viel liebevolle Nähe hatte ich nie zuvor erlebt und fragte mich nun ernsthaft, ob ich das verdient hatte. Tränen rannen unaufhaltsam über mein Gesicht. Ich weinte nur selten, denn dies bedeutete, mich als Opfer darzustellen, doch in diesem Moment schenkten die Tränen mir ein Stück Frieden. Mit jeder weiteren Sekunde beruhigte sich mein Herzschlag. Ich schmiegte mich an den Körper meiner Tante. So musste es sich anfühlen, geliebt zu werden.

Der Neujahrstag neigte sich dem Ende zu. Sophie war wie erwartet verärgert darüber, dass ich ihr nun doch nicht alles über meine Vergangenheit berichtete. Doch sie würde sich gedulden müssen, ich brauchte mehr Zeit, um mich darauf vorzubereiten. Mein Leben ließ sich nun mal nicht in eine Stunde Erzählzeit pressen. Schonend hatte ich ihr beigebracht, dass ich noch nicht bereit war, über ihren leiblichen Vater zu sprechen. Ich hatte ihr aber seinen Vornamen verraten: Jack!

Seinen Namen laut auszusprechen hatte mich Überwindung gekostet. Doch der Klang legte sich wie ein warmer Mantel um meine Seele. Ich hütete mich, Sophie zu sagen, dass sie ihm in der Silvesternacht näher gewesen war, als sie ahnte. Dann hätte sie erst recht keine Ruhe mehr gegeben. Was ich durchaus verstanden hätte.

Es war dann doch noch ein schöner Vormittag geworden. Wir hatten gefrühstückt und dabei nur über belanglose Dinge gesprochen. Am frühen Nachmittag hatte Sophie sich verabschiedet, wie sie es immer tat, mit einer Umarmung. Doch sie war kühler als sonst. Sophie war enttäuscht und ließ mich spüren, dass sie mit meiner Entscheidung nicht einverstanden war. Aber wie hätte ich meiner Tochter erklären sollen, warum meine Lippen verschlossen blieben?

Das kurze Wiedersehen mit Jack hatte mich aus dem Gleichgewicht gebracht. Er hatte so unglaublich gut ausgesehen. Mein Herz pochte heftig in meiner Brust, wenn ich an ihn dachte. Wäre ich meine eigene Patientin, würde ich hellhörig werden und eine kardiologische Untersuchung veranlassen. Ich legte die flache Hand auf meine Brust und musste lächeln. Damals hatte mein Herz ebenso gepumpt. Schmetterlinge hatten ihr Unwesen in meiner Magengrube getrieben. Diese völlig neuen Gefühle hatten die junge Christine fasziniert, aber gleichzeitig auch verunsichert.

»Hört das denn nie auf?«, flüsterte ich. Erst weit nach Mitternacht löschte ich das Licht im Büro. Mit schlurfenden Schritten ging ich ins Bad und betrachtete lange mein Spiegelbild.

Doktor Christine Seidel. Wann hast du eigentlich richtig gelebt?

Ich wünschte mir nichts mehr, als die Vergangenheit ablegen zu können. Die Schmerzen zu vergessen, den Verantwortlichen zu verzeihen und im Hier und Jetzt zu leben. Ich war fast siebzig Jahre alt. Wie alt mochte ein gebrochenes Herz werden? Meine Mundwinkel wanderten nach oben, aber die Augen spiegelten das Lächeln nicht. Die Narben in meinem Gesicht waren kaum mehr zu erkennen. Mehrere Operationen waren dafür nötig gewesen. Doch ganz würden die Spuren nie verschwinden. Ich nahm die Schmerzen immer noch wahr, die damit verbunden gewesen waren.

Die ganzen Grübeleien machten mich müde. Morgen würde ich mich für meine Schicht krankmelden.

Erschöpft kroch ich unter die Bettdecke. Das Schlafzimmer mit seinen weißen Möbeln gab mir ein Gefühl der Sicherheit. Überall hatte ich Rosenblätter verteilt, die ich mit Rosenwasser beträufelt hatte, damit der Duft sich verbreitete. Flauschige Teppiche umgaben das große Bett. Den Fernseher, der sonst immer eingeschaltet war, ließ ich aus. Meine letzten Gedanken galten Jack. Bevor ich einschlief, wünschte ich mir, von ihm zu träumen. Nachts gehörte er nur mir, wie in den vergangenen Jahren auch.

»Jack«, hauchte ich sehnsuchtsvoll. Dann fielen mir die Augen zu.

Ein nächtliches Telefonklingeln riss mich aus dem Schlaf. Ein Notfall? War etwas mit den Kindern? Auf einen Schlag war ich hellwach.

Ich griff nach dem Telefon. Blinzelnd erkannte ich auf dem Display die Nummer meiner Enkelin.

»Lia«, sagte ich drängend, »ist etwas passiert?« Ich saß jetzt aufrecht im Bett, doch ich wurde sofort ruhiger, als ich sie kichern hörte.

»Omilein, ich wünsche dir ein frohes neues Jahr!«

Ihre Worte zauberten mir ein Lächeln ins Gesicht.

»Das wünsche ich dir auch, mein Schatz. Aber hätte es nicht ein paar Stunden Zeit gehabt, mir das mitzuteilen? Sag mir, warum du wirklich anrufst.«

Lia durchlöcherte ihre Oma gern mit medizinischen Fragen, aber so spät nachts oder besser frühmorgens hatten wir noch nie telefoniert.

»Sag mal, Oma, hat man Fieber, wenn man verliebt ist? Oder bekommt man davon Herzklopfen? Ich meine, so richtig Herzklopfen, so stark, dass man meint, das Herz bleibt jeden Moment stehen?«

»Oder springt einem aus der Brust?«, ergänzte ich vergnügt.

»Hattest du so einen Fall etwa mal? Ist es etwas Ernstes?«

»Hm«, machte ich gedehnt, »hört sich ernst an. Verschwitzte Hände, leichtes Zittern?« Ich verkniff mir ein Kichern. »Um wen handelt es sich? Kenne ich den Patienten?«

Ich bettete meinen Kopf auf das weiche Kissen und sah zur Zimmerdecke. Den Telefonhörer fest ans Ohr gepresst, damit ich Lia in gewisser Weise nahe war. Sie schien bis über beide Ohren verliebt. Derart durcheinander kannte ich sie nicht. Lia gluckste am anderen Ende der Leitung.

»Ich glaube schon, Omi. Ich bin der Patient.« Na also.

»Ich freue mich für dich«, meinte ich sanft.

»Aber ich verstehe grad nicht, was mein Körper mit mir macht. Wie soll ich mich so auf mein Studium konzentrieren? Hast du 'ne Ahnung, ob dieser Zustand lange anhält? Ich hoffe nicht.« Lia seufzte schwer. Sie schien wirklich von der Rolle.

»Wenn es der Richtige ist, bleiben diese Gefühle für immer, nur nicht ganz so stark.«

»Für immer?«, wiederholte Lia kreischend. Ich hielt den Hörer weiter weg vom Ohr, damit mein Trommelfell keinen Schaden nahm. »Aber Omi, woher weißt *du* das denn? Du hattest doch noch nie eine lange Beziehung.«

Das versetzte mir einen Stich. Doch ich riss mich zusammen.

»Ich bin Kardiologin, mein Schatz«, sagte ich lächelnd.

»Muss das operiert werden?« Lia gluckste. Sie schien etwas angetrunken.

»Bewahre dir dieses Gefühl, es ist das Schönste, was einem Menschen widerfahren kann.« Lia schwieg. »Bist du noch dran?«

Ein Räuspern ertönte. »Ja.«

»Lia?«

»Omi?«

»Ja?«

»Bist du einsam? Vermisst du dieses Herzklopfen? Darüber habe ich mir nie Gedanken gemacht, du warst einfach immer da. Du bist meine Omi.«

Dieses wundervolle Geschöpf, dachte ich gerührt.

»Einsam? Das war ich nie. Ich habe dich, deine Mutter und meine Arbeit.«

»Aber ...«

»Da gibt es kein Aber, Liebes. Du wirst noch früh genug erfahren, wie ich vor deiner Geburt gelebt habe, sogar vor der Geburt deiner Mutter. Ich bin dabei, alles aufzuschreiben.«

»Klingt ziemlich mühselig. Willst du es mir nicht gleich mündlich erzählen?«

Ich lachte auf.

»Du ähnelst deiner Mutter sehr. Sie hatte diese Idee auch schon. Leider vermute ich, dass Sophie nach unserem Frühstück sauer auf mich ist.«

»Ach, das kenne ich, sie beruhigt sich schon wieder.«

Das hoffe ich.

»Bist du gar nicht neugierig, wer er ist?«

»Du meinst den, der dir diese Herzprobleme bereitet? Doch, schon, aber ich will dich nicht bedrängen. Vielleicht lerne ich ihn ja mal kennen?«

Ich hörte den Atem meiner Enkelin, aber sonst nichts. Sie war noch da. Warum schwieg sie?

»Ja, vielleicht«, hauchte Lia schließlich. Alarmiert presste ich den Telefonhörer fester ans Ohr. Was stimmte da nicht?

»Lia? Geht es dir gut?«

»Das ist es ja, Oma, mir ging es nie besser. Das macht mir Angst.«

Ich entspannte mich und schmunzelte.

»Das muss es nicht, es kommt, wie es kommen muss. Genieße dieses Gefühl des Schwebens über der Erdatmosphäre.«

»Sag mir, Oma, wie lange dauert so ein Flug der Schmetterlinge? Ich möchte ewig so schweben.«

Ich kuschelte mich tiefer in die Kissen.

»Nicht ewig, Kind, aber wenn er der Richtige ist, verwandelt sich das Gefühl in Herzenswärme, die tief in dir Wurzeln schlägt.« Verstohlen wischte ich eine Träne fort, die sich aus meinem Augenwinkel gelöst hatte. Ich hörte Lia seufzen.

»Ich freue mich schon drauf«, säuselte sie.

Sie war so glücklich. Ich betete, dass sie nie eine Enttäuschung erleben musste. Auch wenn dieser Wunsch etwas unrealistisch war. Vor ihr lag noch ein langer Weg, und was die Zukunft ihr bringen würde, war für alle unbekannt.

»Ich wünsche dir alles Glück dieser Welt«, flüsterte ich und schloss für einen Augenblick die Lider.

Wie von selbst wandten sich meine Gedanken wieder Jack zu. Er war im selben Raum gewesen, auf derselben Party. Die Sehnsucht nach ihm ließ meine Nerven rebellieren. Mit jeder Faser sehnte ich mich nach ihm.

Aber es durfte nicht sein. So unendlich viel war seit unserem letzten Gespräch geschehen. Schmerzen, Lügen und Pein lagen zwischen uns. Nie hätte ich den Mut, ihm nun gegenüberzutreten. Nicht nur mein Leidensweg war lang gewesen, ich vermutete, dass es Jack damals ähnlich ergangen war. Ich hatte immer noch den Wunsch, ein neues Leben zu beginnen. Aber nach der Silvesternacht schien mir der Weg steiniger als gedacht. Ein erneutes Aufflammen meiner Liebe könnte noch mehr Seelenschmerz auslösen. Die Kraft, das durchzustehen, hatte ich einfach nicht. Nicht nach all den verlorenen Jahren.

Da wurde mir klar: Ich musste herausfinden, wie lange Jack in Deutschland zu bleiben gedachte. Schließlich konnte ich mich nicht wochenlang in meiner Wohnung verkriechen, um ihn zu meiden.

»Oma! Bist du noch dran?«

»Ähm, ja, ich bin da, mein Liebling.«

»Du pennst doch wohl nicht ein, während ich von ihm berichte?«

»Natürlich nicht, aber du hast mich durchschaut, ich bin hundemüde.« Ich unterstrich die Behauptung mit einem herzhaften Gähnen. In Wirklichkeit war ich hellwach. Ich ahnte, dass meine Gedanken mir für den Rest der Nacht keine Ruhe geben würden. Verdammte Silvesterparty. Der geplante Neuanfang war so richtig danebengegangen.

»Dann schlaf schön, Omi, ich träume noch ein bisschen mit offenen Augen.«

»Flieg aber nicht zu hoch, kleiner Schmetterling«, riet ich und hauchte einen Kuss ins Telefon. Stille. »Lia?«

Sie hatte bereits aufgelegt. Aus reiner Neugier hatte ich noch fragen wollen, wann sie ihn wiedersah.

Dunkle Wolken am Himmel
1960

Der Tag, an dem Gretel mich zu sich geholt hatte, jährte sich in Kürze. Sie hatte mir ein liebevolles Zuhause geschenkt, auch wenn ich meinen Stiefvater immer noch fürchtete. Manchmal schienen mir die Tage der Sicherheit im Haus meiner Tante gezählt. Albträume verfolgten mich und zerrissen meine Seele, doch Gretel eilte jedes Mal an mein Bett, um mich zu trösten. Sie konnte mich jedoch nie ganz beruhigen, denn ich spürte, dass ein weiterer Schatten über uns hing. Besorgt beobachtete ich den zunehmend schlechter werdenden Gesundheitszustand meiner Tante. Gretel redete nicht darüber, aber ich ahnte, dass eine folgenschwere Veränderung kurz bevorstand. Sie wich jedoch energisch aus, sobald ich sie darauf ansprach.

»Kümmere dich lieber um deine Schulbildung«, sagte sie immer. »Mir geht es gut.«

Ich zweifelte an Gretels Worten, aber da sie es vorzog, nicht mit mir zu reden, blieb mir keine andere Wahl, als abzuwarten. Nachts hörte ich sie manchmal weinen, kurz darauf folgte dann ein beängstigender Hustenanfall. Gretel hatte kaum Appetit. Schwach stocherte sie in ihrem Essen herum, bloß um es unter dem Vorwand, sie werde es später essen, in den Kühlschrank zu stellen. Am nächsten Morgen entdeckte ich dann die Reste in der Mülltonne.

Verzweiflung stieg in mir auf, wenn ich daran dachte, ihr könnte etwas zustoßen. Abgesehen davon, dass ich sie sehr liebte, stellte ich mir unaufhörlich die bange Frage, was aus mir werden sollte, falls ... Es fiel mir schwer, mich damit auseinanderzusetzen, dennoch musste ich realistisch bleiben. Ich war minderjährig. Das bedeutete, dass ich zu meinen Eltern zurückmüsste, sollten sich meine Befürchtungen bewahrheiten. Ich erschauderte bei der Vorstellung. Die Rückkehr ins Elternhaus wäre eine Katastrophe für mich. Hans' gesammelte Wut würde auf einmal auf mich niederprasseln, und ich war mir nicht sicher, ob ich das überleben würde.

Gretel hatte alle Register gezogen, als es darum ging, das Sorgerecht für mich zu bekommen. Sie hätte ihre Schwester und ihren Schwager vor Gericht gezerrt, wenn diese nicht nach wochenlangem Streit klein beigegeben hätten. Die Zeit bei Gretel war für mich der Himmel auf Erden. Morgens fuhr sie mich zur Schule und holte mich dort pünktlich wieder ab. Es sei denn, ich hatte mich mit Karin verabredet. Dann holte Gretel mich in den frühen Abendstunden von Karins Elternhaus ab.

Nach und nach entwickelte ich mich zu einer selbstständigen Persönlichkeit. Ich fasste Vertrauen in das Leben, das vor mir lag. Auch die schlimmen Träume, von denen ich nachts heimgesucht wurde, blieben irgendwann aus. Karin war inzwischen meine beste Freundin, mit der ich alles teilen konnte. Schöne, aber auch traurige Dinge oder Sorgen konnte ich bei ihr ohne Scheu loswerden. Genauso, wie Karin sich auf mich verlassen konnte. Allerdings gab es etwas, das ich ihr ebenso verschwieg wie meiner Tante. Eine besondere Begegnung, die mir nicht mehr aus dem Kopf ging.

Ich war mit Karin verabredet gewesen. Ich wartete auf einer Bank im Schlosspark auf sie. Die Vögel sangen schöner als je zuvor im grünen Blätterwald. Auf den Knien hatte ich ein Biologiebuch liegen, in dem ich las, um die Wartezeit zu überbrücken. Karin kam oft zu spät, daran hatte ich mich längst gewöhnt. Vertieft in mein Lehrbuch, spürte ich plötzlich eine Person neben mir auf der Bank. Ohne aufzuschauen, klappte ich das Buch zu.

»Du kommst auch immer später, ich ...«

Erschrocken brach ich meine Standpauke ab. Neben mir saß nicht wie erwartet Karin. Sondern ein Mann in Uniform.

»Hello, schöne Frau«, sagte er. Ich hatte noch nie einen Engländer getroffen, geschweige denn reden hören. Aber die Art, wie er das R rollte, enttarnte ihn als Briten. Vor nicht allzu langer Zeit hatte ich ein Gespräch im Radio verfolgt, indem ein Offizier der British Army über seinen Aufenthalt in Deutschland gesprochen hatte. Ich fand das unglaublich beeindruckend. Die britische Besatzungsmacht war nach Kriegsende nicht von allen Deutschen freudig begrüßt worden. Dennoch waren die Briten in der damaligen Hungersnot willkommene Versorger mit Essen und Spezialitäten. In den frühen Fünfzigerjahren war es noch für beide Seiten verboten gewesen, miteinander Umgang zu haben. Trotzdem wurden zu der Zeit viele Besatzungskinder gezeugt und geboren, was den Unmut der Gesellschaft erregte. Die meisten Engländer waren inzwischen aus Schleswig-Holstein abgerückt. Nur wenige hielten noch außerhalb der Stadt die Stellung.

Dieser hier sah gut aus. Die blonden Haare trug er, wie es bei der British Army üblich war, kurz geschoren. Ich schätzte sein Alter auf mindestens fünfundzwanzig. Er lächelte mich frech an und nahm mich mit seinen hellblauen Augen gefangen. Eine kleine Narbe an seiner Stirn weckte meine Neugierde. War das eine Kriegsverletzung? Ich rechnete rasch zurück. Nein, er war meiner Einschätzung nach zu jung, um an der Front gekämpft zu haben.

»Darf ich dich auf ein Eis einladen?«, fragte er.

Ich hatte immer noch nicht meine Sprache wiedererlangt. Mit geöffnetem Mund starrte ich den fremden Soldaten an und konnte lediglich den Kopf schütteln. Dabei wurde mir beinahe schwindelig.

»Ich erwarte in wenigen Minuten meine Freundin«, brachte ich schließlich hervor und war verwundert, da ich meine eigene Stimme kaum erkannte.

»Schade, ich hätte mich sehr gefreut. Vielleicht ein anderes Mal?« Er sah mich aus herzerweichenden Augen an, sodass es mir schwerfiel, die Einladung abzulehnen.

»Ich habe wenig Zeit«, log ich dennoch.

Offenbar bemerkte er, dass ich mich bedrängt fühlte, denn er erhob sich langsam und reichte mir die Hand zum Abschied. Ich zögerte keinen Moment, sondern ergriff sie. Wärme strömte durch meine Adern direkt ins Herz, das sekundenlang stillzustehen schien, bis es wild weiterklopfte. Ich spürte Hitze in meinem Gesicht, als unsere Blicke miteinander verschmolzen. Schnell schaute ich weg. Ich wusste nicht viel von der Liebe zwischen Mann und Frau, aber in diesem Moment war ich überzeugt: Wenn es diese Liebe gab, könnte er der Mann für mich sein.

»Es hat mich sehr gefreut, dich kennenzulernen«, sagte er. »Mein Name ist übrigens Jack. Darf ich deinen Namen auch erfahren?«

»Christine«, erwiderte ich eilig. Ich hielt es für besser, wenn er schnell wegging. Jacks Augen leuchteten.

»Bye-bye, Christine, bis hoffentlich bald.«

Bewegungslos starrte ich auf meine Hand, die eben noch in Jacks gelegen hatte. Aus den Augenwinkeln sah ich, dass er sich entfernte.

»Bye-bye, Jack«, murmelte ich, als ich ihn außer Hörweite glaubte.

Neben mir entdeckte ich eine Tafel Schokolade. Schnell griff ich danach und ließ sie in meiner Rocktasche verschwinden. Süßigkeiten waren nach wie vor unerschwinglich. Auch wenn Tante Gretel finanziell gut zurechtkam, war eine Tafel Schokolade für uns etwas Besonderes. Ich hätte sie ja mit Karin geteilt, aber dann müsste ich ihr von Jack erzählen. Bis ich dazu bereit war, beschloss ich, die Schokolade an einem sicheren Ort aufzuheben. Ich erlaubte mir nur, daran zu schnuppern. Der süße Duft war verführerisch, doch ich blieb tapfer und rührte sie nicht an.

An diesem Tag kam Karin nicht zu unserem Treffpunkt. Enttäuscht fuhr ich mit dem nächsten Bus nach Hause. Der Gesundheitszustand meiner Tante verschlechterte sich zusehends, darum nahm ich seit Neustem öfter den Bus.

Einige Tage später schickte ich mich an, das Abendessen zuzubereiten. Meiner Tante ging es heute besonders schlecht, sie hatte seit dem Nachmittag das Bett nicht verlassen. Sorgenvoll spähte ich durch die offene Tür des Schlafzimmers. Schweißnass klebten Gretels Haare an ihrem Kopf. Die sonst so leuchtenden Augen lagen trüb in ihren Höhlen. Ich erschauderte.

Da rief Tante Gretel mit fester Stimme: »Kind, wir müssen etwas besprechen. Ich mache mich nur noch frisch, dann komme ich zu dir ins Wohnzimmer.«

»In Ordnung, Tante, soll ich dir helfen?« Abwartend blieb ich im Türrahmen stehen.

»So weit ist es noch nicht, ich komme sehr gut allein zurecht.« Gretel richtete sich auf, um mir zu beweisen, dass sie keine Hilfe benötigte.

Mit zitternden Händen befüllte ich das Teeei, meine Tante konnte einen Tee sicher gut gebrauchen. Danach bestrich ich Brote mit Butter und belegte sie mit Wurstscheiben und dem Käse, den Gretel so liebte. Fürsorglich stellte ich alles auf ein Tablett, um es in die Stube zu tragen. Ich breitete gerade eine Wolldecke auf dem Sessel meiner Tante aus, als ich ihre schlurfenden Schritte im Flur vernahm. Schlagartig fröstelte ich. In ihrem Morgenmantel wirkte sie noch zerbrechlicher als sonst. Sie lächelte verkrampft, als sie die belegten Brote auf dem Tisch entdeckte.

»Kind, das sieht aber lecker aus. Ich danke dir.« Schwerfällig ließ sie sich auf ihrem Platz nieder und griff nach einem Käsebrot. Ich erkannte deutlich, wie viel Mühe es sie kostete, mir einen guten Appetit vorzuspielen. Ich gab vor, es nicht zu bemerken, und nahm mir auch eine Scheibe vom Teller. Der Tee dampfte in den Tassen und verströmte einen betörenden Duft im Wohnzimmer.

»Tante Gretel ...«

»Gleich, ich muss mich erst stärken«, meinte sie. Ich verstummte. Erschrocken musste ich feststellen, dass sie kaum die Teetasse zu halten vermochte. Bestürzt eilte ich um den Tisch herum und kam ihr zu Hilfe. »Bist ein gutes Kind, bitte sei mir nicht böse.«

»Aber ich bin dir doch nicht böse, was ist bloß mit dir?« Meine Stimme versagte, und Tränen rollten mir über das Gesicht. Ich schimpfte innerlich mit mir. Ich musste mich zusammenreißen. Mit zitternden Fingern nahm ich ihr die Teetasse ab, um sie zurück auf den Tisch zu stellen. Tante Gretel zog die Wolldecke höher über ihren Körper und begann zu reden.

»Dir ist sicher nicht entgangen, dass ich krank bin.«

»Nein. Was ist es? Sag es mir bitte.« Obwohl ich große Angst vor der Antwort hatte, brannte ich darauf, zu erfahren, wie es um sie stand.

»Krebs.«

Dieses Wort stand bedrohlich im Raum. Ich atmete zitternd ein. Würde meine Tante daran sterben? Gab es eine Chance auf Heilung? Ich hing an ihren Lippen.

»Die Ärzte sagen, dass eine Operation nicht möglich sei, daher ist die Chemo meine einzige Chance. Ob die Behandlung überhaupt Wirkung zeigen wird, bleibt abzuwarten. Mir werden die Haare ausfallen. Auch sonst wird das kein

Spaziergang. Ich fürchte mich davor und weiß nicht, ob ich es überhaupt damit versuchen will.«

Ich sprang auf. »Was ist das denn für eine Frage? Wenn es die einzige Chance ist, gesund zu werden, ergreifst du sie auch. Du schaffst das schon. Ich bin schließlich auch noch da.«

Gretel sah mich eindringlich an.

»Auch für dich wird es nicht angenehm werden. Ich möchte dir ungern zur Last fallen.«

»Das tust du nicht! Ich bin stark, und du bist es auch.«

Gretel seufzte. »Schon lange nicht mehr, Kind. Ich habe große Angst, dass ich meinen Kampfgeist verloren habe.«

Eine Träne rann über Gretels Gesicht. Schluchzend kniete ich vor ihr nieder und schlang die Arme um ihren zitternden Körper.

»Du schaffst das, das weiß ich ganz sicher. Wenn es jemand schafft, dann du.«

»Lass uns mit dem Schwafeln aufhören. Wir müssen besprechen, wie es nach meinem Ableben für dich weitergeht. Es gibt ein Testament, in dem du als Alleinerbin eingesetzt bist. Aber wenn ich es nicht bis zu deiner Volljährigkeit schaffe, dann hat dein Vater die Hand drauf. Wir müssen alles ganz genau planen. Hörst du mich?«

Ich starrte ins Nichts. Die Worte meiner Tante lähmten mich für einen Moment.

Er wird mich umbringen.

»Das zählt jetzt alles nicht, du solltest dich nur darum kümmern, gesund zu werden.« Ich schluckte die Angst und den Kummer um Gretel herunter. Ich wollte alles dafür tun, dass meine Tante nicht den Mut verlor, die Behandlung durchzustehen.

Sie blieb stur. »Ob du willst oder nicht, wir werden dich absichern.«

Ich hatte nie gelernt, Widerworte zu geben, das war unter

dem Dach meines Stiefvaters viel zu gefährlich. Aber nun richtete ich mich zu meiner vollen Größe auf.

»Ob du es einsiehst oder nicht, du wirst wieder gesund. Nur daran denken wir!« Ich schlug mit der flachen Hand auf den Tisch und erschrak vor meiner eigenen Courage.

Meine Tante lachte leise. »Du wirst es einmal weit bringen, daran kann auch dein Stiefvater nichts ändern. Bitte vergiss das nie.«

Die Tatsache, dass Gretel bereits am nächsten Tag nach Kiel in die Uniklinik musste, um die Krebstherapie anzutreten, überforderte mich auf das Äußerste. In drei Tagen sollte sie wieder zurück sein. Bevor der Krankentransport sie wegbrachte, nahm Gretel mich noch mal zur Seite.

»Verrätst du mir, warum du so verändert bist? Du strahlst hin und wieder wie ein Honigkuchenpferd. Bist du vielleicht verliebt?« Gretel zwinkerte mir belustigt zu. Sie schien guter Dinge und fürchtete sich nicht mehr vor dem Krankenhaus. Nach unserem Gespräch hatte sie sich entschieden zu kämpfen, worüber ich sehr froh war.

Bei ihrer Frage spürte ich glühende Hitze in mir aufsteigen und wurde rot. Gleichzeitig war ich beschämt, dass die Begegnung mit dem Engländer so eine Wirkung zeigte, obwohl es Gretel derart schlecht ging.

»Ich freue mich bloß, dass du die Behandlung in Angriff nimmst, denn ich bin sicher, du wirst wieder gesund.« Ich gab meiner Tante zum Abschied einen Kuss auf die Wange, dann schlug ich die Autotür hinter ihr zu. Wie betäubt sah ich dem Wagen nach, der meine Tante in eine ungewisse Zukunft transportiere. Ein letztes Mal hob ich die Hand zum Gruß und kehrte schweren Herzens ins Haus zurück.

Ich fuhr mit dem Fahrrad zur Schule. Gretel hatte mir das Versprechen abgenommen, dass ich den Unterricht nicht ausfallen lassen würde, nur weil sie ›ein wenig kränkelte‹.

Sie hatte gut reden. Sie war schwer krank, und ich kam vor Sorge fast um.

Ich hatte Mühe, mich auf den Unterricht zu konzentrieren, da meine Gedanken ständig zu Gretel abdrifteten. Die Matheaufgaben, die mir sonst große Freude bereiteten, tanzten nun vor meinen Augen, ohne dass ich auch nur ansatzweise einen Sinn darin erkannte. Meine Lehrerin, Fräulein Hansen, rief mich in der Pause zu sich ins Lehrerzimmer und erkundigte sich, ob ich Probleme hätte. Tante Gretel hatte mich davor gewarnt, anderen von ihrer Krankheit zu erzählen. Sie fürchtete, das Jugendamt könnte sonst auf mich aufmerksam werden und mich zu meinen Eltern zurückbringen. Der Albtraum schlechthin. Ich versicherte meiner Lehrerin daher, dass mit mir alles in bester Ordnung wäre.

Ich beschimpfte mich leise, als ich das Lehrerzimmer verließ, und schwor, mich in Zukunft besser auf den Unterricht zu konzentrieren. Wieder in den Fängen meines Stiefvaters zu landen, wäre eine Rückkehr in die Hölle.

Herzklopfen und Schokolade

Obwohl ich Tante Gretel versprochen hatte, keine Dummheiten zu machen, während sie sich in Kiel ihrer Chemotherapie unterzog, holte ich mein Fahrrad aus dem kleinen Schuppen und radelte nach Husum, auf direktem Weg zum Schlosspark. Der Engländer spukte immer noch in meinem Kopf herum, und ich hoffte, ihn hier zufällig wiederzutreffen. Ich setzte mich mit einem Buch auf dieselbe Parkbank. Die Buchstaben auf der Seite verschwammen vor meinen Augen, doch ich hütete mich davor, mich suchend umzusehen.

Ein Schauder durchfuhr meinen Körper, als ich seine Stimme hörte. Rasch schaute ich auf, und unsere Blicke trafen sich. Genau wie bei unserer ersten Begegnung machte mein Herz auch nun regelrechte Freudensprünge. Jack trug dieses Mal keine Uniform, was seine Ausstrahlung jedoch nicht minderte. Im Gegenteil.

»Hey«, sagte er sanft. »Ich hatte gehofft, dich hier zu finden.«

Um ein Haar hätte ich geantwortet: ›Ich auch.‹

Doch ich schluckte die Worte schnell herunter, stattdessen sagte ich: »Das ist ja ein Zufall.«

Ich hoffte, er würde meine zitternde Stimme nicht bemerken.

»Darf ich dich heute zu einem Eis einladen?« Er grinste mich herausfordernd an. Sicher erwartete er, dass ich wieder ablehnte. Ich war selbst verunsichert, wie rasch ich zustimmte.

Lachend ergriff er meine Hand und zog mich auf die Beine.

»Dann los, es gibt da eine Eisdiele, die du unbedingt kennenlernen musst.«

Er will mir eine besondere Eisdiele zeigen. Dabei kenne ich doch keine einzige.

Wir gingen die Neustadt hinunter zum Zentrum. Es herrschte reger Betrieb, in der Viehhalle war Markt. Dort boten die Landwirte ihre Rinder zum Verkauf an. Die Stimmung glich einem Rummel. Wir kehrten der Markthalle, die voller Menschen war, den Rücken zu. Ich überlegte, ob es nicht besser wäre, den Weg über den Park zu nehmen. Mein Stiefvater hatte zwar keine Tiere anzubieten, denn der Bestand in seinem Stall reichte nur für den Eigenverbrauch, aber er liebte den Trubel der Händler und mischte sich nur zu gerne unter das Volk. Besorgt schaute ich den Menschen entgegen, die ihre Tiere zum Markt trieben. Die Rinder sprangen aufgeregt hin und her. Ich konnte mit ihnen mitfühlen, denn ich war nicht weniger nervös.

Jack bemerkte meine Unsicherheit. Unauffällig nahm er meine Hand. Ein Blitz schoss durch meine Adern ob der unverhofften Berührung.

»Wovor fürchtest du dich?«

Ich war erstaunt über Jacks gutes Gespür für meine Stimmungslage. Schnell schüttelte ich die trüben Gedanken ab und lächelte ihn zaghaft an.

»Alles in Ordnung, lass uns weitergehen.«

Ich ging etwas schneller und führte ihn an den hinteren Häuserreihen vorbei. Die Eisdiele lag in der Roten Pforte am Busbahnhof. Die Worte meiner Mutter hallten in meinen Ohren nach: ›*Wenn du deinem Vater davon erzählst, bist du tot.*‹ Rasch verwarf ich die schreckliche Erinnerung.

Erleichtert stellte ich fest, dass kaum Gäste da waren. Wir wählten einen Tisch im Außenbereich und setzten uns.

Nervös rutschte ich auf meinem Stuhl hin und her. Ein zunehmend schlechtes Gewissen plagte mich. Ich hatte meiner Tante versprochen, keine Dummheiten zu begehen, war dies hier eine? Ich war jung, gehörte das nicht dazu? Karin traf sich schon lange mit Jungs aus der Schule. Regelmäßig erklärte sie mir, wie enorm verliebt sie sei, und der momentane Flirt war jedes Mal die große Liebe ihres Lebens.

Jack für den Mann zu halten, mit dem ich mein Leben verbringen würde, war sicher vermessen. Er würde bald nach England zurückkehren, und ich würde ihn nie wiedersehen. Allein der Gedanke führte dazu, dass mein Herz sich unerträglich verkrampfte. Warum rief er solche Gefühle in mir hervor? Ich kannte ihn kaum. Doch die jahrelangen Misshandlungen durch meinen Stiefvater hatten dafür gesorgt, dass ich nach Liebesbekundungen hungerte.

»Du bist so wunderschön, ich habe nach unserem ersten Treffen immer nur an dich denken müssen«, flüsterte er ergriffen und sah mir liebevoll in die Augen.

Ich war es nicht gewohnt, Komplimente zu bekommen. Und Jack versprach, mir die Sterne von Himmel zu holen.

»Ich kenne dich doch gar nicht«, sagte ich, nachdem er mir ebendas geschworen hatte. »Warum bist du so davon überzeugt, dass du mich nie wieder loslassen willst?«

Er lächelte mich an und brachte mich damit vollkommen durcheinander.

»So etwas weiß ich eben. Du bist mein Polarstern, ohne dich will ich nicht nach Hause fahren. Wann darf ich deine Eltern kennenlernen?«

Erschrocken schnappte ich nach Luft. Sofort war die Angst wieder da, und ich sah mich unbehaglich um. War es möglich, dass wir beobachtet wurden? War mein Stiefvater in der Nähe? Sobald er erfuhr, dass Tante Gretel in Kiel war, würde er mich an den Haaren nach Ockholm zerren und mir eine Tracht Prügel verpassen, dass mich niemand mehr wiedererkannte. Die Angst davor schnürte mir die Kehle zu. Zu spät bemerkte ich, dass Jack mich prüfend ansah.

»Sternchen, sag mir endlich, wovor du dich fürchtest. Ich werde dich beschützen. Bitte vertrau mir.«

Ihm vertrauen? Ich hatte nach dem Umzug zu meiner Tante halbwegs zu mir selbst gefunden, aber Vertrauen hatte ich nicht und wusste auch nicht, ob ich es je jemandem entgegenbringen würde. Jacks Wärme konnte unmöglich echt sein, egal was er sagte. Ich konnte ihm einfach nicht glauben.

Ich legte meinen Löffel beiseite und schob den halbleeren Eisbecher in die Mitte des Tisches.

»Bitte entschuldige, aber ich muss gehen«, raunte ich, ohne ihn dabei anzusehen. Wir erhoben uns beide gleichzeitig. Wegen der eng gestellten Tische und Stühle standen wir dicht nebeneinander. Ich spürte seinen Atem auf meiner Haut. Nun hob ich doch meinen Blick. Zärtlich nahm er mein Kinn zwischen Daumen und Zeigefinger. Die Berührung ließ einen Vulkan in mir ausbrechen. Bevor ich etwas sagen oder tun konnte, küsste er meine Lippen, die sofort Feuer fingen. Meine Knie gaben nach, und ich plumpste zurück auf den Stuhl, der gegen meine Waden gedrückt hatte. Sofort nahm Jack meine Hand und half mir wieder hoch.

»Ich wusste gar nicht, dass ich so umwerfend bin«, scherzte er mit rauer Stimme. Mir gefiel seine unbekümmerte Art, die es schaffte, mich ein wenig von der Sorge um Tante Gretel und der Angst vor meinem Stiefvater abzulenken.

Dennoch zog ich es vor, nach Hause zu gehen, ehe ich mich vollends in diesen viel älteren Mann verliebte. Doch ich fürchtete, dass es schon geschehen war. Jack bestand darauf, mich ein Stück zu begleiten. Ich willigte ein, aber nur bis zu der Stelle, an der ich mein Rad abgestellt hatte.

Ich betete, dass es in der Zwischenzeit nicht geklaut worden war, da es eine Erinnerung an den Mann meiner Tante war. Doch ich sah schon von Weitem, dass ich mir umsonst Sorgen gemacht hatte.

Als wir den Schlosspark erreichten, schaute ich wieder zu Jack auf. Er war beeindruckend groß und stark. Mein Herz schlug Purzelbäume und raubte mir den Atem. Jack stand dicht vor mir, seine Augen schienen jeden meiner Gesichtszüge abzutasten und sich einzuprägen. Ob er ahnte, dass mein Herz Achterbahn fuhr? Hatte er vielleicht die gleichen Gefühle für mich?

Jack stupste meine Nase mit dem Zeigefinger an.

»Du bist mein Stern, bitte vergiss das nicht.« Er grinste mich herausfordernd an. Regungslos ließ ich zu, dass er mich küsste. »Wann darf ich dich wiedersehen?« Sein Blick war beinahe flehend, als hätte er Angst, zurückgewiesen zu werden.

Ich druckste herum. In drei Tagen wäre meine Tante zurück, dann benötigte sie meine Unterstützung, um mit den Nachwirkungen der Chemo fertigzuwerden. Doch noch während ich das dachte, entfuhr mir: »Morgen!«

Jack verzog bekümmert das Gesicht.

»Da kann ich leider nicht. Für morgen sind Testflüge angeordnet, und da ich die Verantwortung für den reibungslosen Ablauf habe, bin ich unabkömmlich. Wärst du auch mit übermorgen einverstanden?« Eine Sorgenfalte hatte sich auf seiner Stirn gebildet.

Ich nickte schnell, wich jedoch zurück, bevor er mir erneut einen Kuss auf die Lippen drücken konnte.

»Übermorgen um die gleiche Zeit?«, fragte er.

Wieder ein Nicken meinerseits, dann stieg ich umständlich auf mein Rad und fuhr davon. Ich trat kräftig in die Pedale, in meinem Kopf hallte unaufhörlich: *Übermorgen ... Übermorgen ... Übermorgen!*

Flügelschlag nach vorn
2014

Ich hatte wieder wenig geschlafen. Mühevoll quälte ich mich aus dem Bett. Zuerst griff ich nach dem Telefon und meldete mich für die nächsten Tage von meinem Dienst ab.

»Bist du krank?«, erkundigte sich Dr. Berger. Elena Berger war eine Kollegin, mit der ich mir seit vielen Jahren den Operationssaal teilte und die ich in der Zeit liebgewonnen hatte. Zu mehr als einer Arbeitsbekanntschaft war es zwischen uns nie gekommen, trotzdem würde sie mir nach meinem Abschied aus der Klinik schmerzlich fehlen.

»War alles ein bisschen viel in letzter Zeit. Ich vermute, der Ruhestand ruft lauter, als ich es wahrhaben möchte.« Ich lachte verhalten.

»Unsinn, du bist doch fitter als alle jungen Kollegen hier in der Klinik. Ist bei dir wirklich alles okay?«

»Was denn sonst«, erwiderte ich betont locker und verabschiedete mich.

Ratlos verweilte ich in der Mitte des Wohnzimmers. Was sollte ich nun tun? Wieder ins Bett gehen? Ich gab mir einen Ruck. Nur nicht hängen lassen. Nachdem ich das Radio im Bad eingeschaltet hatte, begab ich mich unter die Dusche und ließ das warme Wasser meine Sinne wecken.

Danach trocknete ich mich sorgfältig ab und verteilte eine Pflegelotion auf meinem Körper. Ausgerechnet heute hatte der niedersächsische Sender beschlossen, alte Schlager aus den Sechzigern und Siebzigern zu spielen. Heidi Brühl trällerte die Schnulze *Wir wollen niemals auseinandergehn.*

Jack hatte den deutschen Schlager oft vor sich hingesungen, wenn wir uns voneinander verabschiedeten. Er liebte die damals aktuellen Lieder, zu denen sich Verliebte eng umschlungen über die Tanzflächen der angesagten Lokale schoben. Leider waren wir nie dazu gekommen, so etwas zu tun, da ich mich nicht mit ihm in der Öffentlichkeit hatte zeigen dürfen.

Die Emotionen gingen wieder mit mir durch. Wütend warf ich mein Handtuch in die Ecke und eilte zum Radio, um es abzuschalten. Schlagartig war ich von Stille umgeben, die mich zu erdrücken schien. Rasch zog ich mich an und verließ das Haus. Ohne Plan stieg ich in mein Auto und fuhr los.

Ein innerer Kompass schien mich auf die A 7 zu lenken. Ehe mir bewusstwurde, wohin die Fahrt mich führte, fand ich mich vor dem Elbtunnel wieder. Mein Unterbewusstsein lenkte mich gen Norden. Ich war lange nicht mehr hier gewesen und überrascht, wie sich alles verändert hatte. Zur Rechten im Hafen von Waltershof lagen Schiffe aus aller Welt, die die Größe von Hochhäusern hatten. Die Metallschienen quer über der Fahrbahn gaben den Rhythmus vor: tack-tack-tack. Je schneller ich fuhr, umso kürzer die Intervalle. Ich drosselte das Tempo auf achtzig Kilometer die Stunde, mehr war hier nicht erlaubt. Trotzdem rasten Autos an mir vorbei, als ob deren Insassen fürchteten, nicht rechtzeitig ihr Leben beenden zu können.

Ich behielt die Ruhe, da ich ohnehin nicht wusste, was ich in Nordfriesland wollte. Aber irgendetwas zog mich magisch dorthin. Zuletzt war ich zur Beerdigung meines Stiefvaters dort gewesen. Nicht um zu trauern, sondern um sicherzugehen, dass er wirklich unter die Erde gebracht wurde. Ich sollte mich schämen. Als Ärztin war es meine Aufgabe, Leben zu retten. Doch wenn ich etwas für ihn hätte tun können – hätte ich es *nicht* getan.

Ich streckte mich, mein Rücken schmerzte von der ungewohnt langen Autofahrt. In Itzehoe rollte ich von der Autobahn, um mir die Beine zu vertreten und zu tanken. Im Shop kaufte ich mir ein Brötchen ohne Belag. Ich verspürte nur wenig Appetit, dennoch hörte ich auf meinen knurrenden Magen. Danach fuhr ich zurück auf die Autobahn Richtung Norden. Ein mulmiges Gefühl überkam mich, als ich an Husum vorbeifuhr. Hier hatte alles begonnen. Kurz überlegte ich, durch die Innenstadt zu kurven. Doch ich verwarf den Gedanken sofort wieder. Mein Ziel war Ockholm. Mit den Warften und dem ehemaligen Hof meiner Eltern. Nach ihrem Tod hatte ich den Seidel-Hof verkauft und den Erlös einem Kinderheim in Niebüll gespendet. Nichts sollte mich mehr an meine Eltern erinnern. Doch das war nicht so leicht. Die Erinnerungen hafteten weiterhin an meiner Seele.

Das Haus meiner Tante hielt ich in Ehren. Hin und wieder beauftragte ich einen Gärtner für die Gartenpflege. Ich lenkte den Wagen in Struckum links auf die Bäderstraße, die mich über die Köge nach Ockholm führte. Der Cecilienkoog auf der L 278 erstreckte sich schier endlos an der Straße entlang. Die Höfe lagen weit auseinander. Ein beklemmendes Gefühl erfasste mich, als ich daran dachte, dass hier niemand das weinende Kind gehört hatte, das sich doch nur nach Liebe sehnte. Mein Geburtsort war inzwischen beliebt bei Touristen. Die Nähe zur Nordsee zog Menschen an, die Erholung suchten. Bedauerlich, dass die schöne, weite Landschaft der Reußenköge in Nordfriesland für mich nur Bitterkeit und Schmerz bedeutete, denn die sogenannte Weite war für mich ein Gefängnis gewesen.

Ich beschleunigte das Tempo und erreichte den Sönke-Nissen-Koog, dessen Dächer zu Ehren von Sönke Nissen, der den Gemeinden viel Geld gespendet hatte, alle im gleichen Grünton leuchteten. Hier hatte sich kaum etwas verändert. Nur die Windkraftanlagen, die wie dünne Spargelstangen in den Himmel aufragten, hatte es damals noch nicht gegeben. Die Rotorblätter schienen sich im Einklang zu bewegen, gleichmäßige Flügelschläge. Irgendwie erinnerte mich der Anblick an das Synchronschwimmen aus einem alten amerikanischen Film mit Esther Williams. Ein beruhigendes, sinnliches Gefühl überkam mich, das ich dankbar annahm.

Bei meiner Ankunft schien Ockholm menschenleer. Nur der Autoverkehr hielt den Ort am Leben. Ich rollte an den Warften vorbei und stoppte vor dem Hof, den ich verkauft hatte. Nichts sah mehr so aus, wie ich es in Erinnerung hatte. Die neuen Betreiber hatten das schäbige, vernachlässigte Haus auf Hochglanz gebracht. Versonnen sah ich zur Auffahrt hinauf. Ja, ich hatte alles richtig gemacht. Offenbar lebten hier glückliche Menschen. Der Hof war erfüllt von Lachen. Das bildete ich mir zumindest ein. Denn das war mein größter Wunsch gewesen: glückliche Bewohner für ein Haus, das früher voller Tränen gewesen war.

Ich nickte mehr oder weniger zufrieden, aber mein Kopf blieb nicht stumm, also legte ich den ersten Gang ein und brauste davon. Ich besuchte das Grab meiner Tante, für das ich Blumen an der Tankstelle gekauft hatte. Ihr Wunsch war es gewesen, auf dem Friedhof in Ockholm beigesetzt zu werden. Zumindest war es das, was ich hinterher erfahren hatte. Ich hatte an ihrer Beerdigung nicht teilnehmen können. Der Gedanke daran erfüllte mich auch jetzt noch mit tiefer Traurigkeit.

Vor der Kirche befand sich ein Denkmal mit einem Eisernen Kreuz auf der Spitze. Die Inschrift auf der Vorderseite lautete: ›Unseren im Kampfe für Heimat u. Vaterland 1914–1918 und 1939–1945 gefallenen und vermissten Brüdern in Dankbarkeit gewidmet.‹ Die Inschrift auf der Rückseite besagte: ›Niemand hat größere Liebe denn die, dass er sein Leben lässt für seine Freunde. Joh. 15.V.13.‹ Kreisförmig um den Gedenkstein lagen neunundsechzig Tafeln mit den Namen der vierundzwanzig beziehungsweise fünfundvierzig Kriegstoten der beiden Weltkriege. Abgesehen von dem Straßenlärm war der Friedhof ein Ort der Stille. Selbst nach all den Jahren war ich so voller Hass auf meinen Stiefvater, dass ich für einen Moment dachte, dass er hier auf diesen Friedhof nicht hingehörte. Ich wünschte mir, dass er trotzdem in der Hölle schmorte.

Ich verweilte einen Moment vor dem Denkmal und suchte den Namen meines Onkels, Gretels Mannes, der in Russland gefallen war. Eine Liebe, die auch nach seinem Tod gehalten hatte. Es gab sie, die Liebe für immer. Meine Tante hatte nie wieder geheiratet. Ob meine Mutter am liebsten auch so gehandelt hätte? Gretel hatte ihr damals zur Heirat mit Hans geraten, damit ich einen Vater hatte. Ich lachte freudlos auf. Gretel hatte meist recht behalten mit ihren Meinungen und Ratschlägen, aber in diesem Fall hätte Anna nicht auf sie hören sollen. Vielleicht wäre dann alles anders gekommen.

Das Grab meiner Eltern ließ ich links liegen. Meine Mutter hatte mir zwar später oft leidgetan, aber ich konnte ihr trotzdem nicht verzeihen. Spätestens, als ich Sophie in meinen Armen hielt, war mir bewusst geworden, wie sehr eine Mutter ihr Kind liebte. Ich hätte meinem Kind nie etwas Böses antun oder dabei zuschauen können, wie ein anderer ihm Leid zufügte. Diese Vergangenheit sollte für immer ruhen. Auch wenn es kaum möglich war.

In Struckum hielt ich vor dem Haus meiner Tante. Ich holte den Schlüssel, den ich immer dabeihatte, aus meiner Handtasche und stieg aus. Die Tür knarrte, als ich das Haus betrat. Ein vertrautes Geräusch. Meine Tante hatte es nie geschafft, etwas dagegen zu unternehmen. Still lächelnd schritt ich hinein.

Die Räume erinnerten an eine Filmszene aus den Fünfzigerjahren. Ich hatte alles so belassen, wie es gewesen war. Dort drüben auf dem Sofa hatte Gretel oft gelegen, wenn sie sich zur Mittagsruhe begeben hatte. Der alte Elektroherd würde immer noch funktionieren, wenn man ihn an den Strom anschloss. Der Gärtner hatte mir einmal mitgeteilt, dass ein Museum an der Einrichtung Interesse zeigte. Aber das kam für mich nicht infrage. Niemand würde die Erinnerungen an Gretel auseinandernehmen, solange ich lebte.

Vor ihrem Schlafzimmer lehnte ich mich an den Türrahmen. Hier war ich oft unter ihre Decke gekrochen, wenn ich schlecht geträumt hatte. Ein sicherlich ungewöhnliches Bild mit einer fast erwachsenen Nichte und ihrer alternden Tante. Hier musste sie nach langem Kampf mit der Krankheit eingeschlafen sein. Aber ich wusste es nicht genau. Leider.

Entschlossen riss ich alle Fenster auf, um frische Luft hereinzulassen. Dann nahm ich ein Tuch und befreite die Holzschränke der Nachkriegszeit vom Staub. Auch die gerahmten Bilder nahm ich mir vor. Dabei betrachtete ich jedes einzelne länger, als ich wollte.

Zwei Stunden später war ich fertig und schloss sorgfältig wieder die Fenster. Wie ferngesteuert verließ ich das Haus, verharrte eine Weile davor und drehte schließlich mit Tränen in den Augen den Schlüssel in der Tür um. Von meinen Vorsätzen, nur noch für die Zukunft zu leben, war nicht viel geblieben. Die Vergangenheit holte mich mit aller Macht ein. Ich schimpfte leise mit mir.

Lass die Toten ruhen, bleib bei den Lebenden.

Dennoch zog mich der Husumer Schlosspark an wie der Nektar die Biene. Wenn ich schon mal hier war, musste ich auch in diese Erinnerungen eintauchen. Mein Auto parkte ich in der Neustadt und nahm zu Fuß den Weg, den ich mit

Jack oft gegangen war. Die Parkbank war in all den Jahren erneuert worden, aber sie befand sich an der gleichen Stelle wie damals. Als ob ich nach langer Wegstrecke ans Ziel gekommen wäre, fiel ich aufgelöst auf die Bank. Ich legte den Kopf in den Nacken und sah zum Blätterdach der Buche über mir auf. Sie war einer der mächtigsten, größten Bäume im Schlosspark.

Mein Blick wanderte am Stamm hinunter. Plötzlich raste mein Herz. ›J & C‹! Jack hatte dort unsere Initialen verewigt. Eine Inschrift für immer, hatte er einmal gesagt. Offensichtlich hatte er damit recht behalten. Ich ging um die Bank herum und legte beide Hände auf den breiten Stamm, bis meine Finger aus unerfindlichen Gründen zu kribbeln begannen. Sanft fuhr ich mit dem Zeigefinger über die Buchstaben und fühlte mich Jack so nahe wie schon lange nicht mehr. Bilder tauchten vor meinem inneren Auge auf – und nicht nur die schlimmen.

Übermorgen

Nach der Schule konnte ich es kaum erwarten, Jack zu treffen. Ich radelte nach Hause und zog mein schönstes Kleid an. Tante Gretel hatte es für mich genäht, und es war traumhaft. Leichter Seidenstoff umschmeichelte meinen Körper. Aufgeregt rannte ich zur Haustür. Doch als ich durch das Fensterglas des Vordereingangs blickte, prallte ich erschrocken zurück. Mit zitternden Fingern verriegelte ich die Tür.

Hans! Sein Pick-up parkte auf der gegenüberliegenden Straßenseite. Ich erkannte nur seine Umrisse, aber ich spürte, dass er zu mir herübersah.

Eilig rannte ich zur Hintertür und kontrollierte, ob auch diese verschlossen war. Danach prüfte ich die Fenster. Keines war geöffnet. Ich versteckte mich hinter der Gardine im Wohnzimmer und behielt Hans im Auge. Zigarettenqualm drang aus dem Seitenfenster des Wagens. Offenbar hatte er vor, länger zu bleiben.

Jack! Bitte verzeih mir, ich werde das Haus heute nicht verlassen.

Hans musste davon erfahren haben, dass meine Tante im Krankenhaus war, sonst hätte er es kaum gewagt, sich hier blicken zu lassen. Tante Gretel hätte ihn resolut davongejagt. Im Haus fühlte ich mich sicher, zumindest weitgehend. Wenn er jedoch mit dem Jugendamt ankam, musste ich dann die Tür öffnen? Oder konnte ich einfach so tun, als wäre ich nicht zu Hause? Angst kroch in mir hoch. Ein Gefühl, das ich in der Obhut meiner Tante fast vergessen hatte.

Gleich war es 15.00 Uhr. Jack wartete auf mich.

Du wartest vergeblich, mein Liebster. Bitte verzeih mir.

Ich hatte mich zweifellos in Jack verliebt. Ob unsere Liebe eine Chance hatte? Ich betete, dass es so sein möge, denn Jack war meine Hoffnung auf eine Liebe, die jeden Sturm aushielt. Doch wie sollte ich ihm nun eine Nachricht zukommen lassen? Würden wir uns durch einen erneuten Zufall wieder über den Weg laufen, wenn wir uns heute nicht trafen? Ich fürchtete, dass ich nicht darauf vertrauen konnte. Fieberhaft suchte ich nach einer Lösung. Doch es gab nur eine: Ich musste es riskieren. Mein Fahrrad stand hinter dem Haus an der Mauer, vielleicht konnte ich mich davonstehlen, ohne dass Hans es bemerkte. Wie ein Mantra betete ich mir vor: *Warte auf mich, Jack, ich verspäte mich nur.*

Ich schlüpfte durch die Hintertür und verriegelte sie hinter mir. Mir stockte das Herz, als ich eine Wagentür zuklappen hörte. Ich hielt den Atem an und lauschte. Alles ruhig. Ich schob das Rad durch den Garten und über die Hauskoppel der Nachbarhöfe. Ständig drehte ich mich um und vergewisserte mich, dass Hans mich nicht verfolgte. Dann ging ich erleichtert weiter.

An einem Wall, der die Felder voneinander trennte, musste ich stoppen. Kurz überlegte ich, mein Rad hier abzustellen, hielt das jedoch für zu gefährlich. Mit einem Kraftakt wuchtete ich es hinüber. Als ich auf der anderen Seite landete, hatte mein Kleid einen großen Riss am Saum. Ich stöhnte gequält auf, aber ich konnte nun nichts mehr daran ändern. Es gab keine Zeit mehr, um umzukehren. Ich musste ohnehin damit rechnen, dass Jack nicht mehr da sein würde, so spät, wie ich dran war. Aber ich wollte es trotzdem versuchen.

Auf der nächsten Koppel wuchs ausgerechnet Mais. Die hohen Pflanzen zerkratzten meine Arme und versahen mein

Kleid mit unschönen Flecken. Aber gleichzeitig schützten sie mich auch vor fremden Blicken. Ich zitterte, als ich die Straße nach Husum erreichte. Ohne lange zu überlegen, stieg ich auf mein Fahrrad und sauste los. Auf der offenen Straße war ich wieder schutzlos allen Blicken ausgeliefert. Doch ich ließ mich nicht beirren, sondern trat weiter kräftig in die Pedale.

Dann hörte ich ein Motorgeräusch neben mir, und mir wurde siedend heiß. Langsam rollte der Wagen neben mir her. Besorgt schielte ich nach links und entdeckte den verbeulten Kotflügel des Pick-ups. Meine Hände schlossen sich fest um die Griffe des Lenkers. Nie im Leben würde ich absteigen. Die Narben, die mein Stiefvater mir zugefügt hatte, brannten wie Feuer. Meine Nerven lagen blank. Das Seitenfenster des Wagens war heruntergelassen, sodass ich hörte, wie Hans mich beschimpfte.

»Fräulein, ich krieg dich schon noch, und dann setzt es was«, grölte er. »Nicht mehr lange und du bist wieder bei mir auf dem Hof.«

Ein widerliches Lachen ertönte, dann fuhr er mit Vollgas davon. Wer hatte ihm nur verraten, dass Gretel krank war? Ich war mir sicher, das nächste Mal würde er mit dem Jugendamt vor der Tür stehen. Verfluchter Mistkerl.

Die Frage, ob ich Jack mit meinem kaputten Kleid und den blutigen Schrammen auf der Haut treffen sollte, stellte ich mir gar nicht. Ich wollte mich nur noch in seine starken Arme werfen und spüren, dass er mich beschützte. Hoffentlich war er noch da.

Reichlich verschwitzt schob ich mein Fahrrad durch den Park. Ich verfiel in Panik, als ich Jack nicht an unserem Treffpunkt entdecken konnte. Er war bereits gegangen. Tränen rannen über meine Wangen. Dabei wusste ich selbst, wie albern meine Hoffnungen waren. Dachte ich wirklich, dass wir eine gemeinsame Zukunft hätten? Doch ich

konnte die Vorstellung einfach nicht abschütteln, dass Jack
für immer dableiben könnte. Ich ließ mein Rad achtlos fallen.
Mit hängenden Armen verharrte ich neben der Parkbank.
Ich war zu spät. Was er wohl nun von mir dachte? Wie
könnte ich ihm das alles nur erklären ...

Ach was, hör endlich auf zu träumen.

Ich ignorierte meine innere Stimme, denn ich wollte weiter von Jack träumen.

Enttäuscht richtete ich mein Fahrrad wieder auf und stellte den Fuß aufs Pedal, um heimzufahren. Doch dann hörte
ich jemanden meinen Namen rufen. Immer noch ängstlich
nach der Verfolgung durch meinen Stiefvater sah ich mich
um. Doch es war Jack. Er war noch da! Er hatte sich offenbar
auch verspätet. Genauso unsanft wie zuvor ließ ich das Rad
fallen und eilte auf ihn zu. Wie eine Ertrinkende klammerte
ich mich an ihn.

»Ich dachte schon, du kommst nicht mehr«, brachte er außer Atem hervor. »Ich habe mir schon einen Zettel besorgt,
um dir eine Nachricht zu hinterlassen, in der Hoffnung, du
würdest sie finden.«

Er war mir nicht böse, er hatte sogar vorgehabt, weiter
in Kontakt mit mir zu bleiben. Ich war ihm wichtig, und das
zählte mehr als alles andere – mehr als mein schmutziges
Kleid, der Riss in dessen Saum oder die Schrammen auf
meinen Oberarmen. Jack hielt mich fest in seinen Armen.
Er spürte mein Zittern. Schweigend gewährte er mir einen
Moment, um seine Fürsorge zu genießen. Dann schob er
mich etwas von sich.

»Darling, was ist mit dir passiert?« Eine Zornesfalte bildete sich auf seiner Stirn. »Sag, wer hat dir etwas angetan?
Ich schlage ihn windelweich.« Ich war hin und weg von
seiner Stimme mit dem englischen Akzent. Es war unglaublich süß, dass er mich beschützen wollte. Wir setzten uns
auf die Parkbank, ohne einander loszulassen. Dies war der

Augenblick, als ich ihm beichten musste, warum ich nicht bei meinen Eltern wohnte.

Ich ließ nichts aus, und bei jedem Satz wuchs eine unerwartete Leichtigkeit in mir heran. Es tat gut, jemandem zu erzählen, wie es wirklich um unsere Familie stand. Ich hätte ihm nicht verdenken können, wenn er sich nach meiner Erzählung von mir distanziert hätte. Doch das Gegenteil war der Fall.

»Wo wohnt der Bursche? Ich knöpfe ihn mir vor!«

»Nein, nein, das darfst du nicht! Stell dir vor, er zeigt dich an, du müsstest sofort nach England zurück«, jammerte ich verzweifelt.

»Wenn ich mit ihm fertig bin, geht der nirgends mehr hin.« Jack spuckte die Worte förmlich aus. Er war wütend. Aber ich musste mich nicht vor ihm fürchten. Eine gute Erfahrung. Er nahm meine beiden Hände in seine.

»Darling, ich muss bald zurück nach England. Bitte komm mit mir.«

»Aber Jack, wir kennen uns kaum, wie soll das gehen?« Ich dachte an meine Tante, die meine Hilfe bitter nötig haben würde. Ich durfte sie nicht alleinlassen. Ich hätte mich geschämt.

»Wir kennen uns noch nicht lange, aber ich habe das Gefühl, du gehörst zu mir. Ich liege nachts wach, die Gedanken an dich rauben mir den Schlaf. Ich glaube fest daran, dass wir zusammengehören, mein Stern.«

Ich schnappte nach Luft. Nie zuvor hatte mir ein Mensch seine Liebe gestanden. Das bedeutete mir sehr viel, nachdem ich immer gedacht hatte, ich würde so eine Liebe nicht verdienen. Jack trug mich auf Händen. Seine Augen waren so rein, offen und ehrlich, dass ich mein Glück kaum zu fassen vermochte.

Er zog mich auf seinen Schoß. Sofort kuschelte ich mich an ihn. Als er mein Gesicht zu sich drehte, leuchteten seine

Augen wie die Sterne am nordfriesischen Himmel. Mein Herz wollte gar nicht mehr aufhören, wild in der Brust zu hämmern. Wohlige Schauer erfassten mich, als er mich leidenschaftlich küsste. Heiße Ströme rauschten durch meine Adern, verfingen sich in meinem Schambein und drohten zu explodieren.

Ich spürte Hitze im Gesicht. Diese Gefühle verwirrten mich, ich schämte mich dafür, war jedoch nicht in der Lage, dieses Feuer einzudämmen. Jack schien es ähnlich zu gehen. Er seufzte in meine Halsbeuge hinein. Ich nahm mir fest vor, dieses berauschende Erlebnis für immer in meinem Hirn zu verankern. Ich hatte ja keine Ahnung, dass es noch weitaus schöner werden sollte. War das der Himmel nach der Hölle?

Jack brach die Zärtlichkeiten abrupt ab. Verwirrt sah ich ihn an. Hatte ich etwas falsch gemacht? Er nahm mein Gesicht in beide Hände und sah mich liebevoll an.

»Darling, wir kennen uns kaum, wir sollten alles ein bisschen langsamer angehen. Ich möchte nicht, dass du dich zu etwas verpflichtet fühlst.«

»Aber ich ...«

Er legte den Zeigefinger auf meine Lippen und brachte mich so zum Schweigen.

»Kein Aber. Du sollst selbst bestimmen, wann es so weit ist. Jetzt ist es jedoch zu früh. Du hast eine schwere Zeit hinter dir, bist ängstlich und gefügig. Das sollst du bei mir nicht sein, Baby.«

Mit einem Nicken stimmte ich zu, doch ich verstand ihn zu dem Zeitpunkt nicht genau. Ich vertraute jedoch auf seine Worte und fand mich damit ab, dass der Himmel warten musste. Aufgrund seiner Zurückhaltung wuchs mein Vertrauen zu Jack jedoch ins Grenzenlose. Vielleicht war es das, was er meinte?

Wir unterhielten uns den ganzen Nachmittag, über unsere Pläne, die wir gemeinsam schmieden wollten, und über unsere Familien. Von Jack erfuhr ich, wie liebevoll er bei seinen Eltern aufgewachsen war und dass er jederzeit seine Sorgen bei ihnen abladen durfte, ohne Böses zu befürchten. Dank meiner Freundin Karin wusste ich bereits, dass es solche Glücksfamilien gab, aber es war trotzdem schön, in diesem Wissen bestärkt zu werden.

Immer wieder küssten wir uns leidenschaftlich. Ich versank in seinen zärtlichen Berührungen, seinen Worten, die er mir ins Ohr flüsterte, und seinem heißen Atem, der meine Haut streifte. Um anschließend mit schlechtem Gewissen auseinanderzufahren. Jack fand danach sehr schnell zur Unterhaltung zurück. Mir gelang es nicht so gut, aber ich ließ mich von Jacks Erzählungen auf die Spur der Vernunft zurückführen. Dann saßen wir händchenhaltend, aber brav auf der Parkbank, die von nun an der Ort unserer liebevollen Erinnerungen bleiben sollte.

Später, als es für mich an der Zeit war, nach Hause zu gehen, fiel uns beiden der Abschied schwer. Jack bestand darauf, mich zu begleiten. Ihn interessierte nicht, ob Nachbarn uns zusammen sehen würden. Er war besorgt, dass mein Stiefvater mir erneut auflauern und mich bedrohen könnte. Wenn ich ehrlich war, ging es mir genauso. Daher nahm ich sein Angebot gern an.

Vor dem Haus meiner Tante beobachtete Jack misstrauisch die Umgebung. Sein markanter Kopf mit dem breiten Kinn und den hohen Wangenknochen bewegte sich spähend in alle Richtungen, bis er beruhigt nickte.

»Ich denke, du bist heute sicher, aber bitte verlasse das Haus nicht, ohne dich vorher zu vergewissern, dass die Luft rein ist.«

»Das werde ich bestimmt, versprochen. Morgen ist meine Tante wieder da, sei unbesorgt.«

Der Gedanke an Tante Gretel lag schwer auf meiner Brust.

Wie würde sie mit den Nebenwirkungen der Chemo zurechtkommen? Ich nahm mir vor, an diesem Tag nicht in die Schule zu gehen, um für sie da zu sein. Ich würde Jack sehr vermissen, aber wir verabredeten uns für übermorgen nach der Schule. Wie lange wir uns sehen würden, hing davon ab, wie es Gretel ginge. Doch Hauptsache, wir sahen uns überhaupt.

»Ich werde dann mit deiner Tante sprechen, damit sie mich schon mal kennenlernt.« Überrascht starrte ich ihn an. »Es ist besser so, glaub mir.«

Er lächelte mich an, kontrollierte ein letztes Mal die Umgebung und ermahnte mich, die Türen gut zu verriegeln. Dann war er fort. Eine bisher unbekannte Leere breitete sich in mir aus. Ich war schutzlos, aber im Herzen nicht allein. Glückselig und unsicher zugleich trat ich ein und schloss die Tür fest hinter mir ab.

Ich sollte selbst bestimmen, was mit meinem Körper passierte. Das hatte Jack gesagt. Selbstbestimmt! Ein Wort, das ich bislang nie auf mich angewendet hatte, aber Jack lehrte mich dessen Bedeutung. Zweifel und Angst, diese Dinge kannte ich, damit konnte ich in diesem Augenblick mehr anfangen. Ich nahm mir jedoch fest vor, das zu ändern. Mit der Hilfe meiner Tante hatte ich bereits einiges gelernt, aber Jack hielt weitere Entdeckungen meines Selbst bereit. Er war die Vollendung meines Ichs.

Es war bereits spät, ich überlegte, den Rückweg anzutreten. Doch zuvor gönnte ich mir in einem Café am Husumer Hafen einen Kaffee. Dazu ein Rührei mit Krabben. Die Sonne schien trotz des kalten Januars munter am Himmel, daher suchte ich mir einen Fensterplatz mit einem fantastischen Blick auf den Hafen. Während ich auf meine Bestellung wartete, schaute ich versonnen auf die vorüberhuschenden Menschen. Jeder hatte es heute eilig. Bis auf eine füllige Frau, die mit einer Currywurst in den Händen am Café vorbeischlenderte. Sie kam mir seltsam bekannt vor, aber ich kam nicht darauf, woher.

Ich ließ sie nicht aus den Augen. Als sie abrupt stehen blieb, um die Auslagen in einem Schaufenster zu begutachten, studierte ich ihr Profil. Ich vermutete, dass nicht die Auslagen für sie interessant waren. Sie erweckte eher den Eindruck, sich ausruhen zu müssen. Sie atmete schwer. Ich legte den Kopf schief. Diese Frau mit den grauen Haaren, wo hatte ich sie nur schon mal gesehen? Ob sie vielleicht eine Patientin von mir war? Ich verwarf den Gedanken sofort wieder, schließlich war ich gerade in Nordfriesland, und meine Klinik war in Braunschweig. Ich pendelte täglich zwischen Hannover und Braunschweig hin und her. Da war es sicher unmöglich ...

Augenblick mal! Die Geste, wie sie sich die Haare aus dem Gesicht schob ... Konnte das sein? Karin! Ich schluckte, mein Mund war so trocken, dass meine Stimme zunächst versagte.

»Karin?«, brachte ich krächzend hervor. Dann lief ich zum Ausgang des Cafés und riss die Tür auf. Ich rief ihren Namen, und tatsächlich reagierte die Frau. Sie sah zu mir herüber. Doch sie schien mich nicht zu erkennen. Klar, mein Gesicht. Selbst nach mehreren Operationen war es immer noch entstellt. Zögernd näherte sie sich mir. Ihr Blick war ein einziges Fragezeichen. Sie lächelte unsicher, bevor sich endlich Erkennen in ihren Gesichtsausdruck schlich. Ihre Augen schimmerten tränennass.

»Sag, dass es nicht wahr ist! Christine? Christine Seidel?«

Ich nickte und konnte nun auch meine Tränen nicht mehr zurückhalten.

»Ja, Karin, ich bin es wirklich«, flüsterte ich ergriffen. Ich hatte bei meiner spontanen Reise nach Nordfriesland nicht damit gerechnet, jemand Bekanntes zu treffen. Und dass es ausgerechnet meine Freundin aus Jugendzeiten sein würde!

Sie breitete ihre Arme aus. Wir fielen uns lachend und weinend um den Hals.

»Ist das schön, dich zu sehen«, brachte Karin hervor und schluchzte.

»Ich kann es noch gar nicht fassen.« Ich schniefte, ebenfalls überwältigt von meinen Gefühlen. »Hast du etwas Zeit? Willst du dich zu mir setzen?« Ich zeigte durch die Fensterscheibe auf meinen Tisch. Karin ließ sich nicht zweimal bitten. Erleichtert folgte sie mir ins Innere des Cafés, dann fiel sie auf den Stuhl, den ich ihr zurechtrückte.

»Zeit habe ich jede Menge.« Sie schnaubte. »Wie du siehst, bin ich ziemlich in die Breite gegangen. Für den Arbeitsmarkt unbrauchbar, heißt es.« Jetzt sah Karin mich genauer an. »Aber sag, was ist mit deinem Gesicht passiert? Und wohin bist du damals eigentlich so schnell verschwunden?«

Ich zuckte mit der Schulter. »Eine lange Geschichte, aber bei Gelegenheit erzähle ich sie dir.«

Karins Augen weiteten sich. »Bei Gelegenheit? Wann soll die sein? Lebst du wieder hier in Nordfriesland?«

Ich blies die Wangen auf. »Nein, ich lebe in der Nähe von Hannover. Arbeite in Braunschweig in einer Klinik.«

»Ach so, dann kommst du ab sofort jede Woche zum Kaffeeklatsch hierher?« Offensichtlich hatte sie ihren Humor nicht verloren.

Ich grinste unsicher. »Wohl kaum.«

»Du bist also wirklich Ärztin geworden«, stellte sie staunend fest. »Hätte ich nicht gedacht.«

»Ich habe immer an diesem Ziel festgehalten. Und was ist aus deinen Träumen geworden? Hast du einen reichen Mann geheiratet?«

Karin prustete. »Geheiratet, ja ... Reich, nein. Dafür bin ich kinderreich. Fünf sind es an der Zahl, alle inzwischen erwachsen, dazu kommen meine drei Enkelkinder.«

Ich war überrascht, denn Karin hatte immer geschworen, keine Kinder in die Welt setzen zu wollen. Sie wirkte auf mich stark verändert. Nicht nur körperlich. Ich fuhr meine Antennen aus und suchte ihr Äußeres insgeheim nach Anzeichen für ihren Gesundheitszustand ab. Kurzatmig, schwerfällig ... Ich fragte mich, ob sie in ärztlicher Behandlung war.

»Analysierst du gerade meinen Gesundheitszustand?« Karin war zwar verändert, aber ihr Feingefühl für die Menschen in ihrem Umfeld hatte sie nicht verloren. »Keine Sorge, ich passe auf mich auf. Ich war schon bei allen Medizinern in Nordfriesland in Behandlung.«

Ich lächelte sie sanft an.

»Dann bin ich beruhigt.« Doch meine Worte entsprachen nicht der Wahrheit. Karins Zustand wirkte auf mich äußerst bedenklich.

Wir bestellten Kaffee und reichlich Kuchen, bevor wir uns gegenseitig von den letzten Jahrzehnten erzählten. Ich verschwieg, dass ich Kardiologin war, und sagte lediglich vage, dass ich in der Chirurgie tätig sei. Doch Karin ging nicht weiter darauf ein.

»Eine Tochter hast du? Wie ist denn heute dein Nachname?« Karin sah mich erwartungsvoll an.

»Ich trage immer noch meinen Mädchennamen.«

»Du hast nie geheiratet?«, fragte sie ungläubig. »Sag nicht, du trauerst immer noch diesem Tommy hinterher?« Rasch schlug sie sich die Hand vor den Mund. »Entschuldige, ich habe das nicht so gemeint.«

Karin hatte offenbar die Einstellung ihrer Eltern übernommen, was Engländer, die sogenannten Tommys, anbelangte. Sie wusste zwar, dass ich mich mit Jack getroffen hatte, aber ich hatte nie viel darüber erzählt. Doch Karin war irgendwann von allein draufgekommen, dass da etwas vor sich ging. Da ihre Eltern nichts von Besatzungskindern hielten, hatte auch sie nie von meiner Schwangerschaft mit Sophie erfahren. Es hatte sich nach dem Unglück auch nicht mehr ergeben.

»Schon gut«, erwiderte ich, auf einmal erschöpft von dem Gespräch. »Tatsächlich ist meine Tochter sein Kind.«

»Typisch«, brach es aus ihr heraus. »Er hat dich sitzen lassen?«

»Hat er nicht, Karin. Mein Leben ist nicht sehr günstig verlaufen, aber er hat mich immer geliebt.«

»Dass ausgerechnet Ärzte derart naiv sein können, hätte ich nicht gedacht, von dir am allerwenigsten.« Sie funkelte mich verärgert an.

Das Gespräch schlug eine Richtung ein, die ich nur schwer ertrug. Karin wirkte unerwartet überheblich. Sie hielt an einem Standpunkt fest, der sie als ... Ja, wie sollte ich das nennen? Als *Deutsche* offenbarte?

Mir brach der Schweiß aus. Ich bat die Kellnerin, mir die Rechnung zu bringen. Wenngleich das Wiedersehen mit Karin einen positiven Abschluss meiner Reise in die Vergangenheit zu bilden schien, nahm es nun eine Wendung, mit der ich nicht gerechnet hatte. Ich legte eine ausreichende Summe auf den Tisch und erhob mich so rasch, dass der Stuhl hinter mir umfiel. Karin lehnte sich zurück und sah mich spöttisch an.

»Was ist los? Kannst du die Wahrheit nicht ertragen?«

»Die Wahrheit lasse ich dir zukommen«, brachte ich stoßweise hervor. Dann wandte ich mich ab. Ich musste an die frische Luft.

Draußen atmete ich tief ein und aus. Meine Entscheidung, die Geschichte meines Lebens nicht nur für meine Kinder in Buchform zu gießen, stand fest.

Gretel

Meine Tante wirkte erschöpft, als sie aus dem Krankentransporter kletterte. Ungeduldig wartete ich am Fenster des Wohnzimmers darauf, dass sie die Gartenpforte öffnete. Aus Angst, mein Stiefvater könnte mir auflauern, ließ ich die Tür bis zur Ankunft meiner Tante verschlossen, doch dann hielt mich nichts mehr im Haus. Erleichtert stürmte ich ihr entgegen und fiel ihr in die Arme.

»So sehr hast du mich vermisst?«, fragte sie in einem scherzhaften Tonfall, wenn auch schwach.

»Noch viel mehr, Tantchen«, meinte ich, um Gelassenheit bemüht. Doch Gretel konnte ich nichts vormachen. Sie löste sich aus unserer Umarmung und sah prüfend zu mir hoch. Inzwischen war ich einen Kopf größer als sie.

»Was ist hier vorgefallen, während ich diesen Giftcocktail zu mir nehmen musste?«

Ich hatte nicht vor, ihr davon zu erzählen. Ich wollte ihr keine Sorgen bereiten, sie sollte sich doch erst einmal erholen.

»Komm doch herein, Tante Gretel. Du solltest nicht länger als nötig hier draußen herumstehen.« Nachdem ich ihre Reisetasche hochgehoben hatte, hakte ich mich bei ihr ein und begleitete sie ins Haus.

Tante Gretel ging geradewegs ins Wohnzimmer und setzte sich auf ihr Sofa. Energisch klopfte sie mit der flachen Hand neben sich und forderte mich auf, Platz zu nehmen. Meinen Einwand, dass ich zuerst einen Tee kochen wollte,

ignorierte sie resolut. Ich gehorchte mit zusammengepress-
ten Lippen.

»Hat es Ärger mit deinem Vater gegeben? Ich will die
ganze Wahrheit hören.«

Ich seufzte gequält. »Hat das nicht Zeit, bis du dich besser
fühlst?«

»Mir geht es gut«, erwiderte sie knapp.

Ich gab nach und berichtete ihr von dem Vorfall. Dass
Hans mich aus dem Auto heraus beobachtet und mir anschließend gedroht hatte. Meine Tante war sehr verärgert.

»Der sollte lieber vorsichtig sein! Ich werde die Sache
nun doch zur Anzeige bringen. Er lässt mir keine andere
Wahl. Ich kann mich nicht ins Krankenhaus begeben, wenn
ich Angst haben muss, dass er dir etwas antun könnte. Wir
müssen da auf Nummer sicher gehen. Aber ich frage mich,
warum du trotzdem das Haus verlassen hast. Das war sehr
leichtsinnig«, mahnte sie mich, ohne mich aus den Augen
zu lassen.

Ich brachte nur ein schwaches Nicken zustande. Sie war
zwar krank, aber ihre Scharfsinnigkeit hatte sie nicht verloren. Daher löcherte sie mich weiter mit Fragen. Es blieb
mir keine andere Wahl, als ihr von Jack zu erzählen.

»Hm«, machte sie nachdenklich. »Weiß er, dass du erst
fünfzehn bist?«

»Ich glaube schon. Aber ich werde bald sechzehn«, erinnerte ich sie an meinen Geburtstag. »Er war sehr besorgt,
weil er mitbekommen hat, dass Hans«, ich vermied es immer häufiger, ihn ›Vater‹ zu nennen, »mich bedroht hat,
und bestand darauf, mich nach Hause zu begleiten.«

Tante Gretel runzelte die Stirn.

»Er ist geblieben?«, fragte sie streng und durchbohrte
mich mit einem scharfen Blick.

»Nein, er hat sich vor der Tür verabschiedet. Jack ist nicht
so wie alle anderen. Er würde mir nie etwas zuleide tun.«

Sie seufzte laut auf.

»Glaube mir, alle Soldaten und vor allem die der britischen Armee sind Schwerenöter. Du darfst ihn mir aber trotzdem einmal vorstellen, damit ich weiß, warum du so sehr von ihm schwärmst. Vielleicht ist er ja anders als die anderen.« Jetzt schmunzelte sie gutmütig. »Besser ist doch, er kommt her, und ihr seid sicher ... Nicht nur vor Hans, sondern auch vor Dummheiten«, meinte sie nachdenklich.

»Danke, Tante Gretel, ich werde es ihm ausrichten.«

»Jetzt muss ich mich ausruhen. Kind, wenn du so lieb wärst und mir den Tee später zubereiten würdest?«

Eifrig sprang ich auf und schüttelte die Decke im Schlafzimmer auf, damit sie sich hinlegen konnte.

Dankbar, in Gretel eine liebevolle Verbündete zu haben, zog ich mich in mein Zimmer zurück, um einiges für die Schule aufzuarbeiten. Zum Tee würde ich später mit meiner Tante die Schokolade hervorholen, die ich immer noch sicher versteckt hielt, weil ich sie hatte mit Karin teilen wollen. Aber jetzt tat ich es mit Gretel.

Himmelfahrtskommando im Schneegestöber
2014

Mein Auto sprang sofort an, als ich den Schlüssel im Zündschloss umdrehte. Ein Zittern durchwanderte meinen Körper, von dem ich nicht ausmachen konnte, ob es der Kälte zuzuschreiben war oder ob die Zeitreise in die Vergangenheit meine Seele so sehr herausforderte. Das Treffen mit Karin hatte mich ungeheuer mitgenommen. Außerdem war es nicht unbedingt förderlich, dass die untergehende Sonne sich hinter dunklen Wolken versteckt und es angefangen hatte zu schneien. Das Quietschen der Scheibenwischer auf der Windschutzscheibe zerrte an meinem Nervenkostüm. Im Handschuhfach suchte ich nach den Lederhandschuhen. Ich zog sie über meine klammen Finger und fuhr los.

Nordfriesland war nicht mehr meine Heimat. Heimat war dort, wo man geliebt wurde. Die Menschen, die mich liebten, waren meine Kinder in und um Hannover. Ich hatte es zwar genossen, das Haus meiner Tante zu betreten, aber davon wollte ich in Zukunft doch besser absehen. Die Emotionen waren zu intensiv, als dass ich sie ertragen konnte.

Für einen Moment überlegte ich, ob es nicht klüger wäre, mir ein Hotelzimmer zu nehmen. Ich war es nicht gewohnt, des Nachts über die Autobahn zu schleichen, weil die Straßenverhältnisse es erforderten. Doch ich sehnte mich nach meinem Zuhause, daher beschloss ich, mich der Herausforderung zu stellen.

Wie viel ertrug ein Mensch? Wie viel würde ich noch ertragen müssen? Die Begegnung mit Karin hatte mir deutlich gezeigt, wie labil ich auf gewisse Themen reagierte. Die Freude darüber, sie wiederzusehen, war mit einem Satz verraucht gewesen. Ich hatte nicht die geringste Lust, mich verletzen zu lassen, ließ es aber immer wieder zu, indem ich mich solchen Menschen aussetzte. Womöglich hatte Karin recht damit, meinen Intellekt anzuzweifeln. Da sah ich nun auf Jahrzehnte voller Erfahrungen zurück, und mein Inneres war genauso naiv wie früher. Manchmal unterstellte ich mir, dass ich als junges Mädchen besser mit solchen Erlebnissen umgegangen wäre. Ich schüttelte verständnislos den Kopf.

Jammer nicht rum, du hättest nicht nach Nordfriesland fahren müssen!

Der Schnee fiel in dicken Flocken vom Himmel, direkt vor meine Scheinwerfer. Die Sicht war dürftig, ich war froh, mich hinter einen Streuwagen klemmen zu können. Trotzdem nutzte das nur wenig, denn mein Auto schlingerte nervös auf der Fahrbahn hin und her. Ich klammerte mich ans Lenkrad und steuerte dagegen. Ich entspannte mich erst, als der Wagen wieder gemächlich in der Spur rollte. Verdammt, ich hätte mir doch ein Hotelzimmer nehmen sollen. Ob ich gegebenenfalls in Itzehoe …? Nein, ich wollte nach Hause. Mir blieb nichts anderes übrig, als die Strecke in gemäßigtem Tempo weiterzufahren.

Ich zuckte heftig zusammen, als mein Handy über die Freisprechanlage laut klingelte. Sophie.

»Liebes, es ist gerade kein guter Zeitpunkt, ich bin auf der Autobahn und stecke im Schneegestöber.«

»Wie bitte? Ist dir klar, wie glatt es auf den Straßen ist?« Sie kreischte aufgebracht.

Ich musste ein Aufflackern von Gereiztheit unterdrücken.

»Mir ist das vollkommen klar, ich stecke immerhin mittendrin«, kommentierte ich gepresst.

»Aber Mami, wo warst du denn?« Sophie klang besorgt.

»Ich melde mich, wenn ich zu Hause bin, Schatz, aber ich fürchte, es wird spät.«

»Kannst du nicht kurz rechts ranfahren? Ich muss etwas mit dir besprechen.«

Aha, Sophie hatte von Lias Bekanntschaft erfahren. Ich seufzte und drosselte die Geschwindigkeit, sofern dies überhaupt noch möglich war.

»Schieß los«, forderte ich sie auf.

Meine Tochter seufzte und sagte bloß: »Lia!«

»Und weiter? Was ist mit ihr?«

»Ich glaube, sie macht einen großen Fehler.«

Obwohl ich angespannt war und mich auf die Straße konzentrieren musste, grinste ich. »Fehler, die wir alle schon einmal begangen haben?«

Sophie stöhnte ungeduldig. »Hör mir doch mal zu …«

»Ich bin ganz bei dir, Schatz, nur musst du mir erst mal sagen, worum es überhaupt geht.«

»Sie vernachlässigt seit Tagen ihr Studium, außerdem geht sie nicht an ihr Handy.«

»Es sind Ferien, da darf man das.«

»Aber so etwas gab es bei ihr noch nie.«

»Dann wird es Zeit«, erwiderte ich gelassen.

»Mama, Georg und ich sind wirklich in Sorge!«, rief Sophie aus dem Lautsprecher. Langsam wurde mein Geduldsfaden dünn.

»Herrgott noch mal, all die Aufregung, nur weil sie mit ihren zwanzig Jahren zum ersten Mal richtig verliebt ist!« Sofort bereute ich meinen Ausbruch. Sophie schwieg betroffen.

»*Du* wusstest davon?«, hauchte sie dann.

Mist, das war mir so herausgerutscht. Sophie war manchmal eifersüchtig, dass Lia mir mehr anvertraute als ihr. Aber war das nicht normal? Ich hatte meiner Mutter nicht vertrauen können und deshalb keine eigenen Erfahrungen mit so etwas. Doch bei meinen jungen Patientinnen kam es oft vor, dass die Mädchen ihre Probleme zuerst mit Freundinnen oder Großeltern besprachen. Warum nur war Sophie dermaßen ungehalten, wenn Lia sich mit mir über Dinge austauschte, die sie mit ihrer Mutter nicht erörtern wollte? Die Straße vor mir glich einer Eisbahn, ich sollte mich besser darauf konzentrieren. Stattdessen diskutierte ich mit meiner Tochter über Lias Liebesleben, das uns nichts anging. Ich räusperte mich.

»Sophie, Liebes, bitte nicht aufregen. Können wir morgen darüber sprechen?«

Schnaufen am anderen Ende der Leitung.

»Aber ich muss *jetzt* wissen, wo sie ist.« Sophie stöhnte genervt.

»Ich kann dich ja verstehen«, was nicht gänzlich der Wahrheit entsprach, »aber von hier aus kann ich nichts ausrichten. Bitte beruhige dich, Lia ist volljährig.«

Inzwischen kostete es mich Mühe, nicht besorgt zu klingen. Denn so leicht war Sophie sonst nicht aus der Ruhe zu bringen. Was wäre, wenn Lia wahrhaftig einen riesigen Fehler beging? Ich sah auf die Uhr am Armaturenbrett und schätzte meine Fahrtzeit ab.

»Ich denke, dass ich in drei Stunden zu Hause bin, dann können wir gern wieder telefonieren. Okay?«

»Na gut, aber vielleicht schlafe ich dann schon«, murmelte sie vorwurfsvoll.

»Umso besser«, sagte ich sanft zu meiner Tochter. Erleichtert beendete ich das Gespräch.

Nach wenigen Kilometern endete die Fahrt in einem Stau. Schon von Weitem sah ich die Blinkleuchten der beiden Fahrzeuge, die in einen Unfall verwickelt waren. Ich stöhnte. Dies würde eine lange Nacht werden.

Kein leichter Weg

Meine Tante erholte sich schnell von der Chemotherapie. Sie hatte zwar deutlich Gewicht verloren, aber sie wirkte hoffnungsvoll und unbeschwert. Die Ärzte in der Klinik gaben sich zuversichtlich, dass die Behandlung anschlug und sie den Krebs besiegen würde, wenn sie weiterhin konsequent mitmachte. Trotzdem hatte ich große Angst um sie.

Gretel nahm mich mit zum Jugendamt. Sie zog nach wie vor eine Anzeige gegen Hans in Erwägung. Schließlich hatte sie das Sorgerecht für mich.

»Ich will nicht riskieren, dass er, sollte mir etwas passieren, erneut über dich bestimmen kann«, meinte sie fest.

Mir war mulmig zumute bei der Vorstellung, beim Jugendamt vorzusprechen, da ich fürchtete, dass man mich nicht ernst nehmen würde. Genügten meine Narben, die von seiner Brutalität zeugten, als Beweise? Ich bettelte meine Tante an, es sein zu lassen. Mir graute es vor Hans' Rache. Gretel packte mich an den Oberarmen und zwang mich, sie anzusehen.

»Hör mir zu«, flüsterte sie merklich angespannt. »Ich weiß nicht, wie lange ich dich noch schützen kann. Wir müssen etwas unternehmen, damit deine Zukunft gesichert ist.« Sie lockerte ihren Griff erst, nachdem ich leicht genickt hatte.

»Aber dir geht es doch schon viel besser«, wandte ich zaghaft ein.

»Kind, niemand kann garantieren, dass es auch so bleibt.«

Ich sah sie mit großen Augen an. Zögerlich gestand ich ein, dass sie recht hatte, aber mich der Realität zu stellen, schmerzte zunehmend.

Auf der Fahrt zum Jugendamt in Husum schwiegen wir. Kurz vor unserer Ankunft richtete Tante Gretel wieder das Wort an mich.

»Sobald du achtzehn bist, machst du den Führerschein, dann kannst du mich überall hinfahren.« Sie zwinkerte mir liebevoll zu.

Bis zu meinem achtzehnten Geburtstag waren es noch zwei Jahre. Ihre Worte fachten meine Hoffnung an, dass sie bis dahin nicht sterben würde. Freudig nickte ich und schlang meine Arme um ihren Hals.

»Aber dann wäre es doch sicher möglich, mit der Anzeige etwas zu warten? Du musst noch viele Jahre bei mir bleiben.« Flehend sah ich sie an. Ihre Augen hatten das verschmitzte Leuchten zurückgewonnen. Sie antwortete nicht, aber ich klammerte mich an der Hoffnung fest. Tante Gretel musste gesund werden.

Das Fräulein vom Jugendamt war wenig erfreut über unser Erscheinen. Gretel hatte beherzt an ihre Bürotür geklopft und marschierte direkt an den Schreibtisch. Dann schlug sie mit der Handfläche dreimal auf die Tischplatte.

»Würden Sie bitte so freundlich sein und uns Ihre Aufmerksamkeit zukommen lassen?«

Die Frau im mausgrauen Wollkostüm rückte ihre Hornbrille zurecht und musterte uns abwertend.

»Haben Sie einen Termin?«, fragte sie spitz.

»Brauchen wir so was? Meine Nichte ist von ihrem Stiefvater geschlagen worden, wir möchten das heute zur Anzeige bringen.«

Die Frau schnalzte mit der Zunge.

»Bin ich die Polizei?« Sie rückte mit ihrem Stuhl ein wenig von uns ab.

»Nein, aber seit den Fünfzigerjahren ist das hier die Behörde, die sich um notleidende Kinder und Jugendliche kümmert.« Gretel schnaubte abschätzig. Meine Tante ging viel zu hart vor, fand ich. Ich wusste nur zu gut, worin die wahre Aufgabe der Behörde bestand: Kinder ihren Eltern wegzunehmen.

Die Dame zückte ein Formular aus der Schublade, zog einen Stift aus ihrer Hochsteckfrisur und überkreuzte die Beine. Demonstrativ hauchte sie die Spitze des Kugelschreibers an und sah uns herausfordernd an.

»Ich soll also für Ihre Nichte eine Adoptivfamilie finden? Ist es nötig, das Kind bis zur Adoption in einem Heim unterzubringen? Wie ist der Name?« Prüfend betrachtete sie uns mit ihren schmalen Augen.

Mir brach der Schweiß aus vor lauter Angst, was nun folgen könnte. Gretels Kräfte ließen erkennbar nach. Ich musste eingreifen.

»Wir melden uns später bei Ihnen, vielen Dank und entschuldigen Sie bitte die Störung.« Ich zupfte an der Manteltasche meiner Tante. »Komm, wir sind hier fertig«, flüsterte ich eindringlich. Sie sah mich verständnislos an. »Komm jetzt«, zischte ich nervös. Ich sandte ein Stoßgebet gen Himmel, als sie endlich verstand und mir zur Tür folgte.

Draußen auf der Straße hielt sie mich empört zurück. Die Pflastersteine des Innenhofes vom Husumer Schloss glänzten, es hatte zu regnen angefangen. Ich befand es für besser, diesen Ort schleunigst zu verlassen. Flehend sah ich Gretel an. Offenbar verstand sie meine Dringlichkeit und gestattete mir, sie fortzuziehen. Fort von diesem Gebäude, das mir ein Gefühl der Bedrohung vermittelte.

»Würdest du mir verraten, was deine Aktion eben zu bedeuten hatte?«, fragte meine Tante dann scharf.

Ich hatte in Gretels Haus ein stärkeres Selbstwertgefühl entwickelt. Auch wenn ich zeitweilig an meine Grenzen stieß, war ich inzwischen sehr gut in der Lage, meine Entscheidungen und Meinungen zu verteidigen. »Hast du die Geiertante nicht gesehen? Die hat unter Hitlers Regierung Familien unglücklich gemacht, und das aus voller Überzeugung. Die holte Kinder aus armen Familien, um sie für den Staat an reiche kinderlose Paare zu verkaufen. Auch mich würde sie dir wegnehmen, ohne mit der Wimper zu zucken.«

»Woher willst *du* das denn wissen?« Gretel war anzumerken, wie geschockt sie über meine Worte war.

Ich sah mich verstohlen um, bevor ich antwortete. »Unser Lehrer hat uns allerhand vom Kriegsgeschehen und der Nachkriegszeit erzählt. Eine Mitschülerin hat solche Erfahrungen machen müssen. Nur weil sie ein uneheliches Kind, noch dazu ein Besatzungskind war.«

Obwohl Gretel nicht katholisch war, bekreuzigte sie sich. Fast hätte ich darüber gekichert, aber die Sache war zu ernst, um sie zu belächeln.

»Ich habe diese Frau nicht sofort erkannt, aber sie war vor einigen Wochen sogar in unserer Klasse, um sich nach Kindern zu erkundigen, die in schlechten Verhältnissen aufwachsen. Wäre sie meinem Lehrer nicht bekannt gewesen, hätte er unter Umständen sogar mich vorgeschlagen.« Ich erzählte völlig außer Atem. Allein der Gedanke daran, was hätte passieren können, raubte mir die Luft. Meine Tante hatte zwar das Sorgerecht erhalten, aber nur auf unbestimmte Zeit.

»Du liebe Güte.« Gretel schlug sich mit der Hand an die Stirn. »Da hätte ich beinahe richtig was ins Rollen gebracht. Du meinst, wir sollten uns lieber still verhalten?«

»Auf jeden Fall sollten wir nicht, so wie du eben, mit dem Vorschlaghammer durch die Behörden poltern.«

Sie drückte mich an sich. »Bin ich froh, ein so gescheites Kind in meinem Haus zu haben.«

Auf dem Heimweg war meine Tante seltsam still. Ihr Blick war auf die Straße gerichtet. Aus ihrem Augenwinkel rollte eine Träne, die sie verstohlen wegwischte. Sanft legte ich meine Hand auf ihren Arm.

»Wir schaffen alles, was wir wollen, auch diese Hürde. Diesem scheiß Krebs geben wir einen Fußtritt.«

Sie sah zu mir herüber.

»Ich hoffe es«, hauchte sie.

Ich begriff, dass ich meine Tante in diesem Augenblick nicht zu trösten vermochte, daher betete ich inständig, dass sie selbst ihren Antrieb wiederfand und den Willen, weiterzukämpfen. Sie hatte sich verändert. Niemals hätte sie zuvor in solcher Heftigkeit mit einer Behördenmitarbeiterin gesprochen. Ich spürte, dass unendliche Verzweiflung sie dazu veranlasst hatte, ihre Fassung zu verlieren.

Zu Hause angekommen, legte sie sich sofort ins Bett, um ein wenig Ruhe zu finden. Ich bereitete uns ein Mittagessen vor und kochte nebenbei eine Kanne Tee. Plötzlich stand Gretel im Türrahmen.

»Wenn das Jugendamt keine Hilfe ist, muss dein Tommy, entschuldige, dein Jack auf dich aufpassen. Meinst du, er bekommt das hin?«

Ich sah sie mit großen Augen an. Unwillkürlich zog ich die Schultern hoch, nickte jedoch zaghaft.

»Aber er wird nicht immer zur Stelle sein, er hat doch seinen Dienst zu verrichten«, wandte ich unsicher ein.

»Besser als nichts«, meinte Gretel und rieb zufrieden die Handflächen aneinander.

»Das Essen ist gleich fertig.« Ich hoffte, sie langte ordentlich zu. In den wenigen Tagen des Krankenhausaufenthaltes hatte sie viel Gewicht verloren.

»Du bist ein liebes Kind«, murmelte sie, bevor sie sich abwandte.

Obwohl unser Gespräch mich hätte frohlocken lassen

sollen, bereitete mir die Abkommandierung Jacks in sein Heimatland Sorgen. Er hatte zwar gemeint, dass seine Aufgabe in Deutschland noch nicht abgeschlossen sei. Aber wie lange er noch da sein würde, konnte niemand genau sagen.

Kaffeekränzchen mit Jack

Kaum waren die Erinnerungen an Gretels Tage in der Klinik verblasst, stand bereits der nächste Aufenthalt an. Sie versuchte, ihre Angst davor zu verbergen, aber ich durchschaute ihre übertriebene Fröhlichkeit. Ihre Augen wirkten glasig, wie im Fieber. Angespannt lief sie durchs Haus, um Ordnung zu schaffen. Dabei war alles blitzblank geputzt, und es lagen keine Sachen dort, wo sie nicht hingehörten.

Jack traf ich an diesem Tag nur kurz nach Schulschluss im Park. Er küsste mich so leidenschaftlich, dass meine Beine wie Pudding erzitterten. Ob in Uniform oder in Zivil, immer sah er unwiderstehlich aus, und es fiel mir zunehmend schwerer, mich zurückzuhalten. Doch im Park mussten wir ohnehin Vorsicht walten lassen. Er ließ es sich nicht nehmen, mich nach Hause zu begleiten, um vor dem Gartenzaun den Rückzug anzutreten.

Zum Abschied hauchte er mir einen Kuss auf die Wange und flüsterte: »Deine Tante steht am Fester und beobachtet uns.«

Ich kicherte, weil sein Atem an meinem Ohr kitzelte.

»Bis morgen«, raunte ich und sog ein letztes Mal seinen Duft ein. »Tante Gretel würde dich gern kennenlernen, wäre das in Ordnung?« Mein Herz klopfte bis zum Hals. Würde er zusagen? War ihm unsere zarte Liebe wichtig genug? Sein sanfter Blick raubte mir die Luft.

»Wann? Ich würde mich freuen«, flüsterte er.

»Morgen? Nach der Schule?«

Er nickte freudig.

»Bis morgen dann, Darling.« Er entfernte sich rückwärts, um mich länger im Blick zu behalten. Schließlich wandte er sich winkend um und verschwand hinter der Baumreihe.

Selig vor Glück schwebte ich ins Haus, wo Gretel mich neugierig empfing.

»Und? Ist er einverstanden, sich meiner Prüfung zu unterziehen?« Sie grinste mich wohlwollend an.

Ich schmunzelte. »Ja. Wir sollten uns überlegen, was wir ihm anbieten. Soll ich einen Kuchen backen?«

Gretel tätschelte meine Wangen.

»Das lass mal meine Sorge sein.« Geheimnisvoll entschwand sie in die Küche. Wenig später hörte ich sie mit Schüsseln poltern. Leise verzog ich mich in mein Zimmer. Versuche, mich auf die Hausaufgaben zu konzentrieren, scheiterten jedoch kläglich.

Am nächsten Tag holte Tante Gretel mich von der Schule ab. Ich war enorm aufgeregt. Die Tatsache, dass sich gleich die beiden wichtigsten Menschen in meinem Leben kennenlernen würden, löste in mir ein Freudenfest aus. Ich hoffte inständig, dass sie einander sympathisch sein würden.

Bevor wir losfuhren, stürmte Karin ans Seitenfenster und klopfte vergnügt dagegen. Ich kurbelte die Scheibe herunter und sah sie fragend an.

»Willst du mit zu mir kommen? Wir könnten nach den Hausaufgaben Musik hören.«

»Tut mir leid, meine Tante braucht mich heute. Verschieben wir es auf einen anderen Tag?«

Ich merkte, wie Gretel Luft holte, und betete, dass sie nichts verriet, denn ich hatte Karin kaum etwas von Jack erzählt. Ich war mir sicher, dass sie alles ihren Eltern berichten würde, die kein gutes Haar an den Engländern ließen.

Karin zog einen Schmollmund. »Schade, dann sehen wir uns morgen in der Schule.«

Sie wandte sich ab und lief zu ihrem Fahrrad.

Tante Gretel sah mich verständnislos an. »Ist Karin nicht deine beste Freundin? Hast du ihr nichts von Jack erzählt?«

Ich schüttelte rasch den Kopf.

»Nein, ich glaube, es ist besser so«, erwiderte ich fest.

Zu meiner Erleichterung stellte Gretel keine weiteren Fragen. Ich lehnte mich in den Sitz zurück und starrte geradeaus, als wir an Karin vorbeifuhren. Ich fragte mich, was Freundschaft bedeutete. Teilte man nicht alle Freuden und Leiden miteinander? War es nicht so, dass eine Freundin, ein Freund über alles Bescheid wissen sollte, was im Leben des anderen geschah? Kurz überlegte ich, ob ich Karin doch noch von Jack erzählen sollte. Ich hatte ihr zwar am Anfang unseres Kennenlernens von ihm berichtet, doch ihre Reaktion hatte mich damals zurückschrecken lassen.

»Pass bloß auf, dass er dir nichts antut. Man weiß schließlich nie, was alles in diesen Engländern steckt.«

Ich konnte mir beim besten Willen nicht vorstellen, dass Jack mir jemals Kummer bereiten könnte. Er war ein unglaublich liebevoller Mensch, noch dazu einer, der *mich* liebte. Er wäre am liebsten auf der Stelle zu Hans gefahren, um ihn zu verprügeln, sobald ich ihm alles erzählt hatte. Er hasste es, wenn ich von Hans sprach und er mitbekam, wie meine Angst mich zu lähmen schien. Ich wollte mir nicht anhören müssen, wie Karin ihn wieder schlechtredete. Dann verschwieg ich ihr lieber unsere Beziehung.

Auf der Fahrt schielte ich zu Gretel hinüber, die ihre Augen fest auf die Fahrbahn gerichtet hielt. Ihr Ehering lag locker um ihren schmal gewordenen Finger. Falten schnitten tiefer als sonst in ihr graues Gesicht ein. Ich musste unbedingt öfter mit ihr am Meer spazieren gehen, damit sie zu Kräften kam. Ich betete, dass die nächste Behandlung nicht so heftig ausfallen würde. Ich fürchtete, dass sie diese Strapazen nicht mehr lange aushalten würde.

Gretel schien meine Gedanken zu erraten. Sie tätschelte meine Hand, behielt den Blick aber weiterhin auf der Fahrbahn.

»Ich denke nicht daran, ins Gras zu beißen. Sorge dich nicht um mich, Liebes.« Verschmitzt warf sie mir ein schnelles Lächeln zu. Ich antwortete mit einem bedächtigen Nicken. Ich fürchtete, meine Stimme würde mir nicht gehorchen. Tante Gretel sollte mich nicht weinen sehen. Schließlich brauchte sie ihre ganze Kraft, um gesund zu werden.

Gretel bog links ab in unsere Straße. Sofort schlug mein Herz bis zum Hals. Jack war bereits da. Sein Jeep parkte vor dem Grundstück neben der Hecke.

»Überpünktlich, dein englischer Held.« Gretel gluckste. Dann fuhr sie das Auto vor die Garage und drehte den Schlüssel im Zündschloss um. »Dann mal los, hol dir deinen Traummann.« Sie zwinkerte mir aufmunternd zu.

Das musste sie mir nicht zweimal sagen. Ich riss die Autotür auf und sprintete Jack entgegen. Er war ebenfalls ausgestiegen und wartete geduldig am Gartenzaun. Er wirkte nicht weniger nervös als ich. Ein schneller Blick bestätigte mir, dass meine Tante schon ins Haus gegangen war. Ich warf mich in Jacks starke Arme, die mich sofort schützend umschlangen. Mehr und mehr spürte ich, dass Jack zu meiner Heimat geworden war. Mein Hafen im Sturm.

»Ich bin schrecklich aufgeregt«, flüsterte er mir ins Ohr.

Ich schmunzelte. Dieser große, kräftige Mann, der die Kriegs- und Nachkriegswirren unversehrt überstanden hatte, zitterte vor dem Urteil meiner Tante.

»Das musst du nicht, wir freuen uns beide, dass du da bist«, versicherte ich ihm. Dann löste ich mich aus der Umarmung und nahm seine Hand in meine. Mit feuchten Augen führte ich ihn hinein. Er musste den Kopf einziehen, um sich nicht am Türrahmen zu stoßen.

Gretel lärmte in der Küche mit den Kochtöpfen. Da es im Flur kaum Tageslicht gab, wähnten wir uns in Sicherheit und küssten uns innig. Jack atmete schwer. Er hielt mich am Po fest und zog mich ganz nahe heran. Mir schwindelte ob der heißen Berührung, und mein Körper schien augenblicklich Feuer zu fangen. Doch dann wurde uns beiden bewusst, dass meine Tante jeden Moment um die Ecke kommen könnte. Peinlich berührt ließen wir voneinander ab. Ich starrte Jack an und musste unweigerlich kichern, als ich in sein verwirrtes Gesicht sah. Meine Wangen glühten.

Tante Gretel summte ein Lied vor sich hin, als wir die Küche betraten. Mein Gesicht musste inzwischen rot wie eine Tomate sein. Doch Gretel biss sich auf die Lippen und ersparte uns einen Kommentar.

»Ich nehme an, du bist Jack?«, trällerte sie unbekümmert. Jack reichte ihr die Hand.

»Freut mich sehr, Sie kennenzulernen«, sagte er mit fester Stimme.

Gretel fuhr mit der Hand durch die Luft und meinte, bevor sie ihm die Hand reichte: »Ich bin Gretel. Ich finde, das Du ist unter Freunden üblich. Oder was meinst du?«

Sie zwinkerte ihm zu. Dann wirbelte sie herum und rührte wieder in ihren Töpfen. Ich fragte mich, woher plötzlich ihre Energie kam.

Nach einer intensiven Verhörrunde während des Essens kam Gretel zur Sache.

»Mein Junge«, begann sie, »ich muss morgen schon wieder in die Klinik und werde einige Tage dortbleiben müssen. Meinst du, du kannst in der Zwischenzeit auf meine Christine aufpassen? Ich weiß, sie hat dir von ihrem Stiefvater erzählt, und ich habe Angst um sie, wenn ich nicht in der Nähe sein kann.« Sie seufzte schwer und sah Jack beinahe flehend an.

Er räusperte sich leise. »Nun, ich freue mich über das

entgegengebrachte Vertrauen. Ich habe bereits einen Urlaubsantrag gestellt und erwarte spätestens heute Abend die Genehmigung.«

Gretel klatschte in die Hände.

»Großartig, dann kann ja nichts mehr passieren. Ich bin sicher, dass Christine während meiner Abwesenheit unter deinem Schutz sicher ist.« Doch dann schaute sie ihn durchdringend an, und ihre Augen verfinsterten sich. Mahnend hob sie den Zeigefinger. Doch Jack kam ihr zuvor.

»Ich werde sie wie einen Schatz hüten und die Situation selbstverständlich nicht ausnutzen.«

Mir stieg erneut eine heftige Röte ins Gesicht. Doch Gretel setzte noch einen drauf. »Nicht, dass sie dabei ihre Unschuld verliert.«

Jack guckte wie vom Blitz getroffen, offenbar überforderte ihn die direkte Art meiner Tante. Bei seinem Gesichtsausdruck musste selbst ich lachen. Tante Gretel erhob sich vom Stuhl und begann den Tisch abzuräumen.

»Ich weiß, an mich muss man sich erst gewöhnen«, murmelte sie und wandte sich ab zum Spültisch. Ich sprang auf, um ihr zu helfen. Vorher warf ich Jack einen entschuldigenden Blick zu. Gretel scheuchte uns jedoch aus der Küche.

»Ich muss noch lange genug rumliegen, ich erledige das gern allein. Macht ihr mal, dass ihr an die Luft kommt. Später gibt es Kuchen zum Tee, wenn ihr wollt. Aber erst ruhe ich mich aus.« Mit einer wedelnden Handbewegung unterstrich sie den Rauswurf.

Ich wanderte mit Jack zum Deich. Ich wollte ihm unbedingt die Nordsee zeigen, die an jedem Tag anders aussah. Mal rau und grau, an anderen Tagen fröhlich an die Küste rollend. Heute war sie besonders sanft. Die Sonne stand hoch am Horizont und wärmte trotz der leichten Brise unsere Haut. Jack hielt meine Hand fest umschlungen. Daran bemerkte ich, wie angespannt er war. Hatte meine Tante ihn so sehr verunsichert?

»Deine Tante Gretel ist ein wahrer Schatz«, sagte er, als hätte er meine Gedanken gelesen.

Grinsend wandte ich mich ihm zu und stellte mich auf die Zehenspitzen, um ihn zu küssen. Aber er war einfach zu groß für meine kurzen Beine. Als er mich an sich heranzog und gleichzeitig anhob, raste mein Herz unbeschreiblich schnell. Mit seinen weichen Lippen küsste er mich um den Verstand. Diese Gefühle waren für mich immer noch unbegreiflich und verwirrend.

»Ja«, hauchte ich außer Atem, »ohne sie wäre ich verloren.«

Eindringlich sah Jack mich an. Seine Lippen bewegten sich, aber er bekam keinen Ton heraus.

»Was willst du mir sagen?«, fragte ich ungeduldig nach. Er stellte mich wieder auf meine Füße.

»Darling, wenn ich nach England zurückmuss ...« Ich spannte mich an und befürchtete, er würde mir nun den Abschied für immer gestehen. Doch er fragte: »Begleitest du mich dann?«

Mir wurde schwindlig. Jack wollte mich bei sich haben. Ein größeres Glück hätte ich mir nie erträumen können. Meine Kehle war trocken und ich lediglich zu einem Nicken imstande.

Jack war offenbar nicht weniger glücklich als ich. Er schloss mich in seine starken Arme und hielt mich minutenlang fest. Er gab mir die Geborgenheit, die mir Zeit meines jungen Lebens gefehlt hatte.

Eng umschlungen schlenderten wir an der Wasserlinie entlang. Ob es in England auch eine Küste gab, die mich an meine Heimat erinnern würde? Der Gedanke, meine Tante zurückzulassen, versetzte mir einen Stich. Doch ich wusste, dass Gretel mich ohne Vorwürfe ziehen lassen würde.

Es duftete nach frischem Kaffee und gebackenem Kuchen, als wir das Haus betraten. Gretel hatte den Tisch liebevoll gedeckt und erwartete uns mit einem Lächeln auf den Lippen.

»Da seid ihr ja.« Sie schmunzelte, als sie in unsere leuchtenden Augen sah. Jack schielte auf den Kuchen und leckte sich die Lippen. Offenbar liebte er die süßen Verführungen, die für uns bereitstanden.

Es war ein wunderschöner Nachmittag. Wir lachten und erzählten uns Geschichten. Später holte Gretel das Rommé-Spiel hervor. Meine Tante war die Gewinnerin des Tages. Ihre Wangen waren vor lauter Eifer gerötet. Ich betete still, dass ihre Glückssträhne sie auch in den nächsten Tagen nicht verließ.

Schließlich verabschiedete sich Jack von Gretel, nicht ohne sein Versprechen zu bekräftigen, während ihrer Abwesenheit auf mich aufzupassen. Danach begleitete ich ihn hinaus.

»Ich komme morgen nach Schulschluss vorbei«, versprach er, bevor er in seinen Wagen stieg.

Weit nach Mitternacht erreichte ich Hannover. Ich parkte in der Garage und schälte mich mit schmerzenden Gliedern aus dem Auto. Erschöpft ging ich den rutschigen Weg zum See hinunter. Keine leichte Übung in meinem Alter und den Halbschuhen, die ich meistens auch im Winter bevorzugte. Eine Eisschicht bedeckte die Wasseroberfläche. Doch um sie zu betreten, war das Eis nicht dick genug.

Ich stellte mich ans Ufer und lauschte den vertrauten Klängen der Nacht. Hier war ich mit mir allein. Die Stille der Nacht gehörte mir und gab mir Sicherheit. Sie erlaubte mir sogar, an Jack zu denken, ohne dass es meine Seele zum Rebellieren brachte. Trotz der Kälte verharrte ich eine Weile hier. Meine Nerven beruhigten sich, und die Verspannungen der langen Autofahrt lösten sich nach und nach. Ich schloss die Augen und atmete tief die Nachtluft ein.

Im Sommer schwamm ich hier frühmorgens meine Runden, ein erfrischender Start in einen ausgefüllten Arbeitstag. Lia liebte es, auf dem See Schlittschuh zu fahren. In diesem Punkt war sie mir und ihrer Mutter weit voraus. Sophie und Georg verbrachten regelmäßig die Sommertage auf der Sonnenliege, um abzuschalten. Jetzt hatte es die Außentemperatur zwar in sich, aber mein Innerstes wurde von Wärme durchflutet. Hier war mein Zuhause, meine Heimat. Nordfriesland konnte mir getrost gestohlen bleiben.

Beherzt nahm ich eine Handvoll Schnee und formte daraus eine Kugel. Dann warf ich sie lachend über die zarte Eisfläche des Sees. In wenigen Wochen würde ich mich von der Klinik verabschieden müssen. Plötzlich war der Gedanke nicht mehr erschreckend. In diesem Augenblick freute ich mich sogar darauf. Ich wäre frei für ein anderes Leben, auch wenn ich noch keine konkrete Idee hatte, wie ich den Lebensabend gestalten wollte. Ich war mir sicher, dass mir etwas Passendes einfallen würde. Meine guten Vorsätze fürs neue Jahr, die ich in der Silvesternacht verloren hatte, waren wieder da, und ich hatte nicht vor, sie ein weiteres Mal entwischen zu lassen.

Ob Jack bereits abgereist war? Mein Herz schlug bis zum Hals, und ich glaubte, seine Lippen auf meinen zu spüren. Ich wandte mich ab und beeilte mich, ins warme Haus zu gelangen. Ich verbot mir, an Jack zu denken, doch ob es mir gelingen würde? Er war hier gewesen, war es vielleicht immer noch. Wie sollte ich da nicht an ihn denken?

Beim Öffnen der Wohnungstür stieg mir ein vertrauter Duft entgegen. Lia musste hier gewesen sein, ich erkannte es augenblicklich an dem Geruch des Parfüms, das sie bevorzugt benutzte. Nun tat es mir leid, dass ich nicht für sie da gewesen war.

An der Garderobe stutzte ich. Lias Schal lag auf der Garderobenbank. Hatte sie ihn vergessen oder war sie vielleicht noch da? Leise zog ich meinen Mantel aus und hängte ihn vorsichtig an einen Haken. Auf Zehenspitzen schlich ich ins Wohnzimmer, wo ich meine schlafende Enkelin fand. Der Anblick rührte mein Herz. Lia lag zusammengerollt auf dem Sofa und schnarchte leise. Mit angehaltenem Atem, um sie nicht zu wecken, legte ich eine Wolldecke über ihren schlanken Körper. Sie lächelte im Schlaf und murmelte etwas Unverständliches. Für einen Moment verharrte ich vor dem Sofa und schmunzelte. Lia behauptete immer, nicht zu schnarchen.

Wie sehr ich sie doch liebe, dachte ich beglückt und wandte mich mit einem Lächeln auf den Lippen ab.

Danach begab ich mich in mein Schlafzimmer. Angezogen legte ich mich aufs Bett und starrte zur Zimmerdecke hoch.

Jack, warum bist du hier?

Trotz der Müdigkeit war ich plötzlich hellwach. Lias Gegenwart rief die Gedanken an meine große Liebe wach. Lag es daran, dass sie frisch verliebt war? Dass meine eigenen Erinnerungen in meinem Kopf herumspukten? Ich hatte Jack aufgegeben, trotzdem war er mir nie näher gewesen als in diesem Moment. Ich lauschte dem Wind, der ums Haus fegte und deutlich zugenommen hatte. Ich versuchte herauszufinden, was er mir sagen wollte. Jack war hier und doch so fern.

Draußen war es hell geworden. Als ich einen Körper neben mir spürte, öffnete ich die Augen.

»Omilein«, flüsterte Lia, »schläfst du noch?«

»Was sonst«, murmelte ich müde.

»So lange?«

»Hm.«

»Ich habe Hunger, willst du mit mir frühstücken?«

Ich streckte mich ausgiebig, bevor ich mich ihr zuwandte. Ich schmunzelte beim Anblick ihrer leuchtenden Augen. Ich hielt die Hand vor den Mund und gähnte.

»Ich wüsste nicht, was ich lieber täte«, sagte ich gedehnt. Lia kicherte.

»Du hast dich nicht ausgezogen.« Dies war eher eine Feststellung als eine Frage, für sie nicht ungewöhnlich.

»Ich war ziemlich müde«, gestand ich und musste nun auch lachen.

»Warte«, befahl meine Enkelin. Dann sprang sie aus dem Bett und verschwand.

Kurze Zeit später erschien sie mit zwei Bechern dampfenden Kaffees. Sie krabbelte auf das Bett, ohne den Wachmacher zu verschütten, und reichte mir einen der Becher. Ich setzte mich auf und lehnte mich an das Kopfende des Bettes, ehe ich vorsichtig das heiße Getränk entgegennahm.

»Hm«, meinte ich, »das habe ich noch nie gemacht.«

Lia riss die Augen auf.

»Was? Du hast noch nie … Kaffee im Bett getrunken?« Sie klang überrascht. Ich antwortete mit einem Kopfschütteln.

»Nur Sekt«, rutschte es mir heraus.

Lia lachte vergnügt. »Davon musst du mir unbedingt einmal erzählen, aber nicht jetzt.«

Nun musste ich herzhaft lachen, dabei wäre beinahe der Kaffee übergeschwappt. Sie schien großen Redebedarf zu haben, sonst hätte sie mich sofort mit Fragen gelöchert.

»Nun sag schon, Liebes, wie kann ich dir helfen? Wo drückt der Schuh?«

Lia druckste herum. »Mama und Papa«, sagte sie schließlich. »Wobei Papa das kleinere Problem darstellt.«

»Verstehe«, meinte ich ruhig.

»Kann ich eine Elternauszeit bei dir nehmen?«

Forschend sah ich Lia an. »So schlimm?«

»Schlimmer«, behauptete sie theatralisch.

»Du hast aber nicht etwa Liebeskummer?«

Lia setzte sich auf ihre Knie und strahlte mich an. »Genau das Gegenteil.«

»Aber das ist doch wunderbar!«, rief ich fröhlich aus. Tatsächlich hatte ich keine große Lust, mich zwischen sie und ihre Eltern zu stellen. Sophie war ohnehin enttäuscht von mir, weil ich mein Versprechen nicht eingehalten hatte.

Lia ließ die Schultern hängen. »Das ist nicht so einfach. Ich hab keine Ruhe mehr, mich auf ihn zu konzentrieren. Ich will ihn kennenlernen und die Ferien dazu nutzen, aber die beiden meinen, ich sollte das Studium nicht vernachlässigen. Mama tut gerade so, als ob ich unter die Junkies gegangen wäre.«

»Na, na, so schlimm wird es doch wohl nicht sein«, erwiderte ich.

Lia raufte sich die lange Mähne. »Du kennst sie. Wenn sie sich in etwas verrennt, gibt es kein Entkommen.«

Auf meinem Nachtschrank klingelte mein Handy. Ich warf einen Blick darauf und zögerte.

»Deine Mama«, informierte ich Lia.

»Geh nicht ran.«

Ich schüttelte ihre Hand ab, die meinen Arm packen wollte. Dann nahm ich das Gespräch entgegen.

»Sophie, Liebes, schön, dass du anrufst«, sagte ich, um Gelassenheit bemüht. »Lia ist bei mir, es ist alles in bester Ordnung.« Meine Enkelin gestikulierte wild mit den Armen, doch ich ignorierte sie. »Wir frühstücken gleich, willst du dazukommen?« Ich konnte meine Tochter nicht belügen, zumal sie gestern am Telefon sehr aufgebracht gewesen war.

»Warum hast du mich nicht angerufen? Ich habe die ganze Nacht kein Auge zugemacht«, beklagte sie sich laut. Sofort bereute ich, keine Notlüge verwendet zu haben. Vielleicht hatte Lia recht damit, dass sie eine Auszeit von ihrer Mutter brauchte?

Sophie schnaubte und gab mir gar keine Gelegenheit, etwas zu erwidern. »Ich komme.«

Sie nahm sich nicht die Zeit für Verabschiedungsworte, sondern legte auf.

Ratlos betrachtete ich meine verliebte Enkelin.

»Warum hast du das gemacht?« Lia war verärgert. Es gelang mir kaum, sie davon zu überzeugen, dass es sinnvoll wäre, Sophie einzuweihen und darzulegen, wie wichtig Lia ihre neue Bekanntschaft war. Doch letztlich lenkte sie murrend ein. »Ich lege ein weiteres Besteck auf den Tisch«, maulte sie, dann huschte sie aus dem Schlafzimmer.

Seufzend schwang ich die Beine aus dem Bett. Zuallererst

brauchte ich eine Dusche. Wie so oft in den vergangenen Tagen war Jack auch hier gedanklich mit von der Partie. Damals hatten wir zusammen geduscht, bis das Wasser im Boiler kalt wurde. Mit geschlossenen Augen ließ ich das belebende Nass über meinen Körper laufen. Er war hier!

Sturmzeiten

Die letzte Unterrichtsstunde zog sich wie Kaugummi. Ich freute mich auf Jack. Doch ich musste vorsichtig sein. Sollte die Lehrerin Verdacht schöpfen, mit wem ich mich traf, hätte ich schon am nächsten Tag das Jugendamt vor der Tür. Ich bemühte mich, aufmerksam zu wirken, auch wenn ich vom Unterrichtsstoff nichts mitbekam.

Doch auch die längste Stunde hatte einmal ein Ende, und ich atmete erleichtert auf, als der Pausengong ertönte. Eilig schob ich meine Bücher in die Tasche und stürmte auf den Flur hinaus. Karin rief meinen Namen, doch ich tat so, als hörte ich sie nicht. Bei meinem Rad angekommen, klemmte ich die Tasche auf den Gepäckträger und düste davon. Für den morgigen Tag hatte Jack versprochen, mich von der Schule abzuholen, doch heute musste er einen letzten Flug durchführen, bevor er seinen Urlaub antrat. Ich war aufgeregt. Wie würden wir die drei Tage verbringen, an denen meine Tante nicht da war?

Außer Atem erreichte ich das sichere Zuhause, stieg vom Rad ab und schob es in den Schuppen. Jack hatte mich ermahnt, wachsam zu sein. Angespannt schaute ich mich in der Umgebung um. Doch mein Stiefvater war nirgends zu sehen. Eilig holte ich den Schlüssel hervor und huschte ins Haus. Drinnen verschloss ich die Tür zweimal.

Danach kümmerte ich mich um die Hausaufgaben, denn ich wollte die Schule nicht vernachlässigen. Mein Wunsch, Medizin zu studieren, war nach wie vor stark. Ob ich in

England die Möglichkeit dazu hätte? Ich war neuerdings besonders aufmerksam im Englischunterricht, und dank Jack bekam ich zusätzliche Übung. ›Ich liebe dich‹, waren die ersten Worte, die ich von ihm lernte, aber die kannte ich schon aus den Büchern. Verträumt hielt ich mein Englischbuch im Arm und wiegte es liebevoll hin und her.

I love you, Jack.

Gretel hatte für uns eine Gemüsesuppe gekocht, die wir in den nächsten Tagen essen konnten. Doch ich hatte keinen Hunger. Sehnsüchtig wartete ich auf Jack.

Zwei Stunden später pochte es laut an der Tür. Ich zuckte erschrocken zusammen, denn dieses fordernde Klopfen passte nicht zu Jack. Mein Hals fühlte sich wie zugeschnürt an, als ich mich an die Wohnzimmerwand drückte und zum Fenster schlich. Fassungslos erkannte ich, wer draußen Einlass forderte. Hans!

Ängstlich rutschte ich in die Hocke und legte die Hände vors Gesicht. Ich wagte kaum zu atmen. Woher wusste er schon wieder, dass Gretel mich gerade nicht schützen konnte? Der Schweiß drang mir aus allen Poren. Die Handinnenflächen klebten vor Feuchtigkeit. Mein Gott, hoffentlich kam Jack nicht genau in diesem Moment. Doch dann vernahm ich von draußen seine dunkle Stimme.

»Was kann ich für Sie tun?«, fragte er freundlich, als ob er selbst hier wohnte.

»Du arroganter Tommy hast hier nichts zu suchen! Du verschwindest besser gleich wieder«, polterte Hans hasserfüllt los. Ich sank noch weiter in mich zusammen. Doch als Nächstes hörte ich Hans fluchen, es rumpelte an der Tür, dann war es still. Zu keiner Bewegung fähig, verharrte ich in Schockstarre auf dem Boden.

Jacks warme Stimme holte mich zurück ins Hier und Jetzt. »Christine, Darling, es ist alles in Ordnung, öffne bitte die Tür.«

Zitternd erhob ich mich. Ich schlich in den Flur, um Jack hereinzulassen. Für den Bruchteil einer Sekunde zögerte ich, doch dann riss ich die Haustür auf und warf mich schluchzend in die starken Arme meines Beschützers.

»Alles ist gut, du bist in Sicherheit«, flüsterte er sanft, so lange, bis ich mich beruhigte. »Der gehört eingesperrt«, brummte Jack grimmig, unterbrach aber nicht seine tröstenden Streicheleinheiten.

»Es tut mir leid.« Ich schluchzte. »Ich möchte dich da nicht mit hineinziehen.«

»Baby, deine Sorgen sind auch meine. Ich werde nichts unterlassen, bis du dich sicher fühlst.« Er küsste mich zärtlich auf den Mund.

Ein wohliger Schauer ging durch meinen Körper. In seiner Nähe wähnte ich mich geborgen, Jack war mein Zuhause geworden. Ich würde ihm überallhin folgen, auch in seine Heimat. Ich hatte mich erkundigt und herausgefunden, dass es auch in England Medizinstudentinnen gab und sie sogar ein besseres Ansehen genossen als diejenigen in Deutschland. Zwar waren Ärztinnen hier ebenfalls keine Ausnahmen mehr, doch unter den männlichen Kollegen waren sie leider nicht gern gesehen. Mir stand ein holpriger Weg bevor, aber ich war es von Kindesbeinen an gewohnt, schikaniert zu werden, davon würde ich mich nicht abschrecken lassen.

Jack hatte sich rasiert und trug ein weißes T-Shirt, das seine Muskeln deutlich durchscheinen und mein Herz höherschlagen ließ. Langsam sah ich zu ihm auf. Ich erkannte ein Flimmern in seinen blauen Augen, er atmete schwer. Rasch löste er sich von mir und trat einen Schritt zurück. Ich versuchte meine Verwirrung über sein widersprüchliches Verhalten zu überspielen. Jack lächelte gequält.

»Baby, du bist so wunderschön«, wisperte er und trat nervös von einem Fuß auf den anderen. Das passte so gar nicht zu ihm. Er, der sonst immer so tough und selbstbewusst war, wirkte nun wie ein aufgescheuchtes Huhn, dessen Eier gestohlen worden waren.

Ich grinste ihn frech an. »Komm, wir gehen raus zum Deich … Oder hast du Hunger?«

Jack schluckte.

»Ich glaube, ich verhungere«, meinte er kläglich. Ich hatte so eine Ahnung, worauf er Hunger hatte, beschloss aber, nicht darauf einzugehen. Stattdessen nahm ich seine Hand und zog ihn vor die Tür. Wir beide benötigten eine Abkühlung, das hatte ich durchaus verstanden.

Der frische Wind blies die verwirrenden Gefühle aus unseren Köpfen. Eng umschlungen schlenderten wir über den Nordseedeich, plauderten und planten verträumt unsere Zukunft. Mir kam das alles immer noch vor wie ein Märchen. Jack neben mir, seine Arme schützend um meine Schultern gelegt, sein warmes Lächeln für mich ganz allein. Ich war bis über beide Ohren verliebt und wollte alles dafür tun, mein Glück festzuhalten. Nicht vergessen, aber für den Moment verdrängt waren die Jahre der Furcht und der Qual durch Hans.

Später aßen wir die Gemüsesuppe, die Tante Gretel vorbereitet hatte. Mit roten Wangen vom kalten Wind, der hinter dem Deich wehte. Jack bestand darauf, bei mir zu bleiben. Er wollte auf dem Sofa schlafen und sofort bereitstehen, wenn es erforderlich werden sollte. Doch ich bezog Gretels Bett neu, denn ich fand das Sofa nicht geeignet für einen fast zwei Meter großen Hünen. Jack widersprach nicht, sondern bedankte sich, indem er mich leidenschaftlich küsste. Beklommen wünschten wir uns eine gute Nacht.

Rastlos wälzte ich mich in meinem Bett hin und her. Ich war zu aufgeregt, als dass ich hätte schlafen können. Nur wenige Schritte von mir entfernt, schlummerte Jack im Schlafzimmer meiner Tante. Das Haus war geschwängert von seinem Duft, was mich zusätzlich aufwühlte. Ich versuchte es, aber ich kam einfach nicht zur Ruhe. Wie hatte Jack es ausgedrückt – ich sei frei, meine eigenen Entscheidungen zu treffen? Das war wunderbar. Doch ich wusste genau, was ich wollte.

Kurz entschlossen schlug ich die Federdecke zur Seite und schlich mich zu Jack. Er lächelte im Schlaf und sah unglaublich süß aus. Mein Herz schlug bis zum Hals. Leise ging ich um das Bett herum und kroch zu ihm unter die Decke. Ich lauschte seinem gleichmäßigen Atem. *Willkommen in meinem Leben, Jack.*

Vorsichtig, um ihn nicht zu wecken, kuschelte ich meinen schlanken Körper an seinen, an diesen Mann, der mir den Himmel auf Erden versprochen hatte. Jack seufzte im Schlaf. Atemlos versuchte ich mich nicht zu bewegen. Doch ich hatte mich getäuscht, als ich gedacht hatte, dass meine kalten Hände ihn nicht wecken würden. Während er sich langsam zu mir umdrehte, murmelte er zärtlich meinen Namen.

»Christine. Da bist du ja endlich«, raunte er und zog mich dicht an sich heran. Zunächst zögerte er, doch dann hatte unsere Leidenschaft überhandgenommen, und das Versprechen, keine Dummheiten zu machen, hatten wir beide vergessen. Hitze strömte durch meine Adern, und ich befürchtete schon, in Flammen aufzugehen. Sanft strich er über meinen Bauch, der wie auf Kommando zu kribbeln begann. Ich umklammerte ihn mit meinen Beinen, dabei hatte ich nicht mit seiner leidenschaftlichen Reaktion gerechnet. Jacks Muskeln zitterten, während er meine Brüste küsste. Ein Feuerwerk, das eine ganze Stadt hätte erschüttern können, durchfuhr mich. Ich sog seinen Duft ein, als wir hemmungslos miteinander verschmolzen. Er machte mich zur Frau.

Wir liebten uns die ganze Nacht und wurden mit dem

Körper des anderen vertraut. Ich kannte jeden Zentimeter seiner Haut, und er kannte meine.

»Darling, ich liebe dich«, flüsterte er irgendwann sanft in mein Ohr.

»Ich wusste nicht, dass Liebe so ein Wunder sein würde«, erwiderte ich atemlos. Jack lachte rau, dann schob er sich über mich und hielt meine Hände über meinem Kopf fest. Langsam küsste er mich und wanderte abwärts bis zu meinem Bauchnabel und weiter hinunter in meinen Schoß. Ich heulte auf vor Erregung und erlebte ein erneutes Feuerwerk der Sinne, ausgelöst durch einen Sturm der unendlichen Liebe.

Jack ließ nicht zu, dass ich die Schule am nächsten Tag versäumte. Ich lag schwerelos im Bett meiner Tante und hatte keinerlei Antrieb, mich zu erheben. Doch Jack blieb streng. Wir duschten gemeinsam, bis der alte Boiler nur noch lauwarmes Wasser spendete und wir uns fröstelnd in Handtücher wickelten. Nach dem Frühstück fuhr Jack mich zur Schule. Er verabschiedete sich von mir mit dem Versprechen, mich rechtzeitig nach Schulschluss abzuholen.

»Du musst die Schule beenden, bevor wir in meine Heimat ausreisen«, mahnte er. Danach fuhr er davon. Beinahe glaubte ich zu schweben, während ich über den Schulhof ging. Karin war plötzlich neben mir.

»Du strahlst ja so, verrätst du mir, warum?« Sie grinste mich wissend an.

»Es ist nichts Besonderes«, log ich, ohne sie anzusehen.

Karin blieb abrupt stehen. »Sag nicht, du machst immer noch mit diesem Tommy rum?«

Jetzt blieb auch ich stehen und starrte in ihre empörten Augen.

»Nein«, antwortete ich fest, dann ging ich weiter in den Klassenraum. Zum Glück hatte sie nicht mitbekommen, wie ich aus seinem Auto gestiegen war, sonst hätte sie mich den ganzen Vormittag mit Fragen gelöchert.

Alarm im Kopf

Sophie kam in Begleitung ihres Mannes Georg. Offenbar erhoffte sie sich von ihm Unterstützung bei der bevorstehenden Diskussion mit ihrer Tochter. Sie achtete darauf, dass Georg neben ihr Platz nahm, dabei sah sie ihn durchdringend an.

›Mach jetzt keinen Fehler, ich brauche dich‹, schien ihr Blick zu sagen.

Georg hatte sich eine Krawatte umgebunden. Ich vermutete, damit sollte die Wichtigkeit dieses Familientreffens unterstrichen werden. Lia verdrehte genervt die Augen und legte ein weiteres Gedeck auf. Ich rechnete jeden Moment damit, dass sie die Wohnung verließ. Warum musste Sophie nur immer dermaßen übertreiben? Georg betrachtete seine gepflegten Fingernägel. Er trug zum Hemd eine verwaschene Jeans – wenigstens etwas Normalität an diesem Morgen. Ich seufzte ungeduldig.

»Nun entspannt euch doch mal«, bat ich und warf meiner Enkelin einen besorgten Blick zu. Georg straffte die Schultern.

»Du hast natürlich recht, Christine«, sagte er und wandte sich an seine Frau: »Liebes, lass uns in Ruhe frühstücken.« Er zwinkerte ihr zärtlich zu. »Hast du vergessen, dass wir auch mal jung waren?«

Sophie errötete und gab Georg unter dem Tisch einen heftigen Tritt. Lia kicherte albern.

»Erzählt doch mal, wie war das damals?«, fragte sie. Ein geschicktes Ablenkungsmanöver. Ich lächelte schief.

»Na ja«, meinte ich, »wir haben sicher alle unsere Geheimnisse, nicht wahr?«

Sophies Kopf schnellte in meine Richtung. Ich zuckte bloß mit den Schultern und goss allen Kaffee ein. Ich hätte es zwar nicht für möglich gehalten, aber das gemeinsame Frühstück lief dann doch ansatzweise harmonisch ab. Im Plauderton berichtete Georg von seiner Arbeit. Er war leidenschaftlicher Architekt und liebte alle Gebäude, ob sie nun modern oder historisch waren. Erstaunlicherweise hörte Lia ihm aufmerksam zu. Nach und nach legte sie ihre ablehnende Haltung ab und wurde deutlich entspannter. Sophie nutzte die Gelegenheit, um ihre Tochter nach ihren Plänen bezüglich ihres Studiums zu befragen. Anfangs zögerlich, aber dann mit immer mehr Begeisterung erzählte Lia, was sie vorhatte.

»Ich freue mich wahnsinnig auf das Berufspraktikum im Herbst«, sagte sie. »Ich überlege noch, ob ich versuche, in London einen Platz zu ergattern.« Sie strahlte voller Optimismus in die Runde, doch ihr blickten nur verständnislose Gesichter entgegen.

Sophie fing sich als Erste. »England? Wie kommst du denn darauf? Sind unsere Kliniken nicht gut genug?«

Aus unerklärlichen Gründen bekam ich eine Gänsehaut. Ausgerechnet England.

Lia winkte lässig ab.

»Doch, doch. Es gibt einen anderen Grund.« Sie strahlte wie ein Honigkuchenpferd. »Ich habe mich ... verliebt«, verriet sie im Flüsterton.

Georg räusperte sich geräuschvoll, zog es jedoch vor, zu schweigen. Sophie beugte sich über den Tisch zu Lia.

»Das ist doch kein Grund, alle Brücken hinter dir abzubrechen!«, sagte sie aufgebracht.

»Wieso denn abbrechen?«, protestierte meine Enkelin. Ich verkniff mir ein Grinsen.

»Du meinst die Brücken zu ihren Eltern?«, erkundigte ich mich sanft.

Sophie ließ sich gegen die Rückenlehne ihres Stuhls fallen. »So ähnlich«, gab sie zu. »Ich weiß, das klingt jetzt egoistisch, aber –«

»Kann man so sagen«, unterbrach Lia sie. Ich versuchte Ruhe in die Diskussion zu bringen.

»Ein Auslandsaufenthalt kann durchaus von Nutzen für Lias Lebenslauf sein«, gab ich vorsichtig zu bedenken.

Sophie funkelte mich an. »Es ist ja auch nicht dein Kind, das weggeht, dir kann das egal sein.«

Sprachlos über diese Spitze starrte ich meine Tochter an. »Mir bleiben weniger Lebensjahre als dir, um Zeit mit ihr zu verbringen«, sagte ich schließlich. »Ich werde meine Enkelin auch vermissen, aber darum geht es hier nicht.«

»Danke, Oma.« Lia zwinkerte mir zu.

»Dürfen wir vielleicht erfahren, wer deine große Liebe ist und was er so macht?«, meldete Georg sich zu Wort.

Lia erzählte uns, dass er enorm gut aussah und sehr gebildet war. »Er heißt Sam Williams. Er ist für drei Wochen in Deutschland, weil er seinen Opa begleitet. Der arme Kerl ist auf der Suche nach seiner Jugendliebe, die er nie vergessen konnte.«

Williams ... Ich erstarrte augenblicklich. Gab es solche Zufälle? Meine Finger krallten sich in die Tischdecke. Wenn Lia nicht reaktionsschnell meine Kaffeetasse ergriffen hätte, wäre sie samt Inhalt auf den Boden gefallen. Ich bekam es kaum mit, so sehr überschlugen sich meine Gedanken.

Ich musste handeln. Ausgerechnet Lias Glück war mein schlimmster Albtraum geworden. So wie es aussah, hatte sie sich in ihren Halbcousin verliebt. Verdammte kleine Welt. Mein Hirn suchte nach Lösungen.

»Oma! Ist alles in Ordnung? Fühlst du dich nicht gut?« Lias schrille Frage drang zu mir vor.

Reiß dich jetzt zusammen.

»Mir geht es gut«, antwortete ich tonlos. Ich wandte ihr mein Gesicht zu. »Wie lange bleiben die beiden noch in Deutschland?« Ich bemühte mich, meine Stimme nicht kippen zu lassen.

»Sein Opa hat seine Pläne vor Kurzem geändert, und sie werden noch diesen Monat in Deutschland bleiben. Ich finde das wunderbar«, ergänzte Lia.

Wunderbar.

»Mutter, du bist so blass geworden. Bist du sicher, dass alles in Ordnung ist?« Sophie stand auf und wollte mich in die Arme nehmen, was ich eilig abwehrte. Gefühlsduselei ertrug ich in diesem Zustand nicht. Ich fürchtete ohnehin, jeden Moment in Hysterie auszubrechen. Rasch erhob ich mich vom Stuhl. »Entschuldigt mich bitte.«

Ich hoffte, dass Jack mir die Suche nach ihm nicht so schwer machen würde wie ich ihm die Suche nach mir. Ich musste mit ihm sprechen und dafür sorgen, dass sein Enkel und er sich in den nächsten Flieger setzten und für immer aus meinem, besser gesagt unserem Leben verschwanden. Noch wusste ich nicht, wie ich das anstellen sollte, doch ich war entschlossen, Jack davon zu überzeugen, dass dieser Schritt der richtige wäre.

Gleichzeitig bekam ich nicht aus dem Kopf, dass er offenbar eine Frau gefunden und eine Familie gegründet hatte. Ich freute mich zwar für ihn, doch der Gedanke versetzte mir auch einen schmerzhaften Stich.

Dunkle Wolken am Horizont

Morgens mit Jack aufzuwachen oder ihn nachts neben mir zu spüren, war der Himmel auf Erden. Während meine Tante in Kiel darum kämpfte, gesund zu werden, waren wir uns nahe. Es war eine Zeit, die ich nie vergessen sollte. Fast war ich traurig, als Gretel wieder nach Hause durfte. Erst in dem Moment, als sie aus dem Krankentransport stieg, überkam mich das schlechte Gewissen. Sie wirkte erschöpft und ausgelaugt. Gezeichnet von den Strapazen der Krebstherapie. Ich stützte sie beim Hineingehen, dabei zitterte ich vor Sorge um sie.

»Alles wird gut, Kind. Unkraut vergeht nicht. Gib mir ein paar Tage, und du wirst merken, wie ich mich erhole.« Ein aufmunterndes Lächeln huschte über ihr Gesicht. »Du siehst verändert aus, Liebes. Hattest du eine schöne Zeit mit Jack?« Die aufsteigende Röte in meinem Gesicht war offenbar Antwort genug. »Nun, ich hoffe, ihr habt es nicht übertrieben?«

Ich wusste genau, was sie damit meinte, doch ich tat so, als würde ich nicht verstehen.

»Hans hat sich nicht sehen lassen«, sagte ich statt einer Antwort.

»Mehr will ich nicht wissen.« Sie keuchte außer Atem.

Am Morgen hatten Jack und ich uns ein letztes Mal geliebt. Ich spürte immer noch seine Küsse überall an meinem Körper. Seine kräftigen Hände, die mich berührten. Eine leichte Schwäche durchfuhr mich, als ich an diese wundervollen Momente dachte.

Gretel bat darum, sich bis zum Mittagessen etwas hinzulegen. Obwohl sie es nicht billigte, dass ich ihretwegen die Schule schwänzte, zeigte sie sich doch erleichtert darüber. Sie verzog sich ins Schlafzimmer, dorthin, wo ich erst heute Morgen sinnliche Stunden mit Jack verbracht hatte. Verschämt warf ich einen Blick aufs Bett, das ich neu bezogen hatte. Doch dann besann ich mich darauf, dass ich erwachsen geworden war und es keinen Grund gab, mich zu schämen. Ich lächelte meine Tante an, dann zog ich leise die Tür zum Schlafzimmer hinter mir zu.

Die Tage vergingen schleppend, doch nach einer Woche hatte meine Tante sich erstaunlich gut erholt. Ihre Wangen hatten wieder Farbe bekommen, und ihr Appetit war zurückgekehrt. Sie summte leise Melodien vor sich hin und schaffte mühelos die Dinge, die im Haushalt anfielen. Hoffnung sprach deutlich aus ihrem Gesicht. Hoffnung, die auch mich beflügelte. Ihr stand zwar noch ein steiniger Weg bevor, aber wir waren guter Dinge, dass sie ihn bewältigen würde. Auch Hans schien es zu unserer Erleichterung aufgegeben zu haben, mir aufzulauern. Doch es sollten sich bald dunkle Wolken über dem kleinen Häuschen meiner Tante zusammenziehen.

Ein Vierteljahr nachdem mir Jack gezeigt hatte, wie wunderbar die Liebe sein konnte, erschien er mit besorgtem Blick im Haus meiner Tante. Gretel war sofort alarmiert. Sie zog ihn beiseite und löcherte ihn mit Fragen. Ich kam gerade aus der Küche, als ich die beiden betrübt im Wohnzimmer zusammenhocken sah.

»Warum guckt ihr denn so? Ist etwas passiert?« Meine Kehle schnürte sich zu. Ängstlich schaute ich von Jack zu Gretel. Jack erhob sich schwerfällig.

»Darling, ich ...«

Tränen behinderten meine Sicht, noch bevor er etwas

erklären konnte. Ich ahnte schon lange, dass mein Glück zeitlich begrenzt war.

»Aber was ist denn?«, fragte ich, als Jack nicht weiterredete.

»Ich muss nach Hause«, erwiderte er mit rauer Stimme.

Meine Augen brannten wie Feuer, aber meine Wangen blieben trocken. Ich vermochte mich nicht zu rühren, starr vor Schock. Jacks Hand lag auf meiner Schulter.

»Wann?«, brachte ich piepsig hervor. Jack war deutlich anzusehen, dass er einen inneren Kampf führte.

»Übermorgen.«

Ich wusste zwar, dass der Moment kommen würde, doch ich wäre lieber mit Jack gemeinsam in seine Heimat geflogen. Ich fühlte mich ohne ihn nur halb. Auch wenn ich ihm nach dem Abi folgen würde, fürchtete ich mich davor, ohne ihn zurückzubleiben.

Übermorgen, übermorgen, übermorgen!

Vor einiger Zeit hatten diese Worte etwas ganz anderes bedeutet. Nun läuteten sie eine Katastrophe ein.

»Kann ich nicht mitkommen?«, fragte ich gepresst.

Jack zog mich in seine Arme. »Besser, du beendest zuerst deine Schulbildung. Dann schicke ich dir ein Flugticket.«

Ein Hoffnungsfunke entbrannte in mir. Bis dahin waren es nur noch wenige Wochen. Tante Gretel hatte die letzte Chemo überstanden und galt nun als geheilt. Auch wenn mir der Abschied von ihr schwerfallen würde, meine Zukunft lag bei Jack, in seiner für mich noch fremden Heimat. Ich klammerte mich an ihn, sein warmer Atem streifte meine Wange. Wie immer fühlte ich mich bei ihm sicher. Als ich langsam zu ihm aufblickte, nickte er aufmunternd.

»Gretel ist bei dir, Hans kann dir nichts antun. Wir werden nur eine kurze Zeit getrennt sein. Ich kann es kaum erwarten, dich endlich für immer bei mir zu haben.«

Ich streckte mich und schlang meine Arme um seinen

Hals, um ihn stürmisch zu küssen. Dann ertönte ein Räuspern aus dem Hintergrund.

»Ich werde euch mal alleinlassen, damit ihr euch richtig verabschieden könnt.« Tante Gretel schmunzelte leicht, nahm ihre Sommerjacke vom Haken und verließ das Haus. Noch bevor ich Einspruch erheben konnte, waren wir zu zweit.

Wir liebten uns leidenschaftlich. Wir glaubten beide, dass diese Stunde die Krönung unserer Liebe war, nichts und niemand würde das zerstören.

Ich begleitete Jack zum Flughafen nach Hamburg. Ich war voller widersprüchlicher Gefühle. Der Abschied fiel mir unendlich schwer, gleichzeitig empfand ich Hoffnung und Vorfreude. Ich sah seinem Flieger nach, bis nur noch der Kondensstreifen am Himmel davon zeugte, dass er endgültig fort war.

Trotz der Sehnsucht nach ihm, oder vielleicht gerade deswegen, stürzte ich mich in die Prüfungsvorbereitung. Tante Gretel stellte mir schweigend liebevoll hergerichtete Häppchen auf den Tisch, die ich, ohne aufzuschauen, in mich hineinstopfte. Karin war sauer auf mich. Seit Jacks Weggang sahen wir uns noch weniger, da ich es vorzog, allein zu lernen. Sie war nicht mehr die Person, mit der ich meine Sorgen teilen konnte. Ich konnte ihr nicht die Wahrheit sagen, und sie würde mich ohnehin nicht verstehen.

Ein unverhofftes Geschenk

Vierzehn Tage nachdem Jack abgereist war, erhielt ich auf dem Postweg ein Flugticket. Ausgestellt auf meinen Namen und für einen Flug in vier Wochen, exakt eine Woche nach den Prüfungen. Mein Herz hüpfte vor Freude. Ich würde ihn bald wiedersehen, und diesmal müssten wir uns nie wieder trennen. Ich ignorierte den nachdenklichen Blick meiner Tante. Ich wusste, dass der Abschied von ihr eine große Lücke in meinem Herzen hinterlassen würde. Sobald ich mich in der Fremde eingelebt hatte, wollte ich sie einladen oder gar für immer nach England holen. Doch zunächst stand mir ein Triumph bevor, den ich auf keinen Fall auslassen wollte: Ich würde mich von meinen Eltern verabschieden. Hans würde sicher toben, aber ich hatte keine Angst mehr vor ihm.

Während ich für die Prüfungen lernte, wurde ich zunehmend von Übelkeit geplagt. Es musste an Gretels Essen liegen, dachte ich. Die Kohlsuppe, die sie mir vorsetzte, zwang mich sogar dazu, mich zu übergeben. In mir keimte der Verdacht, dass Gretel einen Rückfall erlitten hatte und aus diesem Grund die Lebensmittel nicht mehr genau kontrollierte. Eines Morgens war ich unfähig, aus dem Bett zu steigen. Besorgt rief meine Tante unseren Hausarzt. Was war nur mit mir? Ich fürchtete, wenn nicht bald eine Besserung eintrat, würde ich nicht zur Prüfung zugelassen. Ich versuchte mich zusammenzureißen. Doch sosehr ich mich auch bemühte, ich übergab mich stündlich und wurde schwächer.

Der Hausarzt war ein freundlicher, erfahrener älterer Herr. Er untersuchte mich im Bett und meinte, es wäre besser, am nächsten Tag in seine Praxis zu kommen. Er tätschelte wohlwollend meine Hand und verabschiedete sich von Gretel, die in der Küche damit beschäftigt war, eine Gemüsesuppe zu kochen. Mich plagte das schlechte Gewissen, denn ich fürchtete, dass ich sie nicht herunterbekommen würde.

Am Tag darauf ließ meine Tante es sich nicht nehmen, mich zum Arzt zu begleiten. Ich war froh darüber, dass ich die Strecke zur Ortsmitte Struckums nicht mit dem Fahrrad zurücklegen musste.

Der schwere Eichenschreibtisch trennte mich von Doktor Peters, während er über seine Lesebrille hinweg von mir zu Tante Gretel schaute. Sein Blick beunruhigte mich. War ich ernsthaft erkrankt? Würde ich nicht mit dem Flugzeug zu Jack reisen dürfen? Ach, wenn er doch nur bei mir wäre.

»Christine«, sagte er zögerlich, »wann war deine letzte Monatsblutung?«

Mein Puls raste. Warum stellte er mir diese Frage? Für mich war es überaus peinlich, dass ich noch nie eine Monatsblutung gehabt hatte. Karin gab schon seit Monaten damit an, dass sie jetzt eine richtige Frau wäre. Aber ... Ich lächelte still. Hatte Jack mich nicht längst zur Frau gemacht?

Ich nahm allen Mut zusammen und gestand dem Arzt, dass ich noch nicht so weit sei. Er beugte seinen Oberkörper über den wuchtigen Schreibtisch.

»Ich kann dir versichern, du bist längst so weit.«

Der Kopf meiner Tante flog förmlich zu mir herum.

»Christine?«, flüsterte sie und hielt sich die rechte Hand ans Herz. Ich verstand nicht, was sie von mir wollte. Fragend sah ich Doktor Peters an.

»Es wird eine Weile dauern, bis du wieder eine Blutung bekommen kannst«, sagte er. Ich schauderte. Ich war offenbar schwer erkrankt. Doch dann sprach er die Diagnose aus: »Du erwartest ein Kind.«

Ich wäre vom Stuhl gerutscht, wenn Gretel nicht meinen Arm gepackt und mich festgehalten hätte. Doktor Peters sah Gretel an. »Ich gratuliere. Hoffentlich freut der Vater des Kindes sich auch.«

Instinktiv glitt meine rechte Handfläche auf meinen flachen Bauch. Ein Kind? Aber ich war doch selbst noch eines. Wie hatte das passieren können? Mir war klar, wie das angehen konnte, dermaßen unaufgeklärt war ich nicht. Aber hatte Jack nicht behauptet aufzupassen?

»Kann man da was machen?«, fragte ich dümmlich.

»Christine, versündige dich nicht«, flüsterte Gretel. »Jack wird zu dir stehen, dessen bin ich mir sicher. Offenbar habt ihr meine Abwesenheit ja in vollen Zügen ausgenutzt.«

Meine Wangen glühten. Ich schämte mich vor meiner Tante und dem Doktor, der mich weiterhin über seine Brille hinweg durchdringend ansah.

»Sie reist bald zu ihrem Verlobten nach England«, meinte Gretel. Wenn mich nicht alles täuschte, klang ein wenig Hochmut in ihrer Stimme mit. »Bis es so weit ist, wird die Schwangerschaft nicht zu sehen sein.« Sie klatschte abrupt in die Hände. »Ich werde Großtante«, jubelte sie, was ich in diesem Moment unpassend fand. Dennoch war ich erleichtert, dass von ihrer Seite nicht mit Vorwürfen zu rechnen war.

»Nochmals meinen herzlichen Glückwunsch«, brummte der Doktor. Wobei ich ehrliche Herzlichkeit in seiner Stimme vermisste.

»Ich muss Jack anrufen!« Ich sprang auf. Die Telefonverbindungen nach England waren mehr als miserabel, doch ich würde die Leitungen so lange quälen, bis ich seine Stimme hörte. Ich musste wissen, wie er dazu stand, ob er mich immer noch wollen würde. Ich betete, dass es so wäre.

Draußen auf der Straße legte Gretel ihren Arm um meine Schultern. »Wir schaffen das gemeinsam, versprochen. Wie ich Jack kenne, wird er vor Freude ausflippen.«

Ich sah sie ungläubig an. »Meinst du? Ich fürchte mich etwas vor seiner Reaktion.«

»Ich denke nicht, dass du dich sorgen musst.« Gretels tröstende Worte waren Balsam für meine Seele. Doch obwohl ich darauf vertraute, dass Jack alles für seine kleine Familie tun würde, schwang immer noch eine gewisse Unsicherheit in meiner Stimme mit.

»Ich weiß.«

Wir stiegen in das Auto und fuhren schweigend nach Hause.

Bye Bye, Jack

Jack war außer sich vor Freude, als ich ihm von der Schwangerschaft erzählte. Nachdem ich den Nachmittag damit verbracht hatte, eine Verbindung nach England zu bekommen, redete ich nicht unnötig um das Thema herum. Ich rief gleich in den Hörer: »Jack, wir werden Eltern!«

Gretel, die aufgeregt neben mir auf und ab lief, bedeutete mir, mit den Armen fuchtelnd, dass ich zu forsch vorgegangen war. Aber es ließ sich nicht mehr ändern. Und wie sich herausstellte, waren unsere Sorgen unnötig.

»Darling, das ist eine wunderbare Nachricht.«

Jacks warme Stimme schien mich zu umarmen. Ich umklammerte den Hörer und lachte befreit. Nie war ich mir seiner Liebe sicherer gewesen. Ich war glücklicher, als ich es mir je hätte vorstellen können. Nach dem Abitur würde ich nicht nur im wahrsten Sinne des Wortes zu ihm fliegen. Ich schwebte auch vor lauter Glück. Doktor Peters hatte mir zugesichert, dass die Übelkeit mit der Zeit nachlassen und völlig verschwinden würde. Er sollte recht behalten.

Ich bestand mein Abitur mit Auszeichnung, der Lohn der wochenlangen Büffelei vor den Prüfungen. Tante Gretel begleitete mich zur Abifeier. Sie war so stolz auf mich, dass sie immer wieder betonte: »Mit Auszeichnung hat sie bestanden!«

Dabei schüttelte sie jedes Mal erstaunt ihren grauen, nach wie vor sehr kurzen Haarschopf.

Es war ein wunderschönes Fest, doch ich konnte es kaum

erwarten, in den Flieger zu steigen, mein Glück anzupacken und nie mehr loszulassen.

Kurz bevor ich die Reise zu Jack antrat, beschloss ich, mich von Anna und Hans zu verabschieden. Diesen Triumph wollte ich mir nicht entgehen lassen. Den besorgten Protest meiner Tante überhörte ich gelassen. Niemand konnte mich daran hindern, in dieses fremde Land auszuwandern, ich hatte keine Furcht mehr vor Hans. Ich würde ihm ins Gesicht lachen und ihm endlich meine Meinung über ihn sagen. Dennoch fuhr ich mit einem mulmigen Gefühl in mein ehemaliges Elternhaus.

»Sieh mal einer an, die verlorene Tochter«, brummte Hans, als ich das Wohnzimmer betrat. Annas Augen lagen tief in den Höhlen, offenbar ließ Hans seine Wut jetzt häufiger an ihr aus. Ich zwang mich, kein Mitleid aufkommen zu lassen.

»Ich bin nicht verloren«, sagte ich. Ich stellte mich vor Hans und funkelte ihn provozierend an. »Ich wollte mich nur von euch verabschieden. Übermorgen bin ich weg. Ich bekomme ein Baby, dessen Leben in England ein besseres sein wird als meines hier bei euch.«

Hans plusterte sich auf. »Du bekommst ein Balg von diesem Tommy?«

Im Augenwinkel nahm ich Annas Zusammenzucken wahr. Kurz war ich versucht, sie zu fragen, ob sie nicht mitkommen wollte. So ganz konnte ich nicht vermeiden, Mitleid mit ihr zu empfinden, obwohl sie nie bemüht gewesen war, eine Mutter für mich zu sein.

»Nur gut, dass ihr keine weiteren Kinder bekommen habt«, erwiderte ich dem wütenden Hans.

Sofort musste ich einsehen, dass ich zu weit gegangen war. Mein Stiefvater sprang von seinem Stuhl auf und stürzte sich auf mich. Mit festem Griff packte er mich an den

Haaren und schleuderte mich über den Küchenfußboden vor die Füße meiner Mutter. Sie rührte keinen Finger, um mir aufzuhelfen. Langsam wich sie einen Schritt zurück. Rasch sprang ich auf und hielt schützend die Hände über meinen Bauch.

Lieber Gott, lass meinem Baby nichts passiert sein.

Ich schaute mich nach Hans um. Er stand am Kohleherd, mir den Rücken zugewandt. Ich sah zu spät, was er vorhatte. Ungewohnt wendig drehte er seinen fülligen Körper zu mir herum. In den Händen hielt er den brodelnden Wassertopf, der auf dem Herd stand, um jederzeit heißes Wasser zur Verfügung zu haben. Entsetzt riss ich die Augen auf. Hans holte aus und übergoss mich mit dem kochenden Wasser. Bevor ich mich abwenden konnte, traf es mich im Gesicht. Anna schrie schrill auf.

Einen Moment lang stand ich unter Schock und bemerkte keine Schmerzen. Um mich herum war es plötzlich totenstill. Ich konnte nichts sehen. Mit dem Ärmel wischte ich über mein Gesicht, und dann entbrannte der Schmerz. Ein Feuer schien auf meiner Haut ausgebrochen zu sein. Ich schrie. Es war dunkel. Orientierungslos tapste ich durch die Küche. Es drangen Laute aus meiner Kehle, die fremdartiger nicht hätten klingen können. Die höllischen Schmerzen raubten mir den Verstand. Ich weinte, ich glaubte es zumindest, denn ich spürte die Tränen nicht über meine Wangen rinnen.

»Mama! Hilf mir, wo bist du?« Wann hatte ich je nach meiner Mama gerufen? Wann hatte ich überhaupt eine gehabt? Auch in diesem Moment vor dem Abgrund war sie nicht für mich da. Die Welt blieb stehen, als ich zu Boden fiel und in einer schwarzen Nacht versank.

Ich wusste nicht, wann ich wieder zu mir kam. Dunkel war es nach wie vor. Ich spürte dicke Verbände um meinen Kopf, die mir die Sicht verwehrten, und ich hörte Stimmen. War das mein Stiefvater, der mit weinerlichem Tonfall vor sich hinjammerte? Ich verhielt mich still.

»Es war ein fürchterlicher Unfall. Unser geliebtes Kind.« Er schluchzte. Dieser verdammte Mistkerl! Mimte er vor dem Arzt, der offenbar an meinem Bett stand, den besorgten Vater?

Erstarrt lag ich zwischen den laut sprechenden Menschen, die nicht zu bemerken schienen, dass ich bei Bewusstsein war. Jemand schniefte leise. Die Angst um mein Baby war wie seelische Folter. Hatte ich es verloren?

»Sie hat großes Glück gehabt«, sagte der Arzt mit einer Stimme, die in meinen Ohren vertrauenserweckend klang. »Das linke Auge ist schwer verletzt worden, aber wir konnten ihre Sehkraft erhalten. Die Verbrennungen in ihrem Gesicht werden allerdings trotz Operationen leider nie ganz verschwinden.«

Hans schniefte überzeugend. »Das ist ja furchtbar.«

»Nächste Woche werden wir ein weiteres Mal operieren. Dann müssen wir abwarten«, schloss der Arzt und verabschiedete sich mit den Worten: »Wenn Ihre Tochter wach wird, sagen Sie bitte sofort Bescheid.«

»Selbstverständlich. Vielen Dank, Herr Doktor.«

Meine Gedanken kreisten unaufhörlich um Jack. Würde er mich mit einem entstellten Gesicht noch lieben? Wie sollte ich ihm je wieder unter die Augen treten, wenn ich aussah wie ein Monster? Meine Haut brannte wie Feuer, offenbar ließ das Schmerzmittel nach.

Sobald die Tür hinter dem Arzt ins Schloss gefallen war, zeigte Hans sein wahres Gesicht. Seine Worte bestätigten meine Befürchtungen. »Die wird keiner mehr angucken wollen. Und dieses Balg werden wir auch schon irgendwie los.«

Ich atmete auf. Mein Baby lebte, nur das zählte jetzt. Mit Gretels Hilfe würde ich es vor allem Unheil schützen.

Ich zuckte zusammen, als ich eine Hand auf meiner spürte. Ich erkannte Annas raue Haut. Sie drückte sanft meine Finger.

»Anna? Bist du es?« Ich wandte meinen Kopf in ihre Richtung.

»Sag doch Mama zu mir«, flüsterte sie.

Ruckartig entzog ich ihr die Hand. Wut wühlte meine Seele auf.

»Verschwindet, ich will nicht, dass ihr hier seid«, brachte ich mit letzter Kraft hervor. »Gretel hat das Sorgerecht, ihr habt nicht über mich zu bestimmen.« Die erlösende Ohnmacht befreite mich aus dieser unerträglichen Situation.

Ein Luftzug streifte meine Haut. Jemand hatte ein Fenster geöffnet. Vorsichtig tastete ich den Verband ab. Er störte mich, und am liebsten hätte ich ihn abgerissen. Doch dann spürte ich eine kühle Hand, die mich daran hinderte.

»Guten Morgen, ich bin Schwester Ilse. Bitte nicht an dem Verband fummeln. Vielleicht nehme ich ihn heute Nachmittag ab, aber nun müssen Sie Geduld haben.«

Guten Morgen? War heute nicht mein Abflugtag? Ich hatte kein Zeitgefühl, wegen der Verbände war es immerzu dunkel um mich herum. Mein Körper schüttelte sich, als verzweifelte Schluchzer in mir aufstiegen.

»Pst … Nicht weinen, Kleines. Draußen ist jemand, der dich besuchen will. Bist du bereit?«

Mein Oberkörper bäumte sich leicht auf.

»Jack …?«

Die Schwester nahm meine Hand, um mich zu beruhigen. Erstaunlich, dass sie das schaffte.

»Nein, ich glaube nicht. Ihre Tante wartet auf dem Gang.«

»Sind Sie sicher, dass es meine Tante ist?«, fragte ich ängstlich.

»So sicher wie das Amen in der Kirche.«

Urplötzlich stand sie neben mir, ihre forschen Schritte waren unverkennbar. »Liebes, alles wird gut, ich bin bei dir.«

»Hans will ...«

»Vergiss diesen Teufel in Menschengestalt, der erhält seine Strafe. Dieses Mal kommt er nicht davon.«

»Er behauptet, es war ein ...«

»Unfall«, beendete sie meinen Satz. »Doch das werden wir widerlegen.«

Gretel wandte sich an die Krankenschwester, die an meinem Bettzeug herumfummelte.

»Niemand, aber auch niemand außer mir hat Zugang zu meiner Nichte. Ich mache Sie persönlich dafür verantwortlich, wenn Sie meine Anweisung nicht befolgen.«

»Ich kümmere mich darum, keine Sorge«, erwiderte die Schwester mit fester Stimme.

Ich tastete nach der Hand meiner Tante, die sie sofort ergriff. Als wir allein im Zimmer waren, schluchzte Gretel auf.

»Liebes, ich bin untröstlich. Ich hätte dir nie erlauben dürfen, zu deinen Eltern zu fahren.«

»Es war meine Entscheidung. Eine, die ich jetzt wohl mein Leben lang bereuen werde.«

»Unsinn, du wirst wieder ganz gesund, und dann geht dein Leben weiter wie geplant. Deine Abreise verschiebt sich lediglich etwas.«

Ich schreckte hoch. »Nein, ich will nicht, dass Jack irgendetwas davon erfährt. Bitte, Tante Gretel, du musst ihn anrufen. Du sagst ihm, ich hätte das Baby verloren und wolle ihn nie mehr wiedersehen.«

»Kind, deinem Baby ist doch nichts passiert ...«

Ich umklammerte Gretels Hand.

»Ich will aber, dass er das denkt. Er würde sonst nur aus Mitleid bei mir bleiben, und das könnte ich nicht ertragen.«

»Christine, Jack liebt dich, vergiss das nicht.«

»Mein schönes Gesicht liebt er!«, rief ich schrill und fiel kraftlos auf das Kissen zurück. »Bitte, ich werde ihm so nicht unter die Augen treten, das ist mein letztes Wort.«

Gretel schniefte verzweifelt. »Aber ich kann ihn nicht anlügen.«

»Tu es für mich«, bettelte ich.

»Was, wenn du es dir noch mal anders überlegst?«

»Niemals«, sagte ich erschöpft, bevor ich mich erneut ins Dunkel zurückzog.

Es folgten mehrere Operationen an meinem Gesicht, doch es blieb entstellt. Der Blick in den Spiegel nach dem letzten Eingriff bewies mir, dass meine Entscheidung, mich von Jack zu trennen, richtig gewesen war. Obwohl der Schmerz tief in meiner Seele verankert war, gab es für mich kein Zurück. Gretel würde mich nach dem Ende des Klinikaufenthalts gleich nach Hause holen. Was darauf folgen sollte, war ungewiss. An meinem Entschluss, Medizin zu studieren, hielt ich weiterhin fest. Aber wo? Und wie? Ich erwartete ein Kind, und es würde mich brauchen. Natürlich baute ich auf die Unterstützung meiner Tante, aber war sie in der Lage, auf Dauer ein kleines Kind zu versorgen? Ich bezweifelte, dass ich sie damit belasten durfte.

Ich rechnete nach und stellte fest, dass sie mich seit vier Tagen nicht besucht hatte. Was hatte das zu bedeuten? Bislang war sie jeden Tag an meinem Bett gewesen. Hatte mich bei den ersten zaghaften Schritten an der frischen Luft begleitet, war bei jeder Visite dabei gewesen und hatte nebenher einen Prozess gegen meinen Stiefvater angestrebt. Die Richter hatten sich jedoch gegen mich entschieden und Hans freigesprochen. Wieder einmal musste ich erleben, wie Unrecht gegen meine Person erhoben wurde. Es hieß dann tatsächlich, ich wäre gestürzt und gegen den Herd gefallen. Ich wurde nicht verhört, weil ich im Krankenhaus war. Auch für meine Tante war das schwer zu ertragen, doch gemeinsam würden wir dieses niederschmetternde Urteil hinnehmen. Ich betete, dass er eines Tages eine gerechte Strafe bekommen würde.

Gretel war mir Vertraute und Mutterersatz zugleich, Freundin und weise Ratgeberin. Bei all den Schicksalsschlägen, die ich erleiden musste, war sie mein Fels in der Brandung. Obwohl sie selbst vor nicht allzu langer Zeit mit einem Feind in ihrem Körper gekämpft hatte, blieb sie unerschütterlich an meiner Seite. Außerdem hatte sie die Aufgabe, Jack abzuwimmeln, der regelmäßig versuchte, mit mir zu sprechen. Trotz ihrer Zweifel, dass mein Entschluss der richtige war, unterstützte sie mich dabei. Ich hatte noch keine Ahnung, wie ich mich jemals bei ihr dafür revanchieren könnte. Doch ich war überzeugt, dass mir noch etwas Passendes einfallen würde, um ihr meine Dankbarkeit zu zeigen. Gemeinsam würden wir alles durchstehen.

Veränderungen

Wie versprochen holte Gretel mich zur vereinbarten Zeit aus der Klinik ab. Ich wusste zwar immer noch nicht, was die Zukunft für mich vorgesehen hatte und wie mein Leben nun verlaufen würde, doch ich war erst mal froh, das Krankenhaus verlassen zu dürfen. Gretels Anblick alarmierte mich jedoch. Sie wirkte erschöpft und zerstreut. Besorgt eilte ich auf sie zu.

»Tantchen, was ist mit dir? Bist du krank?«

Sie winkte ab. »Du weißt doch, Unkraut vergeht nicht so schnell. Komm, lass uns endlich nach Hause fahren.«

Beherzt nahm sie meine Tasche, die überwiegend mit Schmutzwäsche gefüllt war, und eilte voraus. Bestürzt folgte ich ihr zum Parkplatz. Ich war zwar an manchen Tagen vor die Tür gekommen, um einige Schritte im Park zu tun und frische Luft zu schnappen, doch draußen auf dem Parkplatz war ich etwas verloren. Denn das Gefühl von Asphalt unter den Füßen und das Zwitschern der Vögel wirkten auf mich befremdlich. Ich hatte diese Empfindung von Freiheit ganz vergessen. Würde ich überhaupt noch zurechtkommen ohne Krankenschwestern, Ärzte und Psychologen? Bevor Gretel die Autotür öffnete, zwinkerte sie mir aufmunternd zu.

›Du schaffst das‹, schien sie mir zu sagen. Ich nickte, atmete tief durch und stieg in den Wagen.

Auf der Fahrt nach Struckum blieb Gretel stumm. Meine Bemühungen, Näheres über ihr Wohlbefinden zu erfahren, scheiterten an ihrem nachdrücklichen Schweigen. Nachdenklich starrte ich aus dem Seitenfenster. Ich entdeckte mein Spiegelbild darin, was meine Gemütslage nicht verbesserte. Mit den Fingern berührte ich vorsichtig meine Narben. Sie gehörten jetzt ebenso zu mir wie meine blauen Augen und die roten Haare. Die Haut dort war empfindlich, sodass ich meine Hand schnell zurückzog und auf die Knie fallen ließ. Lebenslang entstellt wegen einer Dummheit. Ich musste meine Zukunft neu planen und hatte keine Ahnung, wie ich das machen sollte.

Ich zuckte zusammen, als ich Gretels dünne Stimme vernahm.

»Der Arzt sagte, deine Haut würde mit der Zeit besser werden. Du musst jetzt Geduld haben, Kind.« Sie sprach mit mir, als bestünde noch Hoffnung, wie immer mein Fels in der Brandung. Vielleicht bildete ich mir nur etwas ein, und sie war gar nicht erkrankt?

Doch meine ohnehin schwache Zuversicht schwand nach dem gemütlichen Kaffeetrinken endgültig. Gretel druckste herum und schenkte mir umständlich nach. Derart unsicher und verhalten hatte ich sie noch nie erlebt. Für gewöhnlich sprach sie aus, was ihr auf der Zunge brannte.

»Christine, du musst fort, weit weg aus Nordfriesland«, sagte sie schließlich.

Mit großen Augen starrte ich meine Tante an. Sie wollte mich wegschicken? Hier war mein Zuhause, mein Ankerplatz, ohne den ich verloren wäre. Sie sah mich durchdringend an. Die Vorstellung, sie zu verlassen, zerriss mir das Herz. Ich hatte doch nur Gretel, wo sollte ich denn sonst hin?

»Ich kann dich nicht immer schützen«, fuhr sie fort. »Was wäre, wenn ich die Kraft dazu nicht mehr hätte?«

Tante Gretel und keine Kraft? Was hatte das zu bedeuten? War ich zu einer Last geworden?

»Ich brauche nicht viel, Tante Gretel, und ich verspreche –«

»Hör mir zu«, unterbrach sie mich in einem Ton, den ich nie zuvor von ihr gehört hatte. »Deine Eltern werden keine Ruhe geben, sobald ...«, sie stockte, »sobald ich nicht mehr für dich sorgen kann. Deinem Kind wird das Gleiche widerfahren wie dir damals. Ich habe Angst um euch.«

Ich verstand sie nicht. Ich merkte, dass Tränen unter meinen Lidern brannten. Panik erfasste mich, und ich stand auf, um planlos im Wohnzimmer auf und ab zu gehen. Nachdem ich wieder vor ihr stehen geblieben war, erkannte ich, wie ernst sie alles meinte.

»Aber der Krebs ist nicht zurück, oder?«, fragte ich. Meine Stimme überschlug sich.

Gretel schloss gequält die Augen. Das war mir Antwort genug. Ich kniete mich zu ihren Füßen hin und zog den dünnen Körper meiner geliebten Tante in meine Arme.

»Jack schreibt mir regelmäßig Briefe und versucht, mich über das Telefon zu erreichen. Ich bin überzeugt –«

Ich warf den Kopf in den Nacken.

»Nein!«, unterbrach ich sie aufgebracht. »Ich will ihm nie wieder unter die Augen treten. Dabei bleibt es, bis ich sterbe.«

»Das habe ich ihm auch gesagt, aber er gibt dich nicht auf.«

Ich atmete schwer. »Welche Vorschläge hast du?«

Ich wagte es kaum, sie anzusehen. Ihre Mimik war deutlich, sie würde keinen Rückzieher machen und mich tatsächlich wegschicken. Ich vermutete, dass selbst meine modern denkende Tante kein uneheliches Kind in ihrem Haushalt leben lassen wollte.

»Du wanderst in ein anderes Land aus«, begann sie. Sie klang so überzeugt, als wäre meine Meinung dazu völlig nebensächlich. »Ich habe dich bei meiner Cousine Charlotte untergebracht.«

Meine Tante hatte eine Verwandte, die ich nicht kannte? So viel ich wusste, waren Anna und Gretel die einzigen Überlebenden ihrer Familie.

»Wo lebt diese Charlotte?« Ich war genervt und gab mir nicht die Mühe, es zu verbergen.

»Österreich, genauer gesagt in Ellmau. Du wirst dort bestimmt zur Bergsteigerin.« Gretel grinste versonnen.

»Ist sie über meine Schwangerschaft informiert? Oder muss ich damit rechnen, dass die Dame mich aus dem Haus wirft, sobald mein Bauch sichtbar wird?«

»Charlotte wird dich behüten wie ihre eigenen Kinder, das musst du mir glauben.«

»Pah, und das glaubst du wirklich?«

Das traurige Gesicht meiner Tante hellte sich auf. »Ja. Sie ist mir etwas schuldig und wird mich nicht enttäuschen.«

»Aber Tantchen, ich würde viel lieber –«

»Ich weiß, Liebes, aber es muss sein.«

»Der Krebs ist also zurück?«, versuchte ich es erneut. Ein Schatten huschte über Gretels Gesicht, dennoch schüttelte sie ihren Kopf.

»Charlotte ist eine wunderbare Frau. Du wirst sie lieben.« Sie zögerte, dann ergänzte sie: »Wir sind nicht wirklich miteinander verwandt.« Sie schien zu überlegen, wie viel sie mir erzählen sollte. »Sie ist Jüdin, ich habe sie im Krieg versteckt.«

Geschockt fiel ich fast vom Stuhl. Jäh wurde mir klar, warum Charlotte für Gretel selbst ein uneheliches Kind aufzunehmen bereit war. Wer damals Juden und anderen politisch Verfolgten geholfen hatte, dem war bei Entdeckung die Todesstrafe sicher gewesen.

»Du hast damals eine Jüdin versteckt?«

Gretel grinste verschmitzt. »Das war eine Angstpartie, jeden Tag, jede Nacht, aber die Nazis haben in meinem Haus keine Juden vermutet. Trotzdem wäre es fast aufgeflogen. Eines Tages erschien ein Soldat vor meiner Tür und verlangte nach Eintritt und etwas zu essen. Ich habe ihn angegiftet, er solle draußen warten. Zum Glück respektierte er den Wunsch einer Hausfrau, deren Mann an der Front kämpfte, und hütete sich davor, mein Haus zu betreten.«

Mit großen Augen lauschte ich den Worten meiner Tante.

»Ich verstehe nicht, warum er ausgerechnet von dir etwas zu essen forderte. Hatte man vielleicht doch Verdacht geschöpft?«, fragte ich atemlos.

»Nein, dann wäre er nicht allein gekommen. Ich vermute, dass er selbst verschwinden wollte, so was war nicht selten«, sinnierte Gretel. »Doch ich war ihm sicher zu resolut, und er hatte nicht die Traute, mich um Hilfe zu bitten.«

Ein Schauer lief durch meinen Körper.

»Dieser schreckliche Krieg ist an allem schuld! Er hat mir meinen Vater genommen. Wäre er nie an die Front gegangen und dort gestorben, hätte ich keinen Stiefvater bekommen.« Ich spuckte den Satz förmlich aus. Voller Hass auf Hans.

»Es gibt keine Beweise dafür, dass dein Vater an der Front getötet wurde.« Das war neu für mich. Warum hatte Anna dann wieder heiraten dürfen? Wie hatten sie es hinbekommen, dass ich den Namen von Hans annahm?

Tante Gretel schien meine Gedanken zu erraten. Sie erklärte, dass die Behörde in Husum die Erlaubnis erteilt hatte, weil es nie ein Lebenszeichen von meinem Vater gegeben hatte. Es war bekannt, dass in Russland gefangene Soldaten oft hingerichtet wurden, ohne dass ihre Familien je davon erfuhren. Daher war man der Ansicht, dass meinen Vater das gleiche Schicksal ereilt hatte. Bei Gretels Mann war das anders, er war an der Front für sein fragwürdiges Vaterland gestorben, darum bekam sie sogar eine kleine Rente.

Ich setzte mich gerade auf.

»Wäre es möglich, dass mein Vater noch lebt?« Ich war aufgeregt und gespannt wie ein Flitzebogen. Doch Gretel erstickte meine Hoffnung im Keim.

»Nein, Liebes, er wäre dann doch zurückgekommen, und das ist er nicht, wie wir alle wissen.« Ich sackte in mich zusammen. Wäre zu schön gewesen.

»Volker liebte deine Mutter über alles. Er hätte Anna auf Händen getragen. Stattdessen leckt sie nun die Miststiefel ihres Hans'.«

Wir wechselten das Thema. Meine Versuche, sie davon zu überzeugen, dass ich doch noch in Nordfriesland bleiben durfte, verliefen ins Leere.

»Aber dir geht es wirklich gut?«, hakte ich nach.

»Natürlich. Sobald dein Kind auf die Welt gekommen ist, besuche ich dich in Tirol, versprochen.« In diesem Augenblick glaubte ich meiner Tante und willigte schließlich ein, für eine Weile Bergluft zu schnuppern. Gretel wirkte erleichtert.

Für mich war der Weg gewiss der richtige. Jack würde mich nie in Ellmau vermuten. Ich vermisste ihn bitterlich, aber ich würde es nicht verkraften, zu spüren, dass er nur wegen des Babys oder, schlimmer noch, aus Mitleid bei mir blieb.

Gretel erzählte mir, dass Charlotte Moser mit ihrem Mann und den Kindern auf einer Alm lebte und sich alle sehr auf mich freuten. Meine besorgte Frage, ob ich dort wieder gezwungen wäre, die Ställe auszumisten, verneinte sie.

»Du wirst dort studieren, so, wie du es dir vorgenommen hast.«

»Und du kommst wirklich, um mein Baby zu begrüßen, wenn es geboren ist?«

»Nichts auf der Welt würde mich davon abhalten.«

Gretel lachte und schloss mich fest in ihre Arme. Nun war es also beschlossen: In wenigen Tagen würde ich die

österreichischen Berge erreichen und fürs Erste dort leben.
Bye-bye, Jack, und auf Wiedersehen, Nordfriesland.

Ellmau

Nie zuvor hatte ich eine derart lange Bahnfahrt unternommen. Der Zug rollte an Landschaften vorbei, von denen ich nicht einmal etwas gehört, geschweige denn etwas gesehen hatte. Die abenteuerliche Reise schien kein Ende zu nehmen. Eine besondere Herausforderung war das Umsteigen. Erreichte ich den Anschlusszug? Saß ich im richtigen Abteil? Jedes Mal klopfte mein Herz vor lauter Aufregung und der Angst, dass ich in den falschen Zug eingestiegen sein könnte. Mutig erkundigte ich mich bei den Mitreisenden, ob ich mit der jeweiligen Bahn zur nächsten Station käme. Fast hätte ich den Zug nach Hannover verpasst. Das Zeitfenster bis zur Abfahrt war ziemlich knapp bemessen gewesen. Doch ich war inzwischen geübter und erlangte mehr Sicherheit mit jedem Bahnhof, an dem ich umsteigen musste. Gretel hatte mir einen Picknickkorb mitgegeben, der Stunde um Stunde an Gewicht verlor, da ich mich kräftig daran bediente. Drei Gläser Honig hatte sie mit eingepackt, damit ich mich an unsere gemeinsamen Frühstückszeiten erinnern konnte.

»Für die *Honigglasmomente*, die wir so genossen haben«, hatte sie gemeint. Dabei waren uns beiden die Tränen gekommen. An den Sonntagen hatten wir unser Zusammensein besonders zelebriert. Mit Kerzenschein und frischen Brötchen, die Gretel selbst gebacken hatte, und nicht zuletzt mit dem Honig, der aus einer Imkerei aus der Nachbarschaft stammte.

Der Korb beinhaltete außerdem einen Brief von Gretel

an Charlotte. Der Umschlag war nicht zugeklebt, und es kribbelte in meinen Fingern, den Inhalt zu lesen. Meine Neugier auf die Familie Moser wuchs mit jeder Stunde. Würde ich mich dort wohlfühlen? Ich konnte mich zwar immer auf meine Tante verlassen, doch war ich mir nicht sicher, ob die freundschaftliche Verbindung zwischen Gretel und Charlotte über die Jahre wirklich gehalten hatte.

Die Landschaft wurde zunehmend hügeliger. Dichte Wälder prägten das Land, durch das ich reiste. Mir fiel eine ältere Dame auf, die offenbar das gleiche Ziel hatte wie ich. Ab und an nickte sie mir freundlich zu, wandte sich dann aber sofort wieder ihrem Strickzeug zu.

Der Brief ließ mir keine Ruhe. Verstohlen holte ich ihn hervor und drehte ihn hin und her. Ich seufzte schwer, dann entschied ich mich, ihn zu lesen. Immerhin war zu vermuten, dass er hauptsächlich von mir handelte. War es nicht mein gutes Recht, zu erfahren, was dort über mich geschrieben wurde? Meine Finger zitterten leicht, als ich den Umschlag öffnete.

Liebe Charlotte,

heute übergebe ich dir das Wichtigste und Liebste, das ich besitze. Sie ist ein liebes Kind, und ich vermisse sie jetzt schon schmerzlich. Ich hoffe, dass wir uns bald in die Arme schließen und über die alten Zeiten plaudern können.

Die allerliebsten Grüße,
deine Gretel

Langsam ließ ich den Brief auf meine Knie sinken. Tränen suchten sich einen Weg über mein entstelltes Gesicht.

Die Liebeserklärung meiner Tante rührte mich zutiefst. Zugleich schämte ich mich etwas, weil ich einen Brief gelesen hatte, der nicht für mich bestimmt war. Ich hatte ja immer geahnt, dass Gretel mich liebte. Doch dies jetzt schwarz auf weiß zu haben, war etwas anderes. Beinahe aussagekräftiger.

Ich liebe dich auch, Tantchen.

Ich faltete das Blatt Papier vorsichtig zusammen und schob es mit einem Lächeln in den Umschlag zurück. Ich atmete tief durch. Danach suchte ich die Toilette auf. In einer Stunde würde ich das letzte Mal umsteigen müssen. In Ellmau würde dann noch ein langer Fußmarsch zur Alm vor mir liegen. Zum Glück hatte ich kein schweres Gepäck dabei.

Hinter der verschlossenen Toilettentür schaute ich im Spiegel meine Narben an. Ich musste mich damit abfinden, dass die Menschen mich anstarrten und mir mitleidig zuzwinkerten. Doch konnte ich den ersten Eindruck nicht etwas abmildern? Ich hielt den Kopf schief und drehte mich hin und her. Dann zückte ich einen Kamm aus der Handtasche, zog mir quer über den Kopf einen Scheitel und kämmte die dadurch abgeteilten Strähnen nach vorn über die linke Gesichtshälfte. Eine ungewöhnliche Frisur, aber ich fühlte mich so geschützter. Ich nickte zufrieden und ging zurück ins Abteil. Die ältere Dame sah kurz auf, schenkte mir wie zuvor ein freundliches Nicken und beachtete mich nicht weiter. Nach endlos langer Fahrt war ich müde geworden. Das Rattern der Schienen hatte eine einschläfernde Wirkung, und ich fiel in einen Dämmerschlaf.

Ich schreckte hoch, als eine Hand meine Schulter berührte. Ich sah in die grauen Augen meiner Reisebegleiterin.

»Ich schätze, wir haben dasselbe Ziel«, meinte sie sanft. »Wir sollten uns zum Aussteigen bereit machen.« Sie lächelte mich freundlich an.

»Oh, danke schön. Sie haben recht, ich steige in Ellmau aus.«

»Die neue Frisur steht Ihnen gut. Ich würde die Länge nur etwas kürzen, dann fällt der Pony nicht so leicht auseinander.«

Rasch setzte ich mich aufrecht hin.

»Danke«, sagte ich verunsichert. Die Nähe dieser fremden Frau war mir unangenehm, sie schien das zu bemerken und trat einen Schritt zurück.

Die Bremsen der Lok quietschten beim Einfahren in den Bahnhof. Erwartungsvoll stellte ich mich an die Tür.

»Wann ist es denn so weit?«, erkundigte sich die Dame.

Erschrocken starrte ich sie an. Sah man mir die Schwangerschaft etwa schon an? Die Dame lächelte wieder sanft. »Ich merke einer Frau an, wenn sie in Umständen ist. Ich war Hebamme, bevor ich mich zur Ruhe setzte.«

Fahrig strich ich die Bluse über meinem Bauch glatt und antwortete nicht.

»Ein Kind zu erwarten ist etwas Wunderbares, und ich wünsche Ihnen alles Gute«, meinte sie, bevor sie unbeholfen die Stufen zum Bahnsteig nahm und aus meinem Sichtfeld entschwand.

Ich suchte den Ausgang, ich wusste, ich musste nach links gehen. Eilig verließ ich den ungemütlichen Bahnsteig. Menschenmassen strömten an mir vorbei. Ich war es nicht gewohnt, mich zwischen so vielen Leuten aufzuhalten. In meiner Heimat hatte ich selten so dicht gedrängte Bahnhöfe betreten.

In der Halle war die Luft stickig, das Atmen fiel mir schwer. Die Bergluft war dünner, hatte Gretel mir erzählt, aber dass ich es gleich so sehr bemerkte, ängstigte mich. Was, wenn ich hier das Bewusstsein verlor? Wer wäre dann zur Stelle, um mir zu helfen?

Reiß dich zusammen, Christine, sonst bist du verloren.

Draußen vor dem Gebäude war die Luft angenehmer. Die Sonne schien vom Himmel, und die Sicht auf den Wilden Kaiser war beeindruckend. Die grauen Felswände blinkten im Sonnenlicht, der Wald, der etwas tiefer am Berg im satten Grün leuchtete, zog mich regelrecht an. Damit hatte ich nicht gerechnet. Die faszinierende Bergwelt, die sich mir bot, wirkte geschützt, sicher. In diesem Moment kehrte meine Zuversicht zurück. Ich konnte mir plötzlich vorstellen, dass ich mich bald hier einleben würde. Sobald sich die Gelegenheit ergab, würde ich den Berg besteigen.

Wehmütig dachte ich an Jack. Ich war mir sicher, auch ihm würde es hier gefallen. Doch dann zwang ich meine Gedanken von ihm fort, auch wenn es schwerfiel. Stattdessen bewunderte ich weiter das Bergpanorama. Ich hatte das Gefühl, dass etwas Magisches mich anzog. Ich lächelte bei dem Gedanken, dass Tante Gretel mich besuchen wollte, auf diesen Tag freute ich mich jetzt schon. Bis dahin würde ich mich in Ellmau auskennen und könnte ihr alles zeigen.

Meine neue Frisur schützte mich nicht nur vor schaulustigen Blicken, sondern auch vor der Sonne. Diese brannte in den Bergen intensiver vom Himmel, und mein Haar spendete der empfindlichen Narbenhaut etwas Schatten. Ich musste lernen, mit meinen zwar verheilten, aber sichtbaren Verletzungen zu leben. Die Sonne Tirols erinnerte mich in diesem Augenblick wieder daran. Ich nahm mir vor, mich demnächst nur mit Hautpflegemitteln dem Sonnenlicht auszusetzen.

Zunächst aber musste ich mich zur Alm durchfragen. Ellmau war ein beschaulicher Ort, der in den Wintermonaten von begeisterten Skifahrern überrannt wurde. Der Tourismus hatte hier längst Einzug gehalten. Selbst jetzt im Sommer war Ellmau ein beliebter Ferienort. In der Mitte des Dorfes gab es einen Gasthof, dessen Balkone über und über mit Geranien bepflanzt waren. Das Gemeindehaus neben der kleinen Kirche dominierte den Marktplatz. Am Türrahmen des Gasthofes prangte ein übergroßes Holzbrett mit der Aufschrift *Zum Wilden Kaiser.*

Gretel hatte mir eine nicht unbeachtliche Summe Bargeld mitgegeben. Ich hatte mich dagegen gesträubt, es anzunehmen, aber sie hatte darauf bestanden. In der Hitze hatte ich Durst bekommen und entschied mich eine kühle Limonade zu trinken, bevor ich zur Alm hinaufwanderte. Ich tastete nach meiner Geldbörse. Gretel hätte sicher nichts dagegen, wenn ich einige Münzen für einen Durstlöscher ausgeben würde. Ich stellte meinen Koffer neben der einladenden Holzbank mit den erstaunlichen Schnitzereien ab und setzte mich hin. Die Bedienung eilte herbei und erkundigte sich nach meinen Wünschen.

»Eine Zitronenlimo bitte«, sagte ich zaghaft.

»Sehr gern. Ich hätte frischen Kaiserschmarrn anzubieten, darf ich Ihnen eine Portion bringen?« Mir lief das Wasser im Mund zusammen, diese österreichische Spezialität weckte meine Neugier. Tante Gretel hatte sich mal daran versucht, leider nur mit mäßigem Erfolg.

»Ein anderes Mal gern«, meinte ich freundlich, »aber man erwartet mich auf der Moser-Alm.«

»Ach, da schau her, du bist die Christine, stimmt's?« Sie sah mich prüfend an. »Ich bin die Franzi.« Sie streckte mir die schmale Hand entgegen, deren festen Griff ich nicht erwartet hatte. »Freut mich, dich kennenzulernen«, fügte sie unbeschwert hinzu.

»Richtig erraten, ich bin Christine. Woher weißt du das?«

Franzi lachte kehlig. »Ellmau ist ein Dorf, hier weiß man eben Bescheid. Ich wünsche dir, dass du dich bald einlebst. Ich denke, es wird dir bei uns gefallen.«

Ich lächelte sie an. »Jetzt glaube ich es auch. Danke für den netten Empfang.«

»Genug gequatscht, ich bringe dir deine Limo, sonst verdurstest du mir noch.«

Verträumt betrachtete ich das Umfeld, meine vorläufige Heimat. Ein merkwürdiges Gefühl, kilometerweit entfernt von meiner Tante leben zu müssen. Eine Mischung aus Kummer und Vorfreude durchlief mich. Hier würde mein Baby zur Welt kommen. Ob es ein Junge werden würde? Oder ein Mädchen? Das war mir egal, die Hauptsache war, dass es glücklich aufwuchs. Dafür würde ich kämpfen.

Franzi brachte mir die Limo und bat darum, sich dazusetzen zu dürfen.

»Bitte.« Ich wies mit der Hand auf die gegenüberliegende Seite des Tisches.

»Du hast dein Abitur gerade fertig, nicht wahr?« Sie wusste offenbar alles von mir. Ich fragte mich, ob meine Schwangerschaft in diesem Ort ebenso bekannt war.

»Ja, ich möchte Medizin studieren«, sagte ich. Dabei konnte ich nicht verhindern, dass in meinen Worten ein wenig Selbstgefälligkeit mitschwang.

Franzi stützte das Kinn auf ihrer Faust auf. Bewundernd sah sie mir in die Augen. »Du weißt genau, was du willst, das gefällt mir. Ich bewundere dich für deinen Mut. Sich in einer Männerdomäne durchzusetzen wird nicht leicht werden. Aber sag, wirst du abwarten, bis dein Baby da ist, oder fängst du gleich mit dem Studium an?«

Ich presste die Lippen aufeinander. Franzis Offenheit war mir fremd. Die Vorstellung, dass der gesamte Ort von meiner Schwangerschaft wusste, dämpfte meine Vorfreude auf die neue Heimat.

Franzi lachte ihr ansteckendes Lachen. »Keine Panik, Christine. Nicht alle hier sind über deine Pläne informiert. Ich heiße Moser mit Nachnamen und wohne auch oben auf der Alm.« Sie breitete die Arme aus. »*Zum Wilden Kaiser* ist mein Laden. Die wenige Freizeit, die mir bleibt, verbringe ich oben bei meinen Eltern.«

Während sie erzählte, band sie ihre blonde Mähne zu einem Zopf, dabei ließ der Blick ihrer hellgrünen Augen mich nicht los. Ich kicherte gelöst.

»Jetzt bin ich aber erleichtert«, erwiderte ich ehrlich. »Dann kannst du mir sicher erklären, wie ich zu eurer Alm gelange?«

»Könnte man so sagen.« Franzi lachte vergnüglich. »Ich werde dich persönlich hinbringen.«

Ein Stein fiel mir vom Herzen, mit meinem Orientierungssinn war es nicht weit her. In Franzis Begleitung würde ich schnell und ohne Umwege hinaufkommen.

»Wunderbar, vielen Dank, Franzi.« Ich betrachtete die junge Frau näher. Sie war ein unbeschwerter, offener Mensch, zu dem man schnell Vertrauen fasste. Wäre es möglich, dass sie für mich eine Freundin wurde? Ich konnte eine enge Freundin gut gebrauchen in diesem Land, das ich bisher nur von der Landkarte her kannte.

»Ich gebe nur kurz Bescheid, dass ich weg bin, dann kann es losgehen.« Sie hatte noch nicht ganz ausgesprochen, da war sie auch schon im Gasthaus verschwunden, um wenig später zurückzukommen. Sie führte mich um das Gebäude der Wirtschaft herum. Ich war gespannt, ob der Marsch wirklich derart beschwerlich war, wie Gretel mir beschrieben hatte.

Verwundert blieb ich vor einem in die Jahre gekommenen Trecker stehen. Franzi kletterte leichtfüßig hinauf und forderte mich auf, es ihr gleichzutun. Ich reichte ihr meinen Koffer, den sie seitlich unter dem Sitz verstaute, dann war ich an der Reihe, das Vehikel zu erklimmen. Ein ohrenbetäubender Lärm ertönte, als Franzi den Diesel laufen ließ.

»Das möchte ich auch lernen!«, schrie ich gegen den lauten Motor an.

Franzi lachte und nickte. »Kein Problem, ich zeige dir, wie der Vatter Knall funktioniert.«

Ich fand, dass das ein lustiger Name für einen Traktor war. Doch nach der ersten Fehlzündung war mir klar, warum er so hieß.

Der rote Vatter Knall tuckerte mit uns davon. Ich klammerte mich an der Rückenlehne des Gefährts fest und genoss die Fahrt an den Wiesen entlang. Die Steigung zur Alm meisterte der rostige Traktor mit Leichtigkeit. Die hellbraunen Kühe auf den saftigen Weiden kannte ich nicht, bei uns in Norddeutschland waren die Viecher schwarz-weiß. Trotz des lauten Motors vernahm ich die Kuhglocken der grasenden Tiere. Zahlreiche leuchtend bunte Feldblumen säumten den Weg.

Franzi warf den Kopf in den Nacken und lachte. »Gefällt es dir?«

Ich grinste breit. »Und wie es mir gefällt!«

Je höher wir kamen, desto weniger Wanderer trafen wir.

»Hier kommt nur jemand hoch, der zu uns will.« Sie streckte den rechten Arm aus. »Das alles gehört zu unserer Alm.«

»Beeindruckend«, hauchte ich. Dabei fiel mir zu spät ein, dass Franzi mich wegen des lauten Gefährts nicht verstanden hatte. Inmitten der Tiroler Bergwelt tuckerte ich meinem neuen Leben entgegen. Das unbändige Verlangen, diese Berge zu erklimmen, wurde immer stärker. Ich nahm mir vor, es bald zu versuchen.

»Schau«, rief Franzi, »wir sind gleich da.«

Vor uns tauchte ein Bohlenblockhaus auf, dessen Balkon mit farbenkräftigen Geranien bepflanzt war. Ziegen tummelten sich auf der Wiese. Zwei Katzen sonnten sich auf den Stufen der überdachten Veranda, die offenbar vom Hofhund nicht gestört wurden. Welch Idylle! Es schien, als ob der liebe Gott gern an diesem Ort verweilte. Ganz bestimmt würde ich mich hier wohlfühlen.

Franzi stellte den Motor des Traktors ab, und eine himmlische Ruhe umgab mich. Nur die Vögel zwitscherten aufgeregt ob der Störung.

»Franzi«, hauchte ich ergriffen, »es ist wunderschön hier oben.«

Sie grinste. »Ich weiß, aber schön, dass es dir auch gefällt.« Sie sprang vom Traktor hinunter und rief: »Mama, wir sind da!«

Ich sah mich um, dann entdeckte ich eine schlanke Frau, die mit offenen Armen auf mich zulief. Sie trug die grauen Haare zu einem Zopf gebunden, und ihre Augen wirkten freundlich. Ihr Gesicht war rosig, als ob sie zu lange in der Sonne gearbeitet hätte.

»Christine, wie schön, dass du endlich da bist.« Sie zögerte, bevor sie mich in die Arme schloss. »Ich darf doch?«

Ich nickte und genoss die warme Umarmung. Angekommen und angenommen. Es fühlte sich unglaublich gut an.

»Du bist sicher müde von der langen Reise. Ich zeige dir dein Zimmer, damit du dich ausruhen kannst.«

»Danke, aber ich bin nicht müde«, erwiderte ich freundlich. »Wenn ich das sagen darf: Ich habe Hunger und würde mich über ein Brot freuen.«

»Also, eines musst du dir gleich merken: Du darfst alles sagen und tun, was du möchtest.« Charlotte hob spielerisch mahnend den Zeigefinger. »Das ist Gesetz in unserem Haus.«

Ich strahlte sie dankbar an. »Okay«, erwiderte ich, »ich versuche, mir das zu merken.«

Wir gingen lachend ins Haus. Offenbar hatte meine Tante nicht übertrieben. Die Familie nahm mich mit offenen

Armen auf. Ich war voller Neugier auf den Rest der Mosers. Im Inneren des Hauses war es angenehm kühl. Mich erwartete ein gedeckter Tisch mit den Spezialitäten Tirols. Ich ließ mich auf einem der filigran geschnitzten Holzstühle nieder und staunte Bauklötze. Die Vitrinen waren gefüllt mit exquisitem Porzellan und glänzenden Gläsern. Trotz der rustikalen Holzeinrichtung wirkte alles ungeheuer kostbar. Die Mosers schienen vermögend sein.

Ich zuckte zusammen, als ein Mann von draußen hereinkam. Sofort läuteten bei mir die Alarmglocken. Doch falls ich erwartete, dass die Frauen des Hauses bei seinem Anblick strammstanden oder schreckhaft auf ihn reagierten, irrte ich mich. Das Gegenteil war der Fall.

»Anton«, rief Charlotte mahnend, »Stiefel ausziehen! Warum vergisst du das laufend?« Sie stemmte die Fäuste in die Hüften.

»Entschuldigung, Lotti, ich war furchtbar neugierig auf unseren Gast.« Er grinste über das ganze Gesicht. »Herzlich willkommen, Christine, ich hoffe, du hattest eine angenehme Reise?«

»Danke, ja, sie war nur sehr lang«, sagte ich nervös. Außer bei meiner Tante hatte ich keine Erfahrungen damit, dass alle Mitglieder einer Familie gleichberechtigt waren. Ich war immer nur der Sündenbock gewesen, ein Ventil für Hans' Wut. Hier bei der Tiroler Familie war alles anders. Es war nicht nötig, mich vor irgendjemandem zu fürchten. War ich im Himmel?

Schmerzvoll kam mir Jack in den Sinn. Vor ihm hatte ich mich auch nicht fürchten müssen, für ihn war ich liebenswert und ... Bildhübsch ... Leider war Letzteres nicht mehr der Fall.

Jack, ich vermisse dich.

Die Sehnsucht nach ihm kam wie aus dem Nichts und schmerzte unglaublich.

Charlotte bemerkte meinen Stimmungswandel, eilte zu mir und legte ihren Arm um meine Schultern. »Du wirst dich schnell einleben, dafür sorge ich. Ich habe es Gretel versprochen.«

Gemeinsam aßen wir die Brotzeit. Schweigend lauschte ich der Unterhaltung der Menschen, die mich auf dem nächsten Abschnitt meines Lebenswegs begleiten würden. Sie hatten mich nicht nur wörtlich in ihre Mitte genommen, und ich war ihnen sehr dankbar.

Wir waren fast alle satt, da wurde die Haustür aufgerissen, und ein junger Mann trat ein. Er ähnelte Franzi, nur dass er braune Augen hatte, die nicht weniger leuchteten als ihre. Er sah in die Runde und stutzte, als sein Blick an mir hängen blieb.

»Da schau her, wir haben Besuch«, sagte er erfreut. »Du bist die Christine, nicht wahr?«

»Dann musst du Simon sein.« Ich lächelte und reichte ihm die Hand zur Begrüßung. Sein bewundernder Blick irritierte mich, unvermittelt spürte ich Wärme in meinem Gesicht aufsteigen.

»So ist es, du scheinst recht gescheit«, witzelte er.

»Davon gehe ich mal aus«, erwiderte ich frech. Sofort war das Eis zwischen uns gebrochen. Simon hatte die gleiche unbekümmerte Art wie seine Schwester. Das gefiel mir. Er schob einen Stuhl neben mich und machte sich über die Reste der Brotzeit her. Den genervten Augenaufschlag seiner Mutter ignorierte er.

»Simon«, wisperte sie, »schling doch nicht so.«

»Du weißt doch, Mama, ich habe nie Zeit«, sagte er mit vollem Mund.

Charlotte schmunzelte sanft und seufzte. »Ja, ja, ich weiß.« Sie holte einen Krug Wein aus der Küche. »Christine, magst du einen Schluck?«

Viel Ahnung von Schwangerschaften hatte ich nicht, aber

Alkohol war tabu, das hatte ich gelernt. Daher schüttelte ich leicht den Kopf.

Simon sprach wieder mit vollem Mund: »Mama, sie erwartet ein Kind, das ist keine gute Idee.«

Jetzt war ich wieder geschockt. Offenbar wurde mein Schicksal in diesem Haus ohne Hemmungen diskutiert.

Auch Anton meldete sich zu Wort. »Aber ein gescheites Schlafmittel wäre es schon.«

Er zwinkerte mir wohlwollend zu. Alle lachten herzlich darüber. Mir fiel es zunächst schwer, aber dann schloss auch ich mich dem befreienden Gelächter an.

Die Familie unterhielt sich über die Arbeit, über erkrankte Nachbarn und die Kühe, von denen einige bald kalben würden. Unterdessen hörte ich schweigend zu, bis mein Kinn auf die Brust sank und ich vor Erschöpfung einschlief.

Verwirrt erwachte ich in Simons kräftigen Armen. Er trug mich sanft in das Zimmer, das ab sofort meins sein würde. Vorsichtig legte er mich aufs Bett.

»Ich hoffe, du träumst etwas Schönes«, flüsterte er. Er ließ mir nicht die Zeit, mich peinlich berührt zu fühlen. Ich vernahm eben noch, dass die Tür ins Schloss fiel, dann schlief ich weiter bis in den frühen Morgen.

Ein wahrer Freund
2014

Lia hatte die Nacht erneut bei mir verbracht. Normalerweise freute ich mich, wenn sie einige Tage bei mir blieb. Doch die Nachricht, dass sie mit ihrem vermutlichen Cousin Zukunftspläne schmiedete, brachte mich fast um den Verstand. Ich hatte in der Nacht kein Auge zubekommen. Dennoch war ich mit meinen Überlegungen, wie ich Jack gegenübertreten wollte, zu keinem Ergebnis gekommen. Ich fürchtete mich davor, bei einem Wiedersehen von meinen Gefühlen überwältigt zu werden, doch nun gab es keine Alternative. Ich musste mich meiner Vergangenheit stellen.

Aber wie würde er reagieren, wenn ich ihm Jahrzehnte nach unserem letzten Treffen unter die Augen trat und ihn aufforderte, samt seinem Sohn in den nächsten Flieger zu steigen, um für immer aus dem Leben meiner Enkelin zu verschwinden? Was würde er dazu sagen, dass ich ihm all die Jahre Sophies Existenz verschwiegen hatte? Würde ich seine Wut, seine Tränen oder Vorwürfe ertragen können? Ich hatte keine Ahnung, wie er sich verhalten würde, sobald er von seiner Tochter erfuhr. Er hätte recht damit, mich zu verachten. Mein Herz zog sich bei der Vorstellung schmerzhaft zusammen. Ob er wohl noch weitere Enkelkinder und Kinder hatte? Sam und Lia waren gleich alt. Wie grausam, dass ausgerechnet sie einander begegnet waren und sich verliebt hatten ...

Schließlich schob ich die Beine aus dem Bett, um mir einen Kaffee zu holen. Ich fühlte mich wie gerädert.

»Guten Morgen, Oma.« Lias glockenhelle Stimme ließ

mich zusammenfahren. »Kaffee ist fertig«, verkündete dieses einmalige Geschöpf arglos.

»Danke«, erwiderte ich krächzend. Warum war ich heiser? Die Situation raubte mir offenbar die Spucke. Mein Hals fühlte sich wie ein Reibeisen an. Dankbar schlurfte ich zu Lia und nahm den Wachmacher entgegen, den sie mir reichte.

»Oma, ich wundere mich über dich. Warum wirkst du so erschlagen?«

Weil ich mich wie erschlagen fühle.

Ich schenkte ihr ein müdes Lächeln und versicherte, dass mit mir alles völlig in Ordnung sei.

»Ich habe heute eine wenig nette Aufgabe vor mir, ich spreche später mit einer Patientin«, erfand ich die perfekte Notlüge. Lia kannte mich und wusste, wie schwer es mir fiel, kranken Menschen schlechte Nachrichten zu übermitteln.

»Ach je, ich möchte nicht in deiner Haut stecken«, bedauerte sie. Ich stürzte den letzten Rest des Kaffees herunter, dann wandte ich mich ab, um unter die Dusche zu gehen, doch Lia rief mich noch mal zurück. »Oma?«

»Ja?«

»Woher stammen die Narben in deinem Gesicht?«

Ich blieb abrupt stehen, ohne mich umzudrehen. Lia hatte zuletzt danach gefragt, als sie acht Jahre alt gewesen war. Meine Erklärung, dass ich mit einer Hautkrankheit geboren sei, hatte ihr damals genügt, doch heute offenbar nicht mehr.

»Du wirst es noch erfahren, Liebes, aber nicht heute«, versprach ich, während mein Herz bis zum Hals schlug.

Ich durchsuchte meinen Schrank nach passender Kleidung. Zuvor hatte ich Jörn kontaktiert und ihn um ein Gespräch gebeten. Erwartungsgemäß war er hocherfreut über meinen Anruf gewesen. Es würde an mir liegen, seine Hoffnungen wieder zu ersticken. Ich wählte einen seriösen Hosenanzug und legte ein leichtes Make-up auf. Die Haare band ich zu einem losen Zopf zusammen, dann schlüpfte ich in die verhassten Pumps. Stilvoll, aber nicht zu aufdringlich. Zufrieden betrachtete ich mein Spiegelbild. Die zerstörte Haut in meinem Gesicht war mit den Jahren etwas verblasst, aber nach wie vor unübersehbar. Längst hatte ich es aufgegeben, die Narben völlig verstecken zu wollen. In meinem Alter spielte das ohnehin keine allzu große Rolle mehr.

Erhobenen Hauptes ging ich über den Kiesweg zum vorderen Eingang von Jörns Anwesen. Ich wappnete mich innerlich gegen die Schmeicheleien, die Jörn mir bei jedem Treffen zukommen ließ. Erleichtert stellte ich fest, dass kein weiteres Auto in der Auffahrt stand. Ich fürchtete mich vor einem unverhofften Aufeinandertreffen mit Jack. Auch wenn es notwendig war, mit ihm zu sprechen, musste ich ihm nicht ausgerechnet hier in Jörns Haus begegnen.

»Christine, meine Schöne, ich freue mich über deinen Besuch«, schmeichelte er mir in gewohnter Weise. Ich lächelte huldvoll und gestattete ihm, meine Wangen zu küssen. Überaus galant führte er mich in das Kaminzimmer. Es war warm in diesem Raum, den Jörn ausschließlich für seine Gäste vorhielt, dennoch fröstelte ich. Die Aussicht, in Jörns Haus doch noch überraschend auf Jack zu treffen, überforderte meine Nerven.

Jörn war wie immer freundlich und zuvorkommend. Wenn ich in seiner Nähe war, zitterte seine Stimme ein wenig. Der Arme, er war unsterblich in mich verliebt, und das nicht erst seit gestern. Beinahe war es mir unangenehm, seine Hoffnungen aufs Neue zu enttäuschen. Ich setzte mich aufrecht in den wuchtigen Sessel, den er mir zuwies, angespannt und jederzeit bereit, wieder aufzuspringen.

»Ich bin neugierig, liebe Christine, was führt dich zu mir?« Jörn atmete schwer, was ich nicht nur der Aufregung zuschrieb, sondern auch seinem Übergewicht. Er lebte ungesund, und Sport hatte noch nie auf seinem Programm gestanden. Ich räusperte mich, um etwas Zeit zu gewinnen.

»Es tut mir leid, dass ich in der Silvesternacht so urplötzlich verschwunden bin. Mir war nicht gut, und ich wollte niemanden beunruhigen.«

Jörn winkte lässig ab.

»Aber, aber, das ist längst vergessen. Hauptsache, du bist jetzt hier ... Bei mir«, fügte er langsam hinzu.

»Ich benötige deine Hilfe, Jörn.« Ich wartete seine Reaktion ab.

»Immer gern, das weißt du.«

»Dieser Engländer ...« Ich verstummte wieder.

»Du meinst Jack?«

»Genau.«

»Ach, der arme Kerl, der ist mindestens ebenso unglücklich verliebt wie ich.« Er schmunzelte verlegen und rieb den Siegelring, den er stets am kleinen Finger trug. Ich hütete mich, auf seine Worte einzugehen.

»Wohnt er bei dir?« Ich schluckte nervös, immerhin bestand die Möglichkeit, dass Jack gleich ins Zimmer trat und ich mich ihm stellen musste.

Jörn sah mich überrascht an. »Gerade nicht mehr, nein. Warum ist das so wichtig für dich?«

Statt um den heißen Brei herumzureden, blieb ich sachlich. »Jörn, bitte lass uns kein Frage-und-Antwort-Spiel daraus machen. Die Sache ist mir unangenehm genug.«

Er zog die linke Augenbraue hoch. »Vor mir muss dir nichts unangenehm sein.«

»Sag mir bitte einfach, wo ich ihn finde«, forderte ich ihn brüsk auf.

Jörn rieb nachdenklich sein Kinn. »Ich glaube, er ist Richtung Norden unterwegs. Ich erwarte ihn erst in einigen Tagen zurück.«

»Wohnt er dann wieder bei dir?«

»Das weiß man bei dem guten Jack nie. Er scheint seinen Aufenthalt in Deutschland aber verlängert zu haben, daher ist das gut möglich. Er ist verzweifelter denn je. So habe ich ihn lange nicht erlebt. Er sucht nach einer Frau, die ihm vor ... vierzig Jahren das Herz gebrochen hat. Er ist und bleibt eine treue Seele.«

Ich holte tief Luft.

»Genau vor zweiundfünfzig Jahren«, korrigierte ich ihn.

Jörn starrte mich lange an, ohne ein Wort zu verlieren, dann brach es aus ihm heraus: »Da brat mir doch einer 'nen Storch, du bist ...?«

Eine Mischung aus Überraschung und Enttäuschung spiegelte sich auf seinem Gesicht wider.

Ich schlug die Augenlider nieder und nickte langsam. »Ich bitte dich, Jörn, das muss unter uns bleiben. Darf ich auf deine ärztliche Schweigepflicht vertrauen?«

»Selbstverständlich. Ich habe dir meine Hilfe zugesagt, dabei bleibt es auch. Wie lange kennen wir uns schon, Christine?« Ich rechnete in Gedanken nach. Es dürften inzwischen über zwanzig Jahre vergangen sein, seit ich ihm auf einem Ärztekongress in München zum ersten Mal begegnet war. »Trotzdem muss ich zugeben, dass mich deine Ehrlichkeit recht verdutzt zurücklässt. Seit Jahren versuche ich dir näherzukommen. Dabei scheint es für dich nur diese eine Liebe zu geben.«

»Keine Liebe, das ist längst vorbei. Nur dass es für mich nie einen anderen gegeben hat.«

»Wirklich nie?«

Ich schüttelte den Kopf. Jörns konkrete Nachfrage brachte mich in eine Zwickmühle, aus der ich mich nicht befreien konnte. Trotzdem zuckte ich zusammen, als er mir die Frage stellte, mit der ich gerechnet hatte. »Dann ist Sophie ...?«

»Schweig«, fuhr ich ihn an.

»Das kann ich nicht. Soviel ich mitbekommen habe, turteln deine Enkelin und Sam, Jacks Enkel, heftig miteinander. Da müsste man eingreifen, oder nicht?«

»Ich habe erst vor Kurzem davon erfahren«, erwiderte ich schwach. »Warum, glaubst du, sitze ich wohl hier bei dir und bitte dich um Hilfe?«

»Christine, ich würde alles für dich tun, aber ich fürchte, du sitzt gewaltig in der Tinte.«

»Auch das ist mir klar, Jörn.« Tränen brannten unter meinen Lidern. Jetzt nur nicht zusammenklappen. Ich schluckte den dicken Kloß im Hals herunter, aber er dachte nicht daran, zu verschwinden.

»Ist das auch der Grund, warum du noch nicht an Ruhestand denkst? Würden die Erinnerungen dich zermürben, wenn du zu viel freie Zeit hättest? Du solltest dich deiner Vergangenheit stellen.«

»Es bleibt mir auch keine andere Wahl. Man hat mir geraten, die Chirurgie aufzugeben.« Jörn hatte die Arbeit als Arzt längst niedergelegt. Für ihn war der Beruf nie zum Lebensunterhalt nötig gewesen. Das Erbe seiner Eltern war enorm groß und ließ sich ohnehin nicht mit dem Gehalt eines Arztes vergleichen. Damals hatte er den Ärztekongress lediglich besucht, um nicht vor Langeweile umzukommen. Dabei hatte er sich ausgerechnet in *mich* verliebt.

»Wie ich dich kenne, hast du keine Pläne, wie du den letzten Lebensabschnitt gestalten willst, richtig?«

Ich stöhnte auf. »Du kennst mich trotz allem besser als jeder andere.«

»Nicht trotz«, murmelte er verlegen, »*wegen* allem.«

Ich war in diesem Gespräch viel weiter gegangen, als ich mir vorgenommen hatte. Aber ich stellte fest, dass es genau richtig war, mit Jörn zu reden. Nun trug ich diese Last nicht mehr allein. Ich hatte einen Vertrauten, auf den ich mich verlassen konnte. Ich hoffte es zumindest.

»Bitte entschuldige, Jörn, ich ...«

»Da gibt es nichts, was ich entschuldigen müsste. Ich werde für dich da sein, auch wenn ich mir das immer anders gewünscht habe. Es ist gut so, wie es ist. Sobald ich weiß, wann Jack zurückkommt, melde ich mich bei dir. Allerdings kann ich dir nicht sagen, wo Sam sich rumtreibt, ich denke, er ist nicht mit ihm gefahren.«

Ich nickte gedankenverloren, dann stand ich langsam auf. Unschlüssig blieb ich vor ihm stehen.

»Danke«, hauchte ich. Jörn begleitete mich zum Ausgang. Auf dem Weg dorthin legte er schützend, aber nicht fordernd seinen Arm um meine Schultern. Die Wärme, die von diesem Mann ausging, erfüllte mich unerwartet mit Dankbarkeit. Ich machte halt und sah zu ihm auf.

»Kannst du mich bitte einmal in die Arme schließen?«

Er tat, worum ich ihn bat, ohne dass ich ein schlechtes Gewissen haben musste. Als ob es das Selbstverständlichste auf der Welt wäre, küsste er mich auf den Scheitel. Ich löste mich von ihm, dabei strich ich ihm liebevoll über die Wange.

»Eines möchte ich doch noch wissen«, meinte er mit rauer Stimme. »War das da«, er berührte sanft meine Gesichtshälfte mit den Narben, »der Grund, warum du Jack nicht wiedersehen wolltest?«

Ich blickte zu Boden und schwieg. Mit dem Zeigefinger hob er sanft mein Kinn an, sodass ich ihm in die Augen schauen musste.

»Du musst nichts sagen, Christine. Aber so viel Leid wegen dieser Narben? Jack hätte –«

»Bitte nicht«, flehte ich ihn an. Jörn verstummte, er hatte verstanden.

»Möchtest du nicht zum Mittagessen bleiben?«, fragte er unvermittelt.

»Danke, aber ich sollte jetzt besser gehen.«

In all den Jahren, die ich Jörn kannte, war ich bemüht gewesen, ihn nicht zu nahe an mich heranzulassen. Doch in meiner Not erwies er sich als wahrer Freund.

Ein Brief aus Deutschland
1962

Es war leicht, mich bei der Familie Moser einzuleben. Ihre Alm wurde zu meinem zweiten Zuhause. Doch um meinen Traum, das Medizinstudium, zu verwirklichen, musste ich mich bald von ihnen verabschieden. Die Möglichkeiten, in Ellmau Medizin zu studieren, waren mehr als begrenzt, sie waren kaum vorhanden. Dafür musste ich nach Wien. Ich hatte mich entschlossen, das erste Semester noch vor der Geburt meines Kindes anzutreten, um keine Zeit zu vergeuden. Ich freute mich auf meine ersten Erfahrungen als Studentin.

Charlotte hatte für mich eine Unterkunft auf dem Campus der Universität organisieren können. Die Semesterferien würde ich auf der Alm verbringen und bei Franzi in der Gastwirtschaft arbeiten. Charlotte freute sich schon darauf, mein Baby zu betreuen, während ich meinem Job nachging. Doch ihren Vorschlag, dass ich mein Kind auch während meiner Zeit in Wien in ihre Obhut gab, lehnte ich ab. Schon jetzt hatte ich eine Bindung zu meinem ungeborenen Kind und konnte mir eine längere Trennung von ihm nicht vorstellen.

Es war August und somit Hochsommer in den Bergen. Ich kämpfte mit dem Wind, der mit der Wäsche spielte, die ich am frühen Morgen an die Leine hängte.

Fast wie bei uns im Norden.

Als ich fertig war, kraulte ich dem neugeborenen Zicklein das strubblige Fell und begab mich bester Laune zurück ins

Haus. Am Morgen, bevor ich aufgestanden war, hatte ich das erste Mal das Baby in meinem Bauch gespürt. Ich war länger liegen geblieben, als ich es für gewöhnlich tat, und hatte Zwiesprache mit meinem ungeborenen Kind gehalten. Wie aus dem Nichts erschien Jacks Gesicht vor meinem inneren Auge. Wie liebevoll er mich anlächelte. Es war, als spräche er zu mir.

Jack, mein Herz, ich werde dich immer lieben, bitte verzeih mir und vergiss mich.

In Gedanken versunken betrat ich das Haus und zuckte zusammen, als ich Charlotte weinend auf dem Küchenstuhl hocken sah. Hatte sie etwa Streit mit Anton? Ich eilte auf sie zu.

»Lotti, warum weinst du? Kann ich dir irgendwie helfen?«, fragte ich unbeholfen. Doch sie schluchzte nur noch lauter. In den Händen hielt sie ein beschriebenes Blatt Papier. Auf dem Tisch entdeckte ich den dazugehörigen Briefumschlag mit deutschem Poststempel. Eisige Kälte kroch durch meine Adern. Ich redete mir ein, dass dieses Schreiben nichts mit Gretels Gesundheitszustand zu tun hatte. Doch die Angst um meine Tante raubte mir die Luft zum Atmen.

»Ich wusste ja, dass es nur eine Frage der Zeit ist, aber ...« Charlotte schniefte herzerweichend.

»Geht es Tante Gretel nicht gut?«, fragte ich überflüssigerweise. Denn ich mutmaßte, dass dieser Brief eine Nachricht beinhaltete, die das Ende bedeutete. Lottis Tränen versiegten, als ob jemand den Hahn zugedreht hätte.

»Sie ist vorgestern gestorben«, erwiderte sie tonlos mit einem Blick ins Leere.

Gretel lebte nicht mehr? Das konnte nicht sein, sie hatte mir doch versprochen, zur Geburt meines Kindes anzureisen. Wie war das möglich? Sie war bei unserem Abschied gesund und voller Zuversicht gewesen.

»Das ist nicht wahr!«, schrie ich. »Wer hat diesen verlogenen Brief geschrieben? Bestimmt steckt mein Stiefvater dahinter.« Tränen rannen ungehindert über meine Wangen. Blindlings wanderte ich durch die Küche. Bis ich vor Lotti haltmachte und in ihre verzweifelten Augen sah.

»Nein, Liebes, das hat deine Tante selbst veranlasst. Sie war eine unerhört tapfere Frau«, flüsterte Charlotte. »Ich habe ihrem Mut mein Leben zu verdanken. Ohne sie wäre ich in irgendeinem Konzentrationslager ermordet worden. Gretel hat diesen Weg gewählt, um dich zu schützen, weil sie ahnte, dass du nie aus Nordfriesland weggegangen wärst, wenn du gewusst hättest …«

»Niemals hätte ich sie alleingelassen!«, rief ich außer mir vor Schmerz. »Ich will zu ihr!«

Kopflos rannte ich in mein Zimmer, um einige Sachen zu packen. Doch bevor ich die Zimmertür erreichte, stieß ich mit Anton zusammen. Wortlos umklammerte er mich. Ich zappelte wild, konnte mich jedoch nicht aus den starken Armen meines Ziehvaters befreien.

»Christine … Christine …«, drang seine tiefe Stimme endlich zu mir vor. »Sie hat es für dich getan. Wenn du nun in deine persönliche Hölle zurückgehst, wäre ihr einsamer Tod umsonst gewesen. Bitte beruhige dich.« Er schüttelte mich, zunächst leicht, dann kräftiger. So lange, bis ich erstarrte und in seine besorgten Augen schaute. »Wenn du jetzt zurückgehst … Du hast die Volljährigkeit noch nicht erreicht, dein beachtliches Erbe würde dann in die Hände dieses Satans fallen.«

Von Weinkrämpfen geschüttelt, konnte ich mich nicht mehr aufrecht halten und sank zu Boden, doch Anton hielt mich fest. Er sprach beruhigende Worte in mein Ohr und schniefte dabei leicht. »So ist es richtig, weine. Weine um deine Tante, aber dann geht dein Leben weiter, bei uns.«

Charlotte war mir inzwischen gefolgt. Liebevoll strich sie über meinen Rücken.

»Hier ist ein Brief von Gretel. Lies ihn, wenn du ruhiger geworden bist, und denk an dein Baby. Es ist nicht gut, wenn du dich zu sehr aufregst.« Charlotte legte eine Hand auf meinen Bauch, der schon eine leichte Wölbung zeigte. Anton entließ mich aus seiner Umarmung. Ich verkroch mich in mein Zimmer, legte mich ins Bett und starrte vor mich hin.

Den Brief meiner Tante hatte ich neben mir liegen. Ein letztes Zeichen, dass sie da gewesen war, ein letzter Gruß aus ihrer Feder. Ich traute mich zunächst nicht, den Umschlag zu öffnen. Nachdem ich diesen Brief gelesen hätte, wäre meine Tante endgültig für mich verloren. Ich sehnte mich nach ihren liebevollen Worten, die mich trösteten oder zum Lachen brachten. Gretel ... Sie war von mir gegangen, ohne mich zu warnen.

Erst viel später, bei Einbruch der Dämmerung, setzte ich mich auf, stopfte mir ein Kissen in den Rücken und öffnete den Brief. Ich hatte Mühe, ihre sonst so schöne Schrift zu entziffern. Ich vermutete, sie hatte die Zeilen unter großer Anstrengung verfasst.

Liebe Christine,

ja, ich habe dich belogen. Der Krebs ist zurück und fordert nun das Letzte von mir: mein Leben. Ich habe dich nach Ellmau geschickt, weil ich mich sorge, ob du sicher sein wirst, wenn ich nicht mehr da bin. Bitte verzeih mir. Meine Hoffnungen, dass du Medizin studieren wirst, sind ungetrübt. Ich weiß, du schaffst alles, was du dir vornimmst. Bei Charlotte bist du in den besten Händen, ich denke, das hast du inzwischen auch gemerkt.

Liebes, ich muss gehen, doch ich werde ein

Auge auf dich und deinen Weg haben, so Gott
es mir erlaubt. Mit dem Geld, das ich dir hinter-
lasse, kannst du dir für dein Studium eine der
besten Universitäten aussuchen. Um einen letz-
ten Gefallen möchte ich dich noch bitten: Bitte
erzähle deinem Kind von mir.

Ich liebe dich,
*   Gretel*

Meine Augen brannten wie Feuer, doch die Tränen waren versiegt. Unendliche Trauer lähmte mich. Ich dachte an Jack, den ich lebenslang lieben und vermissen würde. Doch er hatte immerhin seine Familie, ich konnte mich damit trösten, dass er nicht einsam sein würde. Tante Gretel war allein gestorben. Wie gern hätte ich auf dem Sterbebett ihre Hand gehalten.

Ein leises Klopfen holte mich aus meinen Grübeleien. Charlotte öffnete die Tür einen Spaltbreit und steckte ihren Kopf hindurch.

»Darf ich?«

»Komm rein«, forderte ich sie abgeschlagen auf. Sie trat langsam näher. Als sie sich auf mein Bett setzte, schniefte sie. Verstohlen tupfte sie sich mit einem Stofftaschentuch die Augen ab. Ich rückte ein wenig zur Seite und klopfte neben mir auf die Matratze. Sie streifte die Hausschuhe von ihren Füßen und legte sich neben mich.

»Hast du gewusst, dass Tante Gretel bald von uns gehen würde?«, fragte ich sie.

Charlotte sah mich eindringlich an. »Ich musste schwören, dir nichts davon zu sagen. Bitte glaub mir ...«

Ich hob die Hände in einer Friedensgeste. »Ich verstehe dich. Würdest du mir erzählen, wie ihr beide euch kennengelernt habt?«

Lotti senkte den Blick und zupfte an ihrem Taschentuch. Dann sah sie mir direkt in die Augen. »Ach Kind, mir fällt es schwer, darüber zu sprechen.«

»Sie hatte dich vor den Nazis versteckt?«, hakte ich unbeirrt nach.

Charlotte starrte ins Leere. Kurz darauf begann sie stockend zu erzählen.

»Mein Vater war ein angesehener Rechtsanwalt mit einer Kanzlei in Niebüll, wir waren für damalige Verhältnisse recht wohlhabend. Aber er war auch für ärmere Mitmenschen ein vertrauenswürdiger Advokat. Bis zu dem Tag, als herauskam, dass wir dem jüdischen Glauben angehören. Juden wurden als Feindbild des Führers an den Pranger gestellt.

Meine Oma, die bei uns wohnte, hatte bereits früh angemahnt, Deutschland zu verlassen. Aber mein Vater hatte sie ausgelacht. Er wies sie auf seinen immerhin exzellenten Ruf hin. Er sah nicht ein, warum er wie ein Feigling das Land verlassen sollte, wenn seine Rechtsberatung doch unverzichtbar für unsere Mitmenschen war.

Wir besaßen ein recht ansehnliches Haus in Struckum, in der Nähe des Hauses deiner Tante. Täglich arbeitete mein Vater bis zur Erschöpfung in der Kanzlei. Wir hatten uns daran gewöhnt, dass er an manchen Tagen erst weit nach Mitternacht nach Hause kam. Bis zu dem Tag, an dem ihm die Zulassung entzogen wurde. Mein Vater kämpfte von zu Hause aus weiter. Meine Mutter flehte ihn an, seine Arbeit einzustellen. Es gab Berichte von Konzentrationslagern, die ausschließlich zur Internierung und Auslöschung von Juden und anderen unerwünschten Personengruppen errichtet worden waren. Was dort vor sich ging, ist heute weitgehend bekannt, doch damals war es verboten, darüber auch nur ein Wort zu verlieren. Wir lebten in Angst, doch mein Vater dachte nicht daran, seine Heimat zu verlassen. Das stand für ihn im Widerspruch zu seinem Rechtsempfinden.

Es begann damit, dass unsere Fensterscheiben eingeworfen wurden. Ein Ziegelstein traf meinen Vater an der Schläfe, während wir zu Abend aßen. Selbst da dachte er nicht ans Aufgeben. Männer in langen Mänteln marschierten in unser Haus, als ob es ihnen gehörte. Sie zerstörten Porzellan, ja die gesamte Einrichtung. Oder sie nahmen das mit, was ihnen besonders gut gefiel. Eines Tages verprügelten Soldaten meinen Vater und führten ihn ab. Mein Bruder griff die Uniformierten an, und sie erschossen ihn. Meinen Vater habe ich danach nie wieder gesehen.

Ich war an diesem Abend von meinen Eltern bereits ins Bett geschickt worden und musste diese Bluttat vom oberen Stockwerk aus mit ansehen. Ich riss den Mund auf und wollte schreien, da packte mich jemand von hinten und verschloss mir die Lippen mit einem festen Griff.

›Still, keinen Mucks‹, hatte meine Oma mir ins Ohr gezischt. Sie schob mich in einen Kleiderschrank, der in der Diele stand und in dem meine Mutter die Winterjacken im Sommer unterbrachte. Gerade noch rechtzeitig, denn da stürmten die Soldaten auch schon das Stockwerk. Meine Großmutter haben sie an Ort und Stelle erschossen. Ich hörte meine Mutter schreien, das war das Letzte, das ich von ihr gehört habe. Nur ich war noch da.

Drei Tage lang traute ich mich nicht, den Schrank zu verlassen. Ich schwöre dir, mein Mädchen, ich hatte nie zuvor solche Angst ausstehen müssen wie an jenen Tagen.«

Charlotte sprach leise, als ob sie fürchtete, jemand könnte uns belauschen. Ich war so betroffen von ihrer Erzählung, dass ich mich nicht zu rühren vermochte.

»Gretel hatte natürlich mitbekommen, was in unserem Haus vorging«, redete sie weiter. »Die Schüsse waren schließlich laut genug. Eines Tages stand sie vor Entsetzen weinend vor mir. Sie hatte sich mutig, wie sie es schon immer gewesen war, in unser Haus geschlichen. Ohne ein weiteres Wort zu verlieren, nahm sie mich an die Hand und versteckte mich auf ihrem Dachboden. Nachts kam sie zu mir herauf, brachte mir etwas zu trinken und zu essen vorbei und tröstete mich, so gut sie konnte. Trocknete meine Tränen und versprach Besserung.

Bis zum Kriegsende vergingen fünf quälende Jahre. Wann immer es möglich war, ließ sie mich in den Garten, damit ich frische Luft schnappen konnte. Doch diese Zeit war nie von langer Dauer, da selbst die unbeirrbare Gretel Angst hatte, erwischt zu werden. Wir hätten diesen Leichtsinn beide mit dem Leben bezahlen müssen.«

»Fünf Jahre? Wie hast du das nur aushalten können?«

Charlotte lächelte und sah mich durchdringend an. »Immer mit dem Willen, weiterzuleben.«

Sie stand auf und bewegte sich auf die Kommode unter dem Fenster zu. Beinahe liebevoll holte sie eine kleine Holzkiste daraus hervor. Dann kam sie zurück zu mir aufs Bett. Andächtig öffnete sie die Kiste aus Eichenholz. Zum Vorschein kamen ein Rosenkranz und eine Kopfbedeckung, die sogenannte Kippa.

»Diese Kippa gehörte meinem Vater.« Sie strich vorsichtig über die aus Leder bestehende Mütze, die männliche Juden trugen.

»Warum versteckst du sie in dieser Kiste?«

»Verstecken ist zum Glück nicht der richtige Ausdruck. Doch seitdem habe ich mich der katholischen Kirchengemeinde angeschlossen, weil ich lange fürchtete, der Hass auf die Juden würde irgendwann wieder aufleben. Wenn man so darüber nachdenkt, liegt immer noch ein Schatten über dem jüdischen Glauben. Mein Leben war zu sehr von Angst geprägt, als dass ich mich offen dazu bekennen könnte.«

Ich schluckte. Charlotte fürchtete sich heute noch, ihren Glauben auszuleben.

»Wie kommt es, dass du nach Österreich gegangen bist? Immerhin war Hitler Österreicher gewesen.«

Charlotte schmunzelte geheimnisvoll. »Die Liebe hat mich hierhergeführt. Schau dir Anton an, er ist durch und durch Tiroler. Er hätte seine Heimat nie für mich aufgeben können. Der Hof war und ist sein Leben.« Sie lachte laut auf. »Er hatte sich damals in den Kopf gesetzt, schwarz-weiße Rinder nach Tirol zu bringen. Dadurch landete er in der Husumer Viehhalle und in meinen Armen. Ich habe dort Kaffee für die Bauern gereicht. Anton bekam nie genug von dem dünnen Kaffee und von mir.«

»Endlich mal eine schöne Liebesgeschichte«, erwiderte ich verträumt. »Ich habe auf euren Weiden aber keine Schwarzbunten entdeckt. Was ist aus seinem Vorhaben geworden?«

Charlotte kicherte. »Die einzige Kuh, die ihn in die Berge begleiten wollte, war ich.«

»Und was war mit dir und Gretel?«

»Wir haben uns seitdem nie wieder gesehen. Dennoch sind wir verbunden bis über den Tod hinaus. Sie ist in meinem Herzen fest verankert.«

»In meinem auch«, flüsterte ich versonnen.

Wien

Ich war voller Neugier auf das vierhundert Kilometer entfernte Wien. Trotzdem fiel mir der Abschied von Charlotte besonders schwer. Sie herzte mich überschwänglich.

»Du bist bald wieder da, bis dahin schreiben wir uns Briefe oder telefonieren.«

Ich umarmte sie fest. »Zum Almabtrieb in vier Wochen komme ich übers Wochenende. Ich möchte unbedingt daran teilhaben.«

»Da schau her«, meinte Franzi belustigt. Sie hatte unser Gespräch beim Näherkommen gehört. »Du bist halt eine waschechte Tirolerin geworden.« Sie kicherte und drückte mich an sich. »Ich vermiss dich jetzt schon«, murmelte sie und verschwand ins Haus.

Abermals trat ich mit gemischten Gefühlen eine Reise ins Ungewisse an. Ich war neugierig auf Wien, freute mich darauf, endlich Medizin zu studieren, und fürchtete mich gleichzeitig vor meinen Kommilitonen. Würden sie mich akzeptieren? Wie würden sie reagieren, wenn sie erkannten, dass ich ein Kind erwartete? Mir war bewusst, dass ich mich von Ablehnung und Feindseligkeiten nicht einschüchtern lassen durfte. Doch das war leichter gesagt als getan. Mir blieb nun mal nichts anderes übrig, als mich dem zu stellen. Denn mein Wunsch war immer noch derselbe: Ich wollte Ärztin werden.

Ich hatte mir eine Menge Bücher über Medizinthemen gekauft, in jeder freien Minute stöberte ich voller Wissbegierde darin. Ich wollte vorbereitet sein auf das Studium.

Ich hatte alle in einem Koffer verstaut, der dadurch ein beachtliches Gewicht hatte. Charlotte war in Sorge wegen der Schwere des Gepäcks.

Das erste Semester würde mir leichtfallen, dachte ich, ich hatte fast alles gelesen über gesunde und kranke Menschen, den menschlichen Körper, vom Molekül bis zur Zelle, soziale Kompetenzen und Erste Hilfe. Das gesamte Studium umfasste zwölf Semester, ein langer Weg, aber ich hielt ihn für machbar. Ich brannte darauf, mehr über das Herzkreislaufsystem und Blut zu erfahren, aber das stand erst im vierten Semester an.

Die Zugfahrt nach Wien verlief ohne Probleme. Ich beschäftigte mich mit einem der medizinischen Lehrbücher und verbrachte eine kurzweilige, spannende Reisezeit.

Die Unterkünfte auf dem Campus waren schlicht, aber sauber. Das kleine Fenster zum Hof bot nicht viel Ausblick, und ich hatte keine Ahnung, was mich an der Uni erwartete. Etwa eine Stunde nach meiner Ankunft stand die Begrüßungsrede an. Ich war neugierig auf die anderen Studenten und hoffte, dass ich nicht die einzige Frau im ersten Semester war. Rechtzeitig machte ich mich auf die Suche nach dem Hörsaal, in dem ich mich einfinden sollte. Als ich dort eintraf, herrschte ein reges Treiben. Wie ich befürchtete, waren nur zwei weitere Frauen unter den neuen Studenten. Unauffällig legte ich eine Hand auf meinen Bauch.

Wir schaffen das, mein Herz, deine Mama ist stark.

Unschlüssig blieb ich im Gang des Hörsaales stehen, als ich plötzlich angerempelt wurde. Ein Arzt im gestärkten weißen Kittel blieb unvermittelt stehen und betrachtete mich vom Scheitel bis zur Sohle.

»Haben Sie sich verlaufen?«, erkundigte er sich.

Ich lächelte ihn selbstbewusst an. »Ich glaube nicht«, erwiderte ich. »Ich bin hier für das erste Semester Medizin. Oder bin ich da etwa falsch?«

Er zog die linke Augenbraue hoch. Seine spöttisch glitzernden braunen Augen musterten mich eindringlich.

»Hm«, brummte er. »Sie waren wohl etwas voreilig. Sexualität, Reproduktion, Schwangerschaft und Geburt stehen erst im fünften Semester auf dem Plan. Wie es aussieht, haben Sie die Fächer schon durch.«

Ich errötete leicht, blieb aber standfest und schlagfertig. »Nun, immerhin werde ich dann bestens vorbereitet sein und kann mich mehr auf Nieren und das Sezieren von Organen konzentrieren.«

»Mal schauen, ob Sie dann noch hier sind«, blaffte er abfällig und ließ mich stehen.

Ein schlaksiger junger Mann gesellte sich zu mir. »Professor Bierkamm musst du nicht so ernst nehmen. Er sucht sich in jedem neuen Semester ein Opfer, mit dem er seine Späße treiben kann. Er ist trotzdem einer der Besten.«

»Er mag offensichtlich keine Frauen«, erwiderte ich ärgerlich.

»Nicht in seinen Vorlesungen, aber sonst ist er nicht abgeneigt. Ich bin übrigens der Hans.« Auch das noch, allein der Vorname war mir unsympathisch.

»Christine«, presste ich hervor. Ich ertrug seine Nähe nicht und wandte mich zum Gehen. Leider waren die Plätze neben den beiden Frauen besetzt. Ich würde mich wohl oder übel allein zwischen die männlichen Kommilitonen setzen und mir ihre neugierigen Blicke gefallen lassen müssen.

»Interessante Frisur, war das ein Unfall?«, rief Hans mir hinterher.

Ich zuckte zusammen. Auf meine Narben angesprochen zu werden, war ich zwar gewohnt, doch es wurde durch Gewöhnung nicht angenehmer.

»Danke«, war alles, was ich dazu sagte. Ich ließ ihn unbeachtet zurück und quetschte mich zwischen den fremden Männern in der dritten Reihe hindurch bis zu einem freien Sitz. In dem Augenblick, als sich Professor Bierkamm vorn am Podium positionierte, legte sich Stille über den Hörsaal.

»Ich begrüße Sie zu Ihrer ersten und hoffentlich nicht letzten Vorlesung«, begann er seine Ansprache. Seine dominante Stimme hallte durch den Raum. Er trug seinen gestärkten Kittel offen, darunter hatte er ein Hemd in der gleichen Farbe und eine schwarze Fliege an. An seinen schmalen Fingern glänzte ein Ehering. Ich fragte mich unwillkürlich, welche Frau es an seiner Seite aushielt. Zumal er der Damenwelt nicht abgeneigt sein sollte, wenn Hans' Worte der Wahrheit entsprachen. Blieb nur zu hoffen, dass er nicht so oft nach anderen Frauen sah.

Sein Blick schweifte über die Studentinnen und Studenten. Er wirkte auf mich angsteinflößend.

»Wer von Ihnen erwartet, im Herbstsemester nicht mehr dabei zu sein?«, fragte er geradeheraus.

Ein Raunen ertönte, dann kam aus der hinteren Reihe plötzlich eine Antwort: »Fratze!«

Es kicherten ein paar Studenten neben und hinter mir. Ich erschauderte. War es möglich, dass jeder Tag an der Uni so sein würde, ein wahrer Spießrutenlauf? Konnte ich das Studium so durchstehen?

Doch ich erhielt Unterstützung aus unerwarteter Richtung. Professor Bierkamm räusperte sich unüberhörbar.

»Meine Damen und Herren, Sie wollen Medizin studieren? Was glauben Sie denn, wie Sie auf Patienten wirken, die von Ihnen Hilfe erwarten, wenn Sie über sie lachen? Also, ich persönlich würde so einen Arzt nicht konsultieren. Sollte mir bei euch jemals wieder solch menschenverachtendes Verhalten auffallen, schließe ich euch von meinen Vorlesungen aus.« Seine Stimme peitschte drohend über die Köpfe aller hinweg. Auch dass er am Ende zum Du übergegangen war, verriet seine Wut. Seine Hände umklammerten

das Pult, als ob er es jeden Augenblick in die Menge kata-
pultieren würde.

Mir stockte der Atem. Letztlich war ich es, die diese Diskussion verursacht hatte. Mir war das alles sehr peinlich. Es
war mucksmäuschenstill im Saal. Betroffen sahen die meisten zu Boden, ich auch. Ich ließ meinen Stift verkrampft
zwischen den Fingern hin- und herrollen. Auf meinen Knien
lag die Mappe, die ich für Notizen bereitgelegt hatte. Ich
riss mich zusammen und schaute auf, direkt in die grauen
Augen des Professors. Er nickte mir unverbindlich zu und
begann damit, den Lehrplan zu erklären.

Ich schrieb alles mit, was er zu sagen hatte, und blendete
mein Umfeld aus. So verging der Vormittag wie im Flug.
Am späten Nachmittag wurden wir entlassen und durften
unsere Unterkünfte aufsuchen. Ich war erleichtert, dass ich
ein Zimmer für mich allein hatte und es mit niemandem
teilen musste. Ich wusste schon jetzt, dass ich an manchen
Tagen auch mal allein sein wollen würde. Auch wenn mir
ebenso klar war, dass meine Gedanken dann Jack gehören
würden.

Warten auf Jack
2014

Ich musste mich gedulden, auch wenn es schwerfiel. Jack war offenbar für eine längere Zeit in Nordfriesland. Lia traf sich weiterhin mit Sam. Es brach mir das Herz, wenn ich daran dachte, wie zerstörerisch es für meine Enkelin sein würde, wenn ihre große Liebe aus ihrem Leben verschwand. Es war wie ein Fluch, der über unserer Familie kreiste. Warum hatte ich nur nicht besser vorgesorgt, damit sich mein Unglück nicht wiederholte? Wer, wenn nicht ich kannte diesen schmerzhaften Verlust der großen Liebe? Ich hatte diese Entscheidung zwar selbst getroffen, doch dadurch war sie nicht weniger belastend. Aber wie sollte ich auch wissen, dass Lia sich ausgerechnet in ihren Cousin verlieben würde? Letzten Endes war England weit weg.

Du hast dich verrechnet, Christine Seidel.

Seit einer Woche wartete ich nun auf die Nachricht von Jörn, dass Jack zurück sei. Um mein Nervenkostüm stand es nicht zum Besten. Einzig in der Klinik gelang es mir, den Kopf frei zu bekommen. Doch meine Tage im Krankenhaus waren gezählt. Übermorgen sollte mein letzter Arbeitstag sein. Ich sah ihm mit gemischten Gefühlen entgegen. Wäre es mir möglich, meinen Ruhestand zu genießen? Ich zweifelte daran. Die anfängliche Hoffnung, einen glücklichen Lebensabend zu verbringen, schwand mit jedem Tag, an dem Lia mir ihre Seligkeit mit Sam in den buntesten Farben schilderte. Meine Stimmung rutschte auf den Nullpunkt. Ich rief Jörn an, um etwas Neues über Jacks Aufenthaltsort zu erfahren. Er bedauerte, mir nichts berichten zu können.

An meinem Spiegelbild konnte ich ablesen, wie sehr mich die Situation belastete. Ich war blass und wirkte dünner als sonst. Ich vermutete, dass ich Gewicht verloren hatte, überprüfte dies aber nicht auf der Personenwaage. Bis zu dem Tag meiner Verabschiedung verging der Klinikalltag wie gewohnt anstrengend und kräftezehrend.

Ich hatte mir nicht die Mühe gemacht, mich nach einem besonderen Outfit für die Feier umzusehen. Ich begnügte mich mit dem, was mein Kleiderschrank hergab. Ich hatte darum gebeten, dass die Verabschiedung nur im kleinen Rahmen abgehalten werden sollte. Der Chefarzt, der Stationsarzt und Dr. Elena Berger waren anwesend. Ich hatte Schnittchen geordert und etwas Sekt für diejenigen, die später nicht mehr an den OP-Tisch müssten. Dazu gehörten allerdings nur Elena und ich. Nun schaute ich versonnen aus dem Fenster in den Park. Dort hatten Elena und ich gern unsere Mittagspause verbracht. Oder waren dort gewesen, um nach einer schweren Operation frische Luft zu schnappen und das Kopfkino abzustellen, das oft nach beziehungsweise vor Gesprächen mit Familienangehörigen in unseren Köpfen abgespielt wurde.

Während ich sinnierend hinausschaute, gesellte sich Elena zu mir.

»Christine, warum so betrübt?«, fragte sie.

Ich zwang mich zu einem Lächeln. »Mir geht es gut, Elena, ehrlich.«

Eine Augenbraue schnellte hoch, und sie sah mich forschend an. »Ich habe schon länger den Eindruck, dass dich etwas beschäftigt. Kann ich dir wirklich nicht helfen?«

Ich nippte an meinem Getränk, um nicht sofort antworten zu müssen. Ich kämpfte mit aufsteigenden Tränen.

»Schau doch mal, Christine, was alles hinter uns liegt«, fuhr Elena fort. »In zwei Monaten stehe auch ich hier und richte meine Abschiedsworte an die Kollegen. Es wird endlich Zeit, mal stolz auf das zu sein, was wir erreicht haben. Ganz besonders du hast doch unzählige Leben gerettet.«

Ich seufzte leise. Es war dem Zufall zu verdanken, dass Elena und ich hier in Hannover gemeinsam als Assistenzärzte angefangen hatten und letzten Endes nach der Facharztprüfung in dieser Klinik geblieben waren. Aber ich war sehr froh, dass wir so zueinandergefunden hatten.

»Ach, weißt du, Doc, am liebsten würde ich mich an den Rand der Welt stellen und laut schreien«, entfuhr es mir.

Statt mich mit weiteren Fragen zu löchern, meinte sie sanft: »Dann tu es doch. Es würde mich freuen, wenn es hilft.«

Sie legte ihre schmale Hand auf meinen Arm, drückte ihn kurz und zog sich dann diskret zurück.

»Der Weg dorthin ist mir unbekannt und sicherlich zu weit«, flüsterte ich mehr zu mir selbst. Schließlich drehte ich mich um und lächelte die Gruppe an, entschlossen, das Beste aus der Feier zu machen.

Einer nach dem anderen meldeten sich die Pieper der diensthabenden Ärzte. Ich atmete auf, als die Zusammenkunft durch eine Reihe von Notfällen ein Ende fand. Ein komisches Gefühl, diese Alarme zu ignorieren. Meinen Sender hatte ich bereits abgegeben. Hier war nichts mehr für mich zu tun. Meinen Schreibtisch hatte ich ausgeräumt, sämtliche Schlüssel befanden sich nicht mehr in meinem Besitz. Niemand würde je wieder rufen: ›Doktor Seidel, bitte dringend in den OP.‹

Elena lehnte sich gegen die Fensterbank und prostete mir aufmunternd zu.

Ich grinste. »Das war's dann wohl.«

»Wollen wir zur Feier des Tages was essen gehen?«, schlug sie unbekümmert vor.

»Ein anderes Mal gern, aber heute ist mir nach meiner Familie. Sie werden später vorbeikommen.«

Elena rümpfte die Nase. Offensichtlich glaubte sie mir die Notlüge nicht, doch ich blieb dabei. Ich umarmte meine langjährige Kollegin und Freundin zum Abschied und schlich mich wie eine Diebin aus dem Gebäude. Ein letztes Mal schaute ich an der Fassade empor.

»Okay, ich bin dann raus.«

Zu Hause streifte ich die Schuhe von den Füßen und öffnete die Dachterrassentür. Ich liebte den Ausblick auf den See, doch heute entdeckte ich einen meiner Nachbarn auf der Bank am Ufer sitzen und zog mich eilig zurück. Auf sogenannte Zaungespräche hatte ich nun wirklich keine Lust.

Ich zuckte zusammen, als es an der Tür läutete. Ich schaute auf den Monitor meiner Türkamera und lächelte verhalten. Lias Gesicht strahlte mich an.

»Omi, ich bin's.«

Ich drückte den Türsummer und wartete nicht darauf, dass sie hochkam. Sie kannte sich aus und hatte auch einen eigenen Schlüssel. Aber ehe sie den benutzte, klingelte sie immer. Ich ging in die Küche und setzte Wasser für Tee auf.

Als ich Schritte im Flur vernahm, ging ich meiner Enkelin entgegen – und erstarrte.

Lia hatte Sam dabei. Ich schaute in seine Augen, so warm und liebevoll ... Es war, als ob der junge Jack auf mich zukäme. Sie ähnelten einander wie Zwillinge. Nur dass Sams Lippen schmaler und seine Augen braun waren. Ich fühlte mich, als müsste ich jeden Moment umfallen. Erst Lias Stimme riss mich aus meiner Starre.

»Omi, herzlichen Glückwunsch zum Unruhestand!« Sie stürmte auf mich zu, umschlang mich mit dem linken Arm und überreichte mir mit der rechten Hand einen Blumenstrauß. »Ich dachte mir, zur Feier des Tages ... Könnte ich dir Sam vorstellen ... Er ...« Sie brach ab und sah mich verwundert an. »Was stimmt nicht mir dir? Du siehst aus wie eine gekalkte Wand.«

»Entschuldigen Sie, Frau Doktor Seidel, ich habe Lia gesagt, dass es ...«

»Christine. Nenn mich bitte Christine.« Mehr konnte ich nicht hervorbringen. Er sah nicht nur aus wie sein Großvater, er hatte auch die gleiche warme Stimme. Eine Gänsehaut schlich über meinen Körper, so sehr ergriff mich dieser Moment. Ich mochte ihn auf Anhieb und konnte es nicht verbergen, so gern ich es auch wollte. Seine vertrauten Augen raubten mir den Verstand.

Jack, wie sehr ich dich doch vermisst habe und es immer tun werde.

Ich überkreuzte die Arme vor der Brust.

»Hattet ihr schon Sex?« Ich erschrak selbst über meine plumpe Frage, die ich im Normalfall nie stellen würde. Schon gar nicht auf diese fast barsche Art. Lias Reaktion fiel dementsprechend aus.

»Oma!«, kreischte sie empört. »Was soll denn diese unmögliche Frage?« Sie funkelte mich erzürnt an. Lia regte sich selten dermaßen auf.

Ich war mir sicher, dass sie wusste, worauf sie achten musste. Aber was wäre, wenn trotz aller Vorsicht ...? Eine Katastrophe!

Ich sammelte mich erst einmal, bevor ich mich wieder an die beiden wandte.

»Bitte entschuldigt, ich wollte euch natürlich nicht zu nahe treten.« Ich ärgerte mich über mich selbst. Wie hatte ich nur so forsch werden können?

Zu meiner Erleichterung kicherten die jungen Verliebten bloß und warfen sich verschwörerische Blicke zu. Mir wurde heiß und kalt im Wechsel. Also doch. Für Lia und Sam würde eine Welt einstürzen, wenn sie erfuhren, dass ihre

Liebe nicht sein durfte. Aber war dieser Zeitpunkt nicht jetzt endlich gekommen? Ich räusperte mich. Doch die Worte blieben mir im Hals stecken. Es wäre ohnehin besser, damit auf Jack zu warten. Ich riss mich zusammen, so gut es mir möglich war.

»Darf ich euch etwas anbieten?«

Lia hatte es schlagartig eilig. »Nein danke, Omi, wir wollen weiter. Sam will meine Englischkenntnisse aufbessern.«

»Ach so«, erwiderte ich, verstört über den plötzlichen Abschied, obwohl er mir nur recht kam. Ich wusste nicht, wie lange ich mich noch unter Kontrolle gehabt hätte. Einen erneuten Ausbruch von unliebsamen Fragen vermied ich besser.

»Bestell deiner Mutter bitte schöne Grüße, und sie soll sich mal wieder bei mir blicken lassen«, sagte ich.

Lia grinste mich verschmitzt an. »Dir wird doch wohl nicht schon langweilig?«

»Ach was, nein, ich habe einiges vor«, schwindelte ich.

Von der Dachterrasse aus beobachtete ich die beiden, wie sie ins Auto stiegen und sich innig küssten, bevor der Wagen aus meiner Sichtweite verschwand. Ich seufzte schwer, dann wandte ich mich ab und widmete mich wieder dem Laptop und meinen Memoiren.

Freundinnen

Es fiel mir nicht leicht, mich auf dem riesigen Campus zu orientieren. Während ich zwischen den Gebäuden entlangging, vertiefte ich mich in den Lageplan, um die Studentenunterkünfte ausfindig zu machen. Ich befürchtete, dass ich mich auf dem gigantischen Gelände öfter verlaufen würde. Ich hatte mein Zimmer zwar schon bezogen, aber keine Ahnung, wie ich dorthin zurückkam.

»Fräulein Seidel, wenn Sie Ihre Suche rechtzeitig bis morgen beendet haben, dürfen Sie gerne für eine weitere Vorlesung bei mir vorbeischauen.«

Verschreckt sah ich vom Plan auf und direkt in die belustigten Augen von Professor Bierkamm. Ich lächelte ihn verlegen an. »Ich denke, bis morgen ist diese Aufgabe zu schaffen. Vielen Dank.«

Der Professor lachte. Anders als bei unserem ersten Zusammentreffen wirkte er nun freundlich, humorvoll und sanft. Er schien meine Überraschung richtig zu deuten, denn er beteuerte: »Glauben Sie mir, ich bin kein Monster, ich kann durchaus auch nett sein.«

»Das beruhigt mich«, sagte ich. »Aber ich muss jetzt weitersuchen, damit ich mein Zimmer noch vor Sonnenaufgang finde.«

Professor Bierkamm blieb vor mir stehen. Seine Mundwinkel zuckten, als ob er jeden Moment loslachen würde.

»Wann ist es denn so weit?«

Ich errötete unter seinem prüfenden Blick, schaute ihn aber dennoch fest an.

»Das wollte ich auch gar nicht anzweifeln«, sagte er beleidigt. »Ich werde Sie unterstützen, so gut es mir möglich ist.« Nun war ich sprachlos. Hatte mich mein erster Eindruck von ihm so sehr getäuscht? »Sie haben eben eine gute Leistung abgeliefert«, erklärte er. »Sie hatten mehr Antworten drauf als Studenten im zweiten Semester. Ich war beeindruckt und entschuldige mich für mein rüpelhaftes Benehmen.«

Ich senkte meine Lider scheu. Ein Lob aus dem Mund des Professors? Er schmunzelte wohlwollend, dann drehte er mich nach rechts und wies mit dem Zeigefinger über meine Schulter. Dabei roch ich sein Aftershave.

»Wenn Sie in diese Richtung gehen, dann kommen Sie unmittelbar zu Ihrer Unterkunft.«

»Oh ... Vielen Dank, ich glaube, dort wäre ich als Allerletztes hingegangen. Ich gebe zu, dass es mir an Orientierung fehlt.«

»Dieses Mal übernehme ich das für Sie«, witzelte er und marschierte laut pfeifend weiter.

Ich hätte mich liebend gern nach ihm umgedreht, ließ es aber, denn aus der Ferne entdeckte ich meine beiden Kommilitoninnen. Sie steckten die Köpfe zusammen und ließen mich dabei nicht aus den Augen. Ich war mir nicht sicher, ob ich lieber mit ihnen in einer WG wäre oder doch meine einsame Kammer vorzog. Ich wäre glücklich über einige Freundinnen gewesen, aber im Augenblick hatte ich den Eindruck, dass sie mir eher feindselig gegenüberstanden. Ich wollte jedoch nichts unversucht lassen und steuerte auf die beiden zu.

Als ich mich ihnen näherte, hoben sie ihre Köpfe und verschränkten die Arme vor der Brust. In ihren Augen funkelte Abneigung. Das war ich inzwischen zwar gewohnt, aber dennoch schmerzte es. Dies waren die Momente, in denen mir Tante Gretel besonders fehlte. Sie hätte es nicht zugelassen, dass ich mich klein und eingeschüchtert fühlte. Ich wollte daran glauben, dass der Umgang mit ihr mich stark gemacht hatte. Das war ich meiner Tante schuldig. Unweigerlich musste ich an Jack denken. Auch er hatte dazu beigetragen, dass ich ein Selbstbewusstsein entwickelte. Ich fummelte an meinen Haaren herum und verteilte die Strähnen über mein Gesicht. Erhobenen Hauptes machte ich vor den beiden halt.

Ihre Kleidung weckte meine Neugier. Knallige Farben und graphische Muster bestimmten die Mode. Solch kurze Röcke hatte ich bisher noch nie gesehen. Ich glaubte meinen Augen nicht zu trauen. Der Kleidungsstil der Sechzigerjahre war bisher komplett an mir vorübergegangen. Mein grauer Rock und die beige Bluse wirkten gegen die angesagten farbenfrohen Stoffe wie Futtersäcke.

»Hallo, ich heiße Christine«, sagte ich.

»Ach, die Christine«, echote die eine. »Du bist ja raffiniert. Gleich mit dem Professor zu flirten. Du glaubst doch wohl nicht, dass dir das Vorteile verschafft?«

Die andere kicherte.

»Das wird sicher nichts bringen, der Professor steht auf hübsche Mädels«, spottete sie. So war das also. Ohne sich auch nur vorzustellen, hackten sie auf mir herum. Ich straffte meine Schultern.

»Nun, von einem hübschen Teller wird niemand satt«, erwiderte ich keck. Die Kinnladen der jungen Frauen klappten nach unten.

Die links stehende Studentin zeigte auf meinen Bauch, der deutlich von einer Schwangerschaft zeugte.

»Ist der Professor etwa der Vater?«

Ich schnappte nach Luft. So eine Unverschämtheit! Ich war entsetzt, versuchte das aber zu verbergen. »Bestimmt nicht, mein Mann war ein gutaussehender Offizier.«

»So, so, warum willst du dann studieren? Wo steckt er, der Offizier?«

Ich entschied mich für eine Notlüge, von der ich glaubte, dass sie die beiden schockieren würde.

»Er ist bei einem Unfall ums Leben gekommen«, teilte ich ihnen mit. Die Frauen sahen beschämt zu Boden.

»Das tut uns leid«, flüsterten sie unisono.

»Ich bin übrigens Susanne Weber, und das ist meine Freundin Bettina Sauer.« Susanne reichte mir versöhnlich die Hand. Sie stieß ihre Freundin mit mahnendem Blick an. Prompt hielt auch Bettina mir die Hand hin, vermied es aber, mich anzusehen.

Rasch entzog ich ihr meine Hand und fragte: »Habt ihr eure Unterkünfte auch schon bezogen?«

Susanne lächelte. »Komm, wir zeigen dir, wo deine ist. Es sind Einzelzimmer. Wir wohnen sozusagen Tür an Tür.«

Sie hakte mich unter und führte mich in das graue Gebäude. Ich verschwieg ihnen, dass ich nun schon wusste, wo ich hinmusste. Das Innere des Wohnkomplexes war nicht weniger grau als das Äußere. Doch die Studentinnen mit ihren grell leuchtenden Oberteilen ließen keinen Trübsal aufkommen, dazu die Miniröcke, aus denen wohlgeformte Beine hervorlugten. Ich konnte mir nicht erklären, warum, aber ich fühlte mich zwischen meinen Kommilitoninnen pudelwohl. Besonders Susanne gefiel mir, und ich konnte mir vorstellen, dass wir Freundinnen werden würden. Ihre aufrichtigen grünen Augen funkelten, wenn sie lachte, die dunkelblonden Haare hatte sie zum Zopf gebunden. Bettina hatte ihre lange blonde Mähne mit einem Lederbändchen über der Stirn gebändigt. Ihre blauen Augen schauten immer leicht spöttisch. Ich war mehr als verwundert, als sie mir ein Oberteil anbot.

»Ich habe eine wunderschöne grün-gelb gemusterte Bluse. Sie ist mir viel zu groß, aber für dich wäre sie ideal, und das Grün passt hervorragend zu deinen roten Haaren.« Wir stiegen die Treppe zum Obergeschoss hoch, dabei geriet ich ein wenig außer Atem. Daher nickte ich lediglich. Bettina hörte gar nicht mehr auf zu reden. Was war passiert? War meine Notlüge der Schlüssel zu unserer Freundschaft gewesen? Ich nahm mir vor, trotzdem vorsichtig zu sein.

Tatsächlich waren unsere Zimmer nebeneinander. Die von Susanne und Bettina waren genau wie meins schlicht, aber sauber und zweckmäßig. Auf dem Holzdielenfußboden lag ein einfacher Flickenteppich, unter dem nicht sehr großen Fenster befand sich ein Schreibtisch, der sicher vielen Studenten beim Lernen nützlich gewesen war. Denn er wies Kritzelspuren auf, die an meine Schulbank in der Heimat erinnerten. Ein simpler Stuhl aus Holz diente als Sitzgelegenheit. Dies war also für die nächsten Jahre meine Unterkunft. Susanne und Bettina lehnten am Türrahmen, während ich meinen Kleiderschrank öffnete, um mir ein Bild vom Platzangebot zu machen.

»Viel Platz hast du da nicht, aber wenn ich mir deinen Koffer so anschaue, hast du eh nicht viel dabei«, kommentierte Bettina.

»Wir werden bald mit dir einkaufen gehen müssen. In den Säcken, die du trägst, kannst du hier nicht rumlaufen«, fügte Susanne nachdenklich hinzu.

»Ich bin zufrieden mit den Sachen, die ich besitze, ich hatte nicht vor, auf einer Modenschau zu laufen«, konterte ich genervt. Dass ich hier in Wien sein durfte, war mehr, als ich mir je erträumt hatte. Ich würde das Erbe meiner Tante nicht für unnötige Klamotten ausgeben. Immerhin hatte ich zwölf Semester vor mir, in denen ich über die Runden kommen musste. Außerdem wäre in einigen Monaten auch mein Baby zu versorgen.

»Seid mir nicht böse, aber ich möchte mich jetzt ausruhen«, teilte ich den beiden mit und schob die verdutzt dreinschauenden Frauen sanft, aber bestimmt auf den Korridor. »Bis später dann.«

Ich schloss die Tür und sah mich in meiner Unterkunft um. Die neueste Mode war zwar noch nicht in Ellmau angekommen, aber im Vergleich zu diesem trostlosen Zimmer war meines auf der Moser-Alm der reinste Luxus. Ich hatte es plötzlich eilig, meine Habseligkeiten aus dem Koffer hervorzuholen. Als Erstes bezog ich mein Bett mit der duftenden Wäsche, die in der Sonne der Berge getrocknet war. Ich steckte meine Nase in das Kopfkissen und schloss die Augen. Es roch nach Heimat. Ja, Ellmau war mein Zuhause geworden, und ich freute mich schon darauf, in den Ferien dorthin zurückzukehren.

Die Honiggläser meiner Tante hob ich wie einen Schatz aus meiner Reisetasche und stellte sie auf den Schreibtisch. Ich hatte sie in Ellmau bislang nicht angerührt. Wie sehr sehnte ich mich in diesem Augenblick nach den Honigglasmomenten mit Tante Gretel. Nachdenklich starrte ich auf den süßen Brotaufstrich. Ich teilte gern mit Freundinnen, aber mit Susanne und Bettina? Ich war mir noch nicht sicher, darum stellte ich den Bienengruß in die hinterste Ecke im Schrank. Wenn Bettina die Gläser bei mir entdeckte, würde sie mich gewiss auffordern, sie zu der Leckerei einzuladen. Vielleicht würde ich das auch noch tun, aber dann aus freien Stücken. Das letzte persönlich überreichte Geschenk meiner Tante wollte ich erst einmal für mich behalten.

Charlotte hatte mir getrocknete Blumen von der Alm eingepackt, die ich vorsichtig, damit sie nicht bröselten, auf die Fensterbank legte. Nach und nach wurde mein Zimmer heimeliger, aber bis ich mich hier gänzlich wohlfühlen würde, würde es eine Weile dauern. Ich schalt mich verärgert.

Dummes Ding, du bist nicht hier, um Urlaub zu machen, sondern um Ärztin zu werden! Reiß dich zusammen.

Das gerahmte Foto meiner Tante stellte ich auf den Nachtschrank. Anschließend legte ich mich aufs Bett und schloss
die Augen. Währenddessen trat mein Baby sanft in meinem
Bauch. Ich lächelte glücklich.

Almabtrieb in Ellmau

Inzwischen hatte ich mich an den Tagesablauf an der Uni gewöhnt. Ich hatte anfangs Schwierigkeiten, mir die passenden Vorlesungen herauszusuchen. Anders als in der Schule war ich hier ganz allein dafür verantwortlich, die richtigen Kurse zu besuchen. Mein Ehrgeiz und mein Wissensdurst halfen mir dabei. Wie besessen lernte ich und gönnte mir kaum Freizeit. Susanne und Bettina ermunterten mich regelmäßig, mit ihnen die Stadt zu erkunden, doch ich lehnte jedes Mal ab. Mir war bewusst, wie wenig Zeit ich hatte. Wenn mein Baby erst mal geboren war, müsste ich meinen Tagesablauf nach den Bedürfnissen des Kindes ausrichten.

Susanne und Bettina hatten angeboten, mich zu unterstützen, damit ich ungestört an den Vorlesungen teilnehmen konnte. Professor Bierkamm hatte nach anfänglichem Zögern erlaubt, dass ich das Baby auf dem Campus bei mir haben durfte. Nicht alle Dozenten waren begeistert davon, doch ich konnte sie durch meine guten Leistungen überzeugen, und am Ende waren alle bereit, mir diese Sondererlaubnis zu erteilen.

Am kommenden Wochenende stand der Almabtrieb bevor. Einerseits freute ich mich, nach Hause zu fahren, andererseits fürchtete ich, etwas zu versäumen, wenn ich meine Lernroutine unterbrach. Doch Susanne redete auf mich ein. »Du brauchst mal etwas Abwechslung. Sonst versauerst du hier. Ich bin richtig neidisch, dass du in die Berge fährst.«

Gedankenverloren sah ich sie an. »Wie wäre es, wenn du mitkommst? Ich könnte Franzi fragen, ob sie ein Zimmer für dich hat. Zu einem günstigen Preis natürlich.«

Susanne strahlte. »Ich könnte doch mithelfen, wir hätten sicher jede Menge Spaß.«

Die Vorstellung, mit einer Freundin nach Ellmau zu reisen, gefiel mir. Wir lachten ausgelassen, und ich merkte, wie sehr mir diese Unbeschwertheit gefehlt hatte. Ich versprach, mit Franzi zu telefonieren und ein Zimmer für Susanne zu reservieren. Gleichzeitig plagten mich Gewissensbisse. Was war mit Bettina? Musste ich sie nicht auch fragen? Würde sie mitkommen wollen? Susanne winkte ab.

»Nee, sie fährt an diesem Wochenende auch heim«, versicherte meine Freundin unbekümmert.

»Okay, dann ist das abgemacht«, entgegnete ich fröhlich.

»Das ist eine gute Gelegenheit, um die Bluse von Bettina anzuziehen«, erinnerte Susanne mich an das Geschenk der Freundin. Ich hatte mich bisher noch nicht dazu durchringen können, dieses bunte Etwas zu tragen. Ich fühlte mich damit nicht modisch, sondern eher verkleidet.

Ich lachte auf. »Vielleicht laufen die Rinder vor mir weg und von allein ins Tal.«

Kichernd betraten wir den Hörsaal. Und verstummten abrupt, als der Dozent uns vorwurfsvoll anschaute.

Am Donnerstag fuhren wir im Anschluss an die Vorlesung mit Professor Bierkamm nach Ellmau. Die Beiträge am Freitag hatten wir bereits am Montag besucht. Somit stand uns ein langes Wochenende bevor. Die vierhundertfünfzig Kilometer zur Moser-Alm nahmen wir am späten Nachmittag in Angriff. Susanne besaß einen alten VW Käfer, den sie von ihrer Oma bekommen hatte. Dies ersparte uns die

Bahnfahrt. Davon abgesehen, dass Susannes Auto rot war, erinnerte es mich an Gretels Wagen.

»Was ist los?«, fragte Susanne besorgt. »Warum bist du so traurig?«

Ich schüttelte den Kopf. »Ach nichts, meine verstorbene Tante hatte auch so einen Käfer, nur neueren Datums. Ich musste an sie denken.«

Meine Freundin strich mir sanft über den Rücken. »Das tut mir leid, ich hatte keine Ahnung ...«

»Schon gut«, sagte ich schnell, »es war nur so ein Moment.« Ich schluckte die aufkommenden Tränen herunter.

»Fürchtest du dich eigentlich vor der Geburt?«, fragte Susanne unvermittelt.

Ich sah sie mit geweiteten Augen an. »Keine Ahnung, sollte ich?«

Susanne zuckte mit den Schultern. »Ich meine ja nur. Ich habe noch keine Kinder, aber man sagt, dass die Geburt nicht einfach ist.«

»Darüber mache ich mir lieber noch keine Gedanken. Raus muss es, da gibt es keine andere Möglichkeit.«

Susanne schaute mich bewundernd an. »Ich finde, du meisterst das alles wie ein Profi. Ich weiß nicht, ob ich dazu in der Lage wäre, ein Kind großzuziehen und nebenbei Medizin zu studieren.«

»Na ja, ich hätte es mir leichter vorgestellt, aber ich will es unbedingt schaffen. Ich habe meiner Tante versprochen, dass ich Menschen helfen werde, wieder gesund zu werden. Nur schade, dass es für sie zu spät ist.«

»Du willst dich später auf Onkologie spezialisieren?«

»Ich weiß nicht, ob ich die Kraft dazu habe, Patienten so eine niederschmetternde Diagnose mitzuteilen. Ich schnipple gern, ich glaube, ich werde Chirurgin.«

Susanne musste lachen. »Na, ob ich möchte, dass du an mir rumschnippelst?«

»Darüber mache ich mir erst richtig Gedanken, wenn ich einige Erfahrungen gesammelt habe. Bis dahin ist es ein langer Weg.«

Ich drehte das Autoradio lauter. Conny Francis trällerte: *Die Liebe ist ein seltsames Spiel …* Susanne summte mit, und ich schloss die Augen. Wie recht sie hatte.

Jack, wie gern wäre ich dir gefolgt. Doch das Schicksal hatte etwas anderes mit uns vor. Leb wohl, mein Lieber.

Ich verbot mir, an ihn zu denken. Jedes Mal, wenn er mir in den Sinn kam, zog sich mein Herz schmerzhaft zusammen. Als ob es aufhören wollte zu schlagen, mir den Dienst verweigerte. Ich schnappte hörbar nach Luft. Damit zog ich Susannes Aufmerksamkeit auf mich. Ich schüttelte den Kopf, was heißen sollte, dass alles in Ordnung war. Offenbar genügte ihr die stumme Antwort. Sie fragte nicht weiter nach, sondern konzentrierte sich zu meiner Erleichterung auf den Straßenverkehr.

Meine Freundin war eine gute Autofahrerin. Ich war ein wenig neidisch, weil ich noch keine Fahrerlaubnis hatte. Zu gern hätte ich sie abgelöst, aber das durfte ich leider nicht. Je näher wir Ellmau kamen, umso mehr staunte Susanne über den herrlichen Anblick der österreichischen Bergwelt.

»Manno, ist das schön hier! Ich war noch nie in den Bergen. Danke, dass ich dich begleiten darf.«

Ich lachte vergnügt. »Ich muss mich bedanken, dass ich so komfortabel reisen kann. Mit dem Zug wäre das wieder eine Herausforderung gewesen. Ich wusste auf der Herfahrt nicht immer, wann ich umsteigen musste. Das war für mich Stress pur.«

Susanne kicherte. »Du Landei. Bevor ich den Führerschein hatte, bin ich nur so von A nach B gekommen.«

Die Sonne war uns gnädig und beschien uns den ganzen Weg. Ich zeigte Susanne, wo sie abbiegen sollte.

»Jetzt ist es nicht mehr weit.«

Meine neue Freundin seufzte. »Ich bin froh, wenn ich aus dieser Kiste aussteigen kann. Ich spüre meine Beine fast nicht mehr.«

Kein Wunder, sie maß fast einen Meter achtzig. Der Käfer war nicht gut geeignet für große Menschen.

Das Auto tuckerte die Alm empor. Es kostete den kleinen Dreißig-PS-Motor die letzte Kraft. Oben angekommen, blieb der Wagen dampfend stehen.

»Puh«, überlegte Susanne laut, »hoffentlich springt er am Sonntag wieder an.«

Ich spitzte die Lippen. »Ich schätze, dann hätten wir ein Problem. Aber nun komm, lass uns aussteigen und den Campus vergessen.«

Ich entdeckte Simon in der Nähe, der mit nacktem Oberkörper Holz hackte. Sein muskulöser Leib glänzte verschwitzt in der Sonne. Susanne pfiff leise durch die Zähne.

»Was für ein Typ«, flüsterte sie mir ins Ohr. »Ist der noch zu haben?«

Verdutzt blieb ich stehen und starrte meine Freundin an. »Sag bloß ...«

»Ich bin nicht auf den ersten Blick verliebt, ich kenne ihn doch gar nicht. Aber ich wäre schon daran interessiert, ihn näher kennenzulernen.« Sie grinste mich vielsagend an. Ich verdrehte die Augen und seufzte. Hoffentlich hinterließ Simon keinen bleibenden Eindruck bei ihr, es wäre nicht auszudenken, wenn sie mir während des gesamten Studiums von ihm vorschwärmen würde. Ich hatte genug eigene Liebessehnsüchte, die immer unerfüllt bleiben würden. Ich hatte andere Ziele, die ich durchzusetzen gedachte.

Franzi, die damit beschäftigt gewesen war, verschiedene Blütengebinde auf den Anhänger des Treckers zu legen, stürmte auf uns zu.

»Christine, wie schön, dass ihr endlich da seid.« Sie schloss mich in die Arme. Anschließend begrüßte sie Susanne.

»Simon«, rief sie ihrem Bruder zu, »schau mal, wer da ist!«

Simon legte die Axt beiseite. Bevor er zu uns herüberschlenderte, trocknete er den Schweiß von seinem Körper, was auf Susanne offenbar einen noch tieferen Eindruck machte. Sie himmelte ihn an, als er ihr die Hand reichte.

»Freut mich, dich kennenzulernen«, sagte sie verlegen. Franzi schaute verblüfft von ihrem Bruder zu Susanne. Die angehende Ärztin schien wie elektrisiert. Simon hatte jedoch nur Augen für mich.

»Du bist runder geworden«, bemerkte er sachlich. Ich musste lachen.

»Du warst auch schon mal geschickter mit Komplimenten«, entgegnete ich. Franzi beendete die befangene Begrüßung.

»Kommt endlich ins Haus, Mama wartet bereits sehnsüchtig auf euch«, sagte sie fröhlich. Dabei wanderte ihr Blick zwischen Susanne und ihrem Bruder hin und her.

Beim gemeinsamen Abendessen wurde gelacht und geplaudert. Ich musste ausführlich von den ersten Wochen am Campus berichten. Dabei ließ ich nichts aus. Die Familie Moser reagierte betroffen, als ich die erste Begegnung mit Professor Bierkamm schilderte. Charlotte war verärgert über sein Benehmen, zeigte sich aber besänftigt, als ich von dem späteren Gespräch auf dem Campusgelände berichtete.

»Dem hätte ich was erzählt, wenn er seine Einstellung dir gegenüber nicht geändert hätte!«, sagte sie. »Aber ich freue mich, dass du eine Freundin mitgebracht hast. Susanne, wo bist du zu Hause?«

Susanne, die ihre Augen nicht von Simon lassen konnte, fühlte sich ertappt und wurde rot.

»Ähm ... Ich komme aus München«, brachte sie hervor.

Ein Blinder hätte gesehen, dass sie an Simon interessiert war. Doch offenbar bemerkte er das nicht. Mich beschlich ein Gefühl, das ich nicht einzuordnen vermochte. Simon war ungewöhnlich still. Seine Augen flackerten unruhig, und er sah niemanden direkt an. So hatte ich ihn nicht kennengelernt. Normalerweise war er offen und freundlich. Waren ihm Susannes Flirtversuche peinlich? Ich nahm mir vor, der Sache bei nächster Gelegenheit auf den Grund zu gehen.

Anton holte eine Flasche Wein aus dem Keller und schenkte allen außer mir ein.

»Auf einen entspannten Almabtrieb.« Er prostete den Anwesenden zu. Für Susanne und mich war es das erste Mal, dass wir die mit Blumen geschmückten Rinder ins Tal trieben. Charlotte hatte Bedenken, dass der Aufstieg zu beschwerlich für mich werden könnte. Da hatte Franzi jedoch schon eine Lösung parat.

»Sie nimmt den Trecker, der muss ohnehin mit nach oben, und sie ist ihn schon einmal gefahren.«

Ich schluckte.

»Aber das ist schon etwas her, meinst du nicht, ich bin etwas aus der Übung?«, gab ich zu bedenken.

Franzi winkte ab. »So etwas verlernt man nicht. Du weißt doch, wo das Gaspedal ist, und die Bremse findest du auch. Außerdem ist das Gelände privat, da kannst du auch ohne Führerschein hoch.«

»Franzi, bist du des Wahnsinns? Wenn dem Baby etwas passiert ...«

Simon rührte sich endlich.

»Ich fahre mit ihr, dann wird schon nichts geschehen«, entgegnete er. Dabei zwinkerte er mir aufmunternd zu. Susanne zog eine enttäuschte Schnute. Offenbar hatte sie sich den Aufstieg anders vorgestellt.

Die Vorbereitungen des Festes dauerten bereits die ganze Woche. Frühmorgens am Almabtriebstag Ende September würden die Kühe festlich *aufgeboscht* – geschmückt – werden, als Symbol und Dank für einen unfallfreien Sommer auf der Alm. Die Senner trieben die Tiere dann vorbei an etlichen Höfen ins Tal. Die Bundesmusikkapelle würde aufspielen, wenn das Almvieh ab zwölf Uhr im Ort eintraf und in die heimatlichen Ställe einzog. An den Marktständen würde es Krapfen, frische Milch, Almkäse, Bauernspeck und duftendes Brot geben. Die gelungene Heimkehr des Almviehs und der Senner war jedes Jahr aufs Neue ein Fest für alle Sinne in der Region Wilder Kaiser. Ich hoffte, dass ich mich nicht überanstrengte und bis zum Schluss der Feier dabei sein könnte.

Charlotte klatschte in die Hände und riss mich aus meinen Überlegungen. »Auf, auf, es ist Schlafenszeit, morgen geht es zeitig aus den Federn. Susanne, du pennst bei Christine. Ich habe ein zusätzliches Bett bezogen. Ich denke, ihr habt genug Platz.«

Susanne nickte dankbar. Bevor sie sich erhob, warf sie Simon einen sehnsuchtsvollen Blick zu. Doch er dachte nicht daran, ihn zu erwidern.

Wenig später im Bett bemerkte ich, wie erschöpft ich von der Reise war. Mir fielen die Augen zu, noch bevor ich mich zugedeckt hatte. Als Susanne aus dem Bad kam und ins Bett kroch, riss sie mich aus meinem Schlummer.

»Ich hätte niemals erwartet, hier auf der Alm einen solchen feschen Mann zu treffen«, schwärmte sie. »Meinst du, er ist vergeben?«

Ich grinste in mein Kissen. »Keine Ahnung, aber ich glaube, du überforderst ihn mit deinen schmachtenden Blicken.«

Meine Freundin setzte sich abrupt auf.

»War das so deutlich? Wie peinlich ist das denn?« Sie warf sich wieder in ihr Kissen und stöhnte.

»Ich vermute, es gab an diesem Abend niemanden, der das nicht bemerkt hat«, erwiderte ich schmunzelnd. »Schlaf gut, Susanne«, murmelte ich dann und schloss die Augen.

Morgens erwachte ich mit einem Kribbeln im Bauch. Ich war unglaublich aufgeregt. Der Almabtrieb war nicht nur hier in Ellmau ein Festumzug. Ich freute mich, dabei sein zu dürfen. Susanne wirkte nicht weniger aufgeregt. Ich vermutete aber, dass es bei ihr einen anderen Grund dafür gab. Ich hoffte, dass Simon ihr nicht weiter die kalte Schulter zeigen und sie enttäuschen würde.

Nach dem gemeinsamen Frühstück herrschte Aufbruchsstimmung. Das Wetter spielte zunächst nicht mit, es war neblig und kühl. Doch Anton meinte, dass die Sonne sich bald zeigen und es ein wunderschöner Tag werden würde. Ich saß bereits auf dem Nebensitz des Traktors und wartete auf Simon. Er trug wie sein Vater kurze Lederhosen und einen Hut, der ebenfalls aus Wildleder gefertigt war. An den Kopfbedeckungen der beiden steckte ein künstliches Edelweiß. Die rot karierten Hemden sahen zünftig traditionell aus. Susanne war sichtlich beeindruckt vom Anblick der feschen Mosermänner. Franzi hatte aus praktischen Gründen auf ein Dirndlkleid verzichtet. Sie würde es erst später auf dem Fest am Marktplatz tragen. Charlotte hatte mir eine Arbeitshose aus ihrem Schrank überlassen. Alles aus meiner Garderobe war mir zu eng geworden. Ich sah ein bisschen aus wie die Frau von Bauer Piepenbrink, aber das war mir jetzt egal.

»Du fährst«, ordnete Simon an. »Auf dem Rückweg musst du den alten Bock beherrschen. Dann wird jeder zum Treiben benötigt.«

»Aber kann ich nicht treiben?«, fragte ich.

»Nee, das wird zu anstrengend für eine werdende Mutter«, meinte er grinsend.

Mein Herz klopfte wie wild in meiner Brust. Würde ich den Vatter Knall sicher in die Berge bringen? Immerhin zog ich einen Anhänger mit Blüten. Das hatte ich vorher noch nie gemacht. Mit zitternden Händen drehte ich den Zündschlüssel im Schloss. Meine Knie fühlten sich wie Pudding an, als ich die Kupplung betätigte und Gas gab. Vatter Knall gehorchte und tuckerte los.

Wir passierten grüne Wiesen, gesäumt von Kornblumen und Klatschmohn, die im Nebel traurig die Köpfe hängen ließen. Charlotte war auf dem Weg zum Gasthaus im Tal, um später für das leibliche Wohl der Treiber zu sorgen. Susanne, Franzi und Anton liefen uns hinterher. Bald sahen sie im Rückspiegel wie Miniaturen aus. Wir entfernten uns schnell von ihnen. Simon saß lässig neben mir und beobachtete mich eindringlich. Ich schaute zu ihm hinüber.

»Was ist? Mache ich etwas falsch?«

Er schüttelte den Kopf. »Du bist eine wunderbare Traktorfahrerin«, beteuerte er. »Christine?«

»Simon?«

»Gilt die ärztliche Schweigepflicht auch schon während des Studiums?«

Verwundert starrte ich ihn an.

»Keine Ahnung.« Ich musste gegen den Lärm des Motors anschreien. »Aber wenn du mir etwas anvertrauen möchtest, nur zu! Ich kann schweigen.«

Er druckste herum, doch dann schoss es aus ihm heraus: »Ich empfinde es mehr als unangenehm, dass Susanne mich anhimmelt.«

Also hatte ich mit meiner Vermutung recht gehabt, dass ihn etwas bedrückte, das mit Susanne zusammenhing.

»Was kann ich dagegen tun? Soll ich ihr ein Verbot erteilen, dich anzumachen? Sie ist doch wunderschön, warum stört es dich so?«

Er zuckte resigniert mit den Schultern. »Ich muss dir etwas sagen.«

Ich lenkte den Traktor konzentriert an einem Busch vorbei. »Schieß los.«

Er drehte sich um und spähte hinter uns. Die Fußgänger waren nicht zu sehen.

»Kannst du mal anhalten?«, bat er mich.

Sofort trat ich auf die Bremse und brachte das Gefährt holpernd zum Stehen. Simon starrte einen Moment lang ins Leere, bis er den Blick endlich hob und mir in die Augen schaute.

»Ich bin anders«, flüsterte er.

Ich lachte auf. »Aber das ist doch schön ...« Doch als ich sein ernstes, fast gequältes Gesicht sah, brach ich ab. »Wie meinst du das?«

»So, wie ich es sage. Ich stehe auf Männer.« Ich nickte verständnisvoll, hielt es aber zunächst für besser, zu schweigen. »Niemand weiß davon, auch nicht meine Eltern. Ellmau ist ein kleiner Ort, ich hätte keine Ruhe mehr, wenn das rauskommt.«

»Sag, was kann ich für dich tun? Soll ich Susanne nach Hause schicken?«

Er schüttelte den Kopf. Was er dann vorschlug, zog mir glatt den Boden unter den Füßen weg.

»Heirate mich. Dann hättest du einen Vater für dein Kind, und kein Mensch würde weiter versuchen, mich zu verkuppeln. Wir hätten beide nur Vorteile davon.«

Eine Scheinehe mit Simon, damit mein Baby einen Vater hatte? Durfte ich Jack das antun? Ich vermisste ihn jeden Tag. Mein Entschluss, ihn aus meinem Leben zu verbannen, war schwer genug gewesen, und ich litt immer noch darunter. Aber eine Ehe mit einem schwulen Mann eingehen? Konnte das funktionieren? Was würde geschehen, wenn mein Kind erst mal älter war? Würde es unbequeme Fragen stellen? Nein, das durfte ich nicht zulassen. Es war zu dieser Zeit nicht üblich, dass eine Mutter ihr Kind allein aufzog. Und es würde Jacks Suche nach mir erschweren, wenn ich Moser hieße. Dennoch entschied ich mich dagegen.

»Simon ...« Tränen rannen über meine Wangen. »Ich kann nicht, so gern ich dir auch helfen würde. Wie du weißt, hat mein Kind bereits einen Vater. Ich würde mich ihm gegenüber schämen, solch einen Schritt zu gehen. Dein Geheimnis ist bei mir sicher, aber bitte frage mich das nie wieder. Du solltest in eine Großstadt ziehen, dort ist das Leben anonymer, und es wäre etwas leichter für dich.«

Ich hatte Mitleid mit Simon, der normalerweise nur so vor Selbstbewusstsein strotzte. Besorgt wandte ich mich um und sah, dass die anderen näherkamen. Eilig startete ich den Motor des Treckers. Es bereitete mir zunächst Schwierigkeiten, am Berg anzufahren, doch nach zwei Versuchen rollte die Zugmaschine wieder gemächlich über die Wiesen.

»Christine?«

»Ja?«

»Versprichst du mir, dass du noch einmal darüber nachdenkst?«

Ich seufzte, dann nickte ich zaghaft, ohne ihn dabei anzusehen. Ich konnte Simon ja verstehen, zu dieser Zeit gab es wenig Toleranz Homosexuellen gegenüber. Oft litten sie unter der Reaktion ihres Umfelds auf ihre Neigungen, die niemand akzeptieren wollte. Spott und Feindseligkeiten waren an der Tagesordnung. Zu seinen Gefühlen zu stehen, in einem kleinen Ort wie Ellmau, würde ein Leben in Schande bedeuten. Da war eine alleinerziehende Mutter das kleinere Übel.

Die Tiere schienen etwas zu ahnen, denn als wir oben ankamen, standen sie dicht aneinandergedrängt. Sie wirkten nervös. Ich sah Simon an, der mit unserem Gespräch offenbar fürs Erste abgeschlossen hatte. Er grinste. »Schau, sie freuen sich genauso wie wir auf das Fest des Almabtriebs.«

Ich kletterte hinunter und betrachtete die Blütengebinde auf dem Anhänger. Ich suchte einige heraus, die mir vornehmlich gut gefielen. Simon zeigte mir, wie die Kunstwerke an den Köpfen der Rinder befestigt wurden. Anfangs hatte ich ein mulmiges Gefühl, den Tieren so nahe zu sein, doch als ich bemerkte, dass ich mich vor ihnen nicht fürchten musste, beruhigte ich mich schnell wieder.

Susanne konnte sich dagegen nicht so recht mit den großen Rindviechern anfreunden. Sie blieb auf Abstand, aber immer in Simons Nähe. Ich wusste nicht, mit wem ich mehr Mitleid hatte: Simon, der lieber mit Männern anbandeln wollte, es aber wegen der gesellschaftlichen Stigmatisierung nicht durfte, oder Susanne, die an sich selbst zweifelte, weil er eindeutig nicht auf ihre Flirtversuche reagierte. Mir wäre lieber gewesen, Simon hätte sich mir nie anvertraut. Ich schämte mich, weil ich seiner Familie gegenüber, die so viel für mich getan hatte, schweigen musste.

Die Sonne hatte den Kampf gegen die dichten Nebelschwaden gewonnen, und es wurde unerträglich heiß. Ich hatte meine Narben zwar gut eingecremt, doch oben auf dem Berg brannte die Sonne erbarmungslos vom Himmel. Anton überließ mir seinen Lederhut, den ich dankbar annahm. Susanne ließ nichts unversucht, um sich in Simons Nähe aufzuhalten. Nach einer Weile überwand sie sogar ihre Scheu vor den großen Tieren und steckte Blumengebinde an ihren Köpfen fest. Ich fand den Kontakt zu den Kühen beruhigend. Eine von ihnen rieb ihren Kopf an meinem Bauch und stupste ihn liebevoll an. Die anderen lachten vergnügt über das offensichtlich liebesbedürftige Rindvieh.

»Tja, Elsa«, meinte Anton, »da wächst Konkurrenz heran.« Ich warf ihm einen gespielt grimmigen Blick zu.

Bevor wir den Abtrieb starteten, gab es eine deftige Brotzeit. Ich hockte mich auf einen Findling und biss hungrig in einen Apfel. Simon setzte sich neben mich ins Gras. Kauend sah er zu mir auf und blinzelte mir fast liebevoll zu. Ich konnte es nicht fassen. Offenbar beabsichtigte er Susanne damit weiszumachen, dass er sich für mich interessierte. Der Erfolg blieb nicht aus. Schmollend setzte meine Freundin sich, von uns abgewandt, gegen einen Reifen des Treckers. Franzi guckte verwundert zwischen uns hin und her. Ich zog meinen Hut tiefer in die Stirn und entrann der Situation, indem ich die Augen schloss und dabei Zwiesprache mit meinem Baby hielt.

Dann rief Anton zum Aufbruch. Ich sollte mit dem Trecker vorneweg fahren, Simon bildete mit Franzi die Nachhut, und Susanne hielt sich mit Anton links und rechts der Herde. Aufgrund von Susannes Scheu vor den Tieren hielt ich die Aufteilung nicht für sinnvoll, doch letztlich musste ich auf die Erfahrungen der Landwirte vertrauen. Sie wussten schließlich am besten, wie es richtig war.

Ich hielt meinen Blick auf den Weg geheftet. Hier oben war der Abtrieb ein Selbstgänger, aber unten im Tal, wenn wir durch Ellmau trieben und der Straßenverkehr mehr und mehr zunahm, würde es schwieriger werden. Ich sah diesem letzten Abschnitt mit gemischten Gefühlen entgegen. Die Tiere der Mosers sollten in den Stall von Franzis Gasthaus. Simon hatte mir erzählt, dass sie hier ihren Winterplatz hätten. Je näher wir dem Ort kamen, desto unruhiger und schneller wurden die Kühe. Die Glocken, die jedes Rind am Hals trug, läuteten inzwischen ohrenbetäubend. Nicht einmal der Treckermotor konnte sie übertönen. Ich musste schneller fahren, da eine Rotbunte an mir vorbeitraben wollte. Ich lenkte mein Gefährt weiter nach links und schnitt ihr den Weg ab. Lautes Protestmuhen erklang.

»Gut gemacht, Christine!«, grölte Anton gegen den Lärm.

Dabei winkte er mit seinem Wanderstock. Ich grinste zufrieden und betete, dass ich meine Aufgabe bis zum Schluss zufriedenstellend ausführen würde. Besorgt legte ich die rechte Hand auf meinen Bauch, der durch das Gerumpel des Traktors hart geworden war. Hatte ich mir doch zu viel zugemutet? Zumindest hatte die Sonne etwas an Kraft eingebüßt. Je weiter wir uns dem Tal näherten, umso diesiger wurde es. Ich wandte mich zu den anderen um. Susanne hatte mit Simon die Plätze getauscht. Sie ging nun mit Franzi hinter der Herde her, und Simon fachsimpelte mit seinem Vater in der Mitte des Trupps.

Weiter unterhalb des Wilden Kaisers stießen andere Senner und Sennerinnen zu uns. Es wurde immer stressiger. Simon rannte an mir vorbei und übernahm die Führung. Mein Herz klopfte vor Aufregung laut und beruhigte sich erst wieder, als die Tiere in die Ställe getrieben waren und ich sicher sein konnte, dass sich keines auf einen falschen Hof verirrt hatte. Mein Bauch war immer noch recht hart, und ich verzog mich zunächst auf ein kleines Zimmer im Obergeschoss von Franzis Gasthaus, um mich auszuruhen. Hoffentlich hatte ich mich nicht überanstrengt und meinem Baby geschadet, denn die Fahrt auf dem Trecker war nicht gerade sanft gewesen. Sachte strich ich über die Wölbung unter meiner Brust. Nein, meine Befürchtungen waren sicher unbegründet. Wie konnte ein solch schöner Tag dem Baby schaden? Ich musste mich nur ein wenig ausruhen.

Die Zimmertür sprang auf, und Charlotte stürmte zu mir herein.

»Liebes, ist alles in Ordnung?« Sie schaute mich aus besorgten Augen an. Ich lächelte gequält.

»Ich denke schon, ich bin nur etwas erschöpft«, erwiderte ich matt.

Vorsichtig tastete sie meinen Bauch ab. »Hm, der ist etwas hart. Du solltest dich für heute schonen. Ich glaube im

Übrigen nicht, dass du dein Semester wie geplant beenden kannst, dein Kind wird nicht so lange warten.«

Ich riss die Augen auf.

»Du meinst, es kommt früher? Aber das geht nicht«, protestierte ich panisch.

Charlotte lachte verhalten. »Die kleinen Bälger fragen nicht, ob es der Mutter gerade passt. Sie plumpsen einfach in dein Leben, wie es ihnen gefällt, noch dazu ohne Gebrauchsanweisung.«

Ich raufte meine Haare.

»Dieses Kind nicht. Es wird sich sofort daran gewöhnen müssen, dass es Regeln gibt, die einzuhalten sind«, sagte ich selbstsicher. Wir mussten beide lachen, denn auch wenn ich noch jung war, wusste ich, dass das Leben kein Wunschkonzert war.

»Nun«, meinte Charlotte achselzuckend, »dann wird dein Kind eine Wienerin.«

Ich schoss aus meinem Kissen hoch.

»Ich möchte hier gebären, hier bei dir!«, rief ich entsetzt. Charlotte tätschelte meinen Arm. Ich stutzte und starrte sie an. »Woher willst du eigentlich wissen, dass es ein Mädchen wird?«, fragte ich erstaunt.

Charlotte schmunzelte nur. »Nicht aufregen, Kind, es kommt alles, wie es kommen soll.«

Bevor sie das Zimmer verließ, riet sie mir noch, dass ich besser nicht zum Fest hinunterkommen, sondern brav das Bett hüten sollte. Ich seufzte. So hatte ich mir die Feier des Almabtriebs nicht vorgestellt. Morgen musste ich – nein, durfte ich – zurück nach Wien.

Erst am späten Nachmittag zog ich die bunte Bluse von Bettina an und schlenderte hinunter in den Ort. Die Stände mit den köstlichen Gaumenfreuden Tirols zogen mich wie magisch an. Es duftete nach frisch gebackenem Brot und Ziegenkäse. Überall probierte ich ein bisschen und fand die

Auswahl so verführerisch, dass ich gar nicht mehr aufhören mochte zu naschen. Ich hielt Ausschau nach Susanne und Franzi. Die Männer hatten sich in das Bierzelt verzogen und ließen sich den wohlverdienten Gerstensaft schmecken. Es würde eine feuchtfröhliche Angelegenheit werden, von der ich mich lieber fernhielt. Ich fürchtete die angetrunkenen Gäste, da sie mich in diesem Zustand eher wegen meines Aussehens auslachen konnten. Doch meine diesbezüglichen Sorgen waren unbegründet. Man kannte und akzeptierte mich in Ellmau.

Ich entdeckte Franzi, zwar ohne Susanne, aber in der Gesellschaft anderer junger Frauen, lachend und plaudernd. Ihren Gasthof hatte sie in die Hände ihrer Angestellten gegeben, um das Almfest in vollen Zügen genießen zu können. Sie hielt inne, als sie mich sah, und eilte auf mich zu.

»Du bist doch noch gekommen, wie schön! Ich möchte dir meine Mädels vorstellen, sie freuen sich schon, dich kennenzulernen.«

Sie freuten sich? Das bereitete mir Magenschmerzen. Aber ich beschloss, es zu versuchen.

Ich wurde herzlich in die Frauenrunde aufgenommen. Sie fragten mir Löcher in den Bauch, hauptsächlich darüber, wie ich es schaffte, mich als eine der wenigen Frauen an der Uni zurechtzufinden, wo doch gerade in der Medizin weibliche Studenten nicht unbedingt gern gesehen waren. Darüber gab ich bereitwillig Auskunft. Ich erklärte ihnen, dass das Studium schon eine gehörige Portion Selbstbewusstsein erforderte, ich aber fest entschlossen war, den Männern die Stirn zu bieten. Die bewundernden Blicke der Runde schmeichelten mir und machten mich unglaublich stolz. Zwischendurch ließ ich meinen Blick über den Platz wandern und hielt Ausschau nach Susanne, doch ich konnte sie nirgends ausmachen. Hoffentlich hatte Simons Verhalten sie nicht zu arg verletzt.

Nach Sonnenuntergang wurde es Ende September in den Bergen recht kühl. Ich fror und beschloss, nach Hause zu gehen. Ich rechnete damit, dass ich Susanne oben auf der Alm finden würde.

»Du kannst den Trecker nehmen, von uns darf ihn ohnehin keiner mehr fahren«, sagte Franzi. »Und in deinem Zustand ist der Aufstieg zur Alm viel zu anstrengend.« Wie das in meinen Ohren klang: *Zustand*. Ich musste grinsen.

»Aber euer Zustand ist auch nicht dafür geeignet«, meinte ich und spielte auf den Alkoholpegel der Mosers an.

Franzi kicherte albern. »Ich bin bisher immer irgendwie in mein Bett gekommen. Bestenfalls ernüchtert.«

Wir umarmten uns kurz, und ich winkte Franzis Freundinnen noch einmal zu. Dann kletterte ich auf den Traktor. Mit Anlassen des Motors hatte ich die gesamte Aufmerksamkeit der Feiernden sicher. Hoffentlich erinnerte sich niemand daran, dass ich keine Fahrerlaubnis besaß.

Es war alles ruhig, als ich die Moser-Alm erreichte. Selbst die Tiere im Stall standen still in ihren Boxen und dösten vor sich hin. Ich holte meine Jacke von der Garderobe und setzte mich auf die Bank vor dem Haus. Ich ließ den unverwechselbaren Anblick des Wilden Kaisers auf mich wirken. Die Nebelschwaden hatten sich verzogen, und der Berg ragte über allem auf. Ich spürte mein Herz, das gleichmäßig in meiner Brust schlug. Wie bei meiner allerersten Ankunft hier zog der Berg mich in seinen Bann. Ich atmete tief ein und aus und entspannte mich völlig. Dies nutzte mein Baby aus, um sich mit Boxhieben bemerkbar zu machen. Ich lächelte selig. Ich hatte die richtige Entscheidung getroffen, hierherzukommen – dank Tante Gretel.

Charlotte hatte erzählt, dass es nicht mehr lange dauern würde, bis Ellmau von Schnee bedeckt wäre. Ich konnte mir kaum vorstellen, dass sich das Wetter in den Bergen so schnell ändern sollte. Aber ich freute mich auf die Wintersemesterferien. Nicht nur wegen des Schnees, sondern weil ich dann mein Kind zur Welt bringen und mein erstes Weihnachtsfest als Mutter erleben würde.

Ich kniff die Augen zusammen. Torkelte dort jemand zur Alm hoch? Ich schmunzelte, als ich Simon erkannte. Er tapste auf mich zu und ließ sich neben mir auf die Bank fallen.

»Uhi ... Ich glaube, ich habe die nötige Bettschwere erreicht«, verkündete er.

»Den Eindruck habe ich auch«, erwiderte ich und kicherte.

Er drehte seinen Kopf zu mir, mit einem Gesichtsausdruck, als wäre er verwirrt, wo ich auf einmal hergekommen wäre.

»Christine, meine Schöne.«

»Lass das sein, Simon«, mahnte ich ihn etwas ärgerlich.

»Eines musst du mir versprechen ...« Er schwankte stark. Ich ergriff seinen Hemdsärmel, damit er nicht von der Sitzfläche rutschte.

»Sag mir, was ich versprechen soll, Simon«, erwiderte ich sanft.

»Unser Gespräch ...« Er schluckte.

Ich wuschelte durch seine blonden Haare. »Welches?«

Er ließ sein Kinn auf die Brust fallen. »Okay, du hast es vergessen. Das beruhigt mich.«

»Du solltest schlafen gehen«, erinnerte ich ihn.

»Jawohl, Chefin«, murmelte er und erhob sich schwerfällig.

»Bis morgen, Simon, gute Nacht.« Er stolperte auf unsicheren Beinen ins Haus und schloss geräuschvoll die Eingangstür hinter sich. Ich zuckte kurz zusammen, bis mir bewusstwurde, dass keiner aus der Familie schlief. Sie feierten alle noch ausgelassen im Tal. Nur wo Susanne sich

aufhielt, blieb ein Geheimnis. Versteckte sie sich vor mir?
Könnte es sein, dass sie wütend auf mich war?

Servus, Ellmau

Verstimmt erschien Susanne am nächsten Morgen am Frühstückstisch. Charlotte beobachtete sie aus den Augenwinkeln. Simon ließ sich gar nicht erst blicken. Ich vermutete, dass er noch seinen Rausch ausschlafen musste. Schließlich sah Charlotte Susanne direkt an.

»Wer hat dir denn die Laune verhagelt?«, erkundigte sie sich sanft. Sofort schossen meiner Freundin die Tränen in die Augen. Also doch, sie hatte sich in Simon verliebt.

»Niemand, es ist alles in Ordnung. Ich bin nur traurig, weil die schönen Tage bei euch vorbei sind.«

Charlotte lächelte liebevoll. »Es freut uns sehr, dass du dich wohlgefühlt hast. Komm doch das nächste Mal wieder mit, du bist jederzeit herzlich eingeladen uns zu besuchen.«

Susanne nickte schnell und biss mit tränenverschleierten Augen in das Brötchen. Lotti krauste die Stirn und sah mich fragend an. Mit leicht geröteten Wangen hob ich die Schultern, was so viel heißen sollte wie: ›Ich habe keine Ahnung.‹ Ich fühlte mich nicht gut dabei, Lotti zu beschwindeln, aber ich hatte Simon versprochen, sein Geheimnis zu wahren. Unter Umständen würde alles nur noch komplizierter werden, wenn seine Mutter die Wahrheit erfuhr. Andererseits hielt ich Lotti für eine moderne Frau, die Simon zudem über alles liebte. Ich war mir sicher, dass sie ihm keine Vorhaltungen machen würde.

»Warum bist du so schweigsam, Christine?«, fragte sie.
Ich zuckte zusammen.

»Ich bin in Gedanken schon in Wien.« Ich kicherte unsicher. Verdammt, wenn sie mich doch nur nicht so anschauen würde! Ein erneutes Schluchzen aus Susannes Richtung führte dazu, dass Lotti ihren Blick von mir löste.

»Und du, Susanne, willst am liebsten nie wieder hier weg?«

»Entschuldige, Lotti, du hast recht. Ich habe mich unglaublich wohl bei euch gefühlt, der Abschied fällt mir schwerer, als ich es mir vorgestellt habe.«

Lotti schmunzelte und tätschelte Susannes Arm. »Du kommst einfach bald wieder, wir freuen uns.«

Die Stimmung wurde besser, Susanne schaffte es plötzlich, unbeschwert mit Lotti zu reden. Mich ließ sie allerdings links liegen. Lotti wäre nicht Lotti, wenn ihr dies nicht aufgefallen wäre. Ich konnte förmlich spüren, wie ihre Antennen ausfuhren und sie versuchte, die Lage einzuordnen. Taktvoll verzichtete sie jedoch auf weitere Fragen. Mir war ohnehin der Appetit vergangen. Ich schob meinen Teller in die Mitte des Tisches und erhob mich.

»Ich packe noch die letzten Sachen ein«, erklärte ich und verließ die Küche unter den verwirrten Blicken Lottis.

Längst war meine Reisetasche fertig zur Abfahrt. Ich legte mich auf das Bett und starrte die Decke an. Ich kam zu der Erkenntnis, dass ich sauer auf Simon sein müsste, da er mich in diese Situation gebracht hatte. Im Grunde belog ich seinetwegen alle Menschen, die mir wichtig waren: Charlotte, Anton, Franzi und nicht zuletzt Susanne. Mit der ich den Rest des Semesters Tür an Tür wohnen würde. Die nun der Meinung war, ich hätte ihr Simon nicht gegönnt und mich ihm an den Hals geworfen. Und das, obwohl sie mir gleich bei der ersten Begegnung mit ihm gebeichtet hatte, wie traumhaft sie ihn fand.

Ich haderte mit mir, ob ich Susanne nicht doch erzählen sollte, warum sie nicht bei Simon landen konnte. Ich seufzte.

Nein, das wäre ein Verrat ihm gegenüber. Verflucht, warum musste er auch unbedingt sein Geheimnis mit mir teilen?

Ich schreckte hoch, als es leise an der Tür klopfte.

»Ich komme!«, rief ich möglichst unbeschwert, als Charlotte auch schon ihren Kopf durch den Türspalt steckte. Sie trat ein und schloss die Tür leise hinter sich.

»Du hast fertig gepackt?« Das war mehr eine Feststellung als eine Frage. Ich nickte trotzdem. »Das ist gut, dann haben wir noch ein wenig Zeit bis zu eurer Abreise.«

»Ja«, erwiderte ich vorsichtig. »Wofür?« Ich ließ mich wieder auf die Bettkante sinken. Lotti tat es mir nach. Prüfend sah sie mich an.

»Was ist zwischen dir und deiner Freundin vorgefallen?« Ich stöhnte auf.

»Ach, gar nichts, ich weiß auch nicht, was sie hat«, beteuerte ich möglichst glaubhaft.

»Für mich sieht es danach aus, als ob ihr in denselben Mann verliebt wärt«, meinte Lotti sachlich. Mein Kopf flog zu ihr herum. Mit großen Augen starrte ich sie an.

»Wie kommst du darauf? Ich bin nicht verliebt. Was Susanne betrifft … Nun, das weiß ich nicht. Auf jeden Fall benimmt sie sich eigenartig«, schoss es aus mir heraus. Lotti lächelte in sich hinein.

»Du kannst deiner Freundin ausrichten, dass es nicht an ihr liegt. Vielleicht macht es das für sie leichter.« Lotti flüsterte die Worte, ohne mich anzusehen. Aus ihrem Augenwinkel tropfte eine Träne. Wusste sie von der Not ihres Sohnes? Oder hatte sie gelauscht? Meine Körperhaltung war ein einziges Fragezeichen.

Offenbar verstand Lotti meine stille Not. Sie wandte ihr Gesicht dem Fenster zu, dorthin, wo die Sonne die geputzten Scheiben blitzen ließ.

»Er hat mit dir geredet?« bohrte sie nach. Lotti stellte wie immer zielsichere Fragen und brachte mich damit in eine schwierige Lage. Ich schwieg erst einmal. Langsam drehte sie ihren Kopf zu mir. »Ich habe recht, oder?«

Meine Augenlider senkten sich, damit ich sie nicht anschauen musste.

»Worüber denn?«, murmelte ich dümmlich.

Lotti brach in Gelächter aus. »Du bist wirklich eine gute Freundin, aus dir bekommt man nichts heraus. Aber ich will dein Gewissen nicht überstrapazieren. Weißt du, Liebes, ich bin eine Mutter, mir macht Simon so schnell nichts vor. Es stimmt mich ein wenig traurig, dass er mir nicht vertraut oder gar Angst vor meiner Reaktion hat. Er bleibt mein Sohn, ganz gleich, wen er liebt. Nur muss er von allein darauf kommen, dass ich für ihn da bin. Natürlich gilt das auch für Anton. Auch sein Vater liebt ihn so, wie er ist.«

Ich richtete mich kerzengerade auf.

»Aber Lotti, er leidet unsagbar! Ihr müsst ihm klarmachen, dass ihr ihn versteht und so liebt, wie er ist.« Ich war sehr aufgebracht. All die Sorgen, die Simon wegen der vermeintlichen Reaktion seiner Familie mit sich herumschleppte, waren völlig unnötig gewesen. Er wäre mit Sicherheit glücklicher, wenn er wüsste, dass seine Eltern hinter ihm standen.

Lotti seufzte schwer. »Wir dachten immer, es wäre besser, darauf zu warten, dass er zu uns kommt.«

»Ich fürchte, eher verlässt er euch, bevor er sich outet.«

Lotti sah mich mit großen Augen an.

»Du meinst ... Er will weg aus Ellmau?« Eine tiefe Sorgenfalte bildete sich auf ihrer Stirn.

»Wenn der Leidensdruck noch größer wird ... Ja.«

Lotti hielt sich die Hände vors Gesicht.

»Oh mein Gott«, murmelte sie verzweifelt. »Ich werde heute noch mit ihm reden.«

»Aber nicht, dass er denkt, ich hätte ...«

Lotti legte ihre Hand auf meinen Arm. »Wo denkst du hin, ich werde alles aufklären.«

Sie schloss mich in ihre Arme und wiegte mich wie ein Kind hin und her. Ich klammerte mich an sie, weil ich gerade in diesem Moment ihre Nähe brauchte. Ich hatte ja sonst niemanden mehr, und in den nächsten Wochen in Wien würde mich niemand schützend in die Arme nehmen. Ich schluckte trocken.

»Danke, Lotti, dass ich hier bei euch sein darf.«

»Wir sind froh, dich bei uns zu haben. Aber denk daran, dass du dieses Semester nicht ganz beenden wirst. Komm bitte etwas früher zurück.«

Ich kicherte. »Woher weißt du das denn?«

»Lass dich überraschen«, meinte sie warmherzig. »Besser, du folgst meinem Rat. Oder dein Kind wird eine Wienerin.«

»Was mache ich denn jetzt mit Susanne? Sie wird weiterhin schmollen.«

»Sie fängt sich schon, lass sie einfach etwas in Ruhe.«

Das war leichter gesagt als getan. Ich musste noch mindestens fünf Stunden mir ihr in dem Käfer verbringen, ich befürchtete, dass es eine anstrengende Rücktour werden würde.

Charlotte trug meine Reisetasche ins Untergeschoss, stellte sie in der Diele ab und ging in die Küche.

»Ich habe euch ein Lunchpaket zusammengestellt. Legt zwischendurch eine Pause ein und fahrt vorsichtig.« Dabei warf sie Susanne einen gespielt mahnenden Blick zu. Diese lächelte sogar.

»Keine Sorge, ich werde uns heil nach Wien bringen«, sagte Susanne leise.

Der Abschied von allen fiel mir unendlich schwer, vor allem Lotti würde mir fehlen. Ihre Ratschläge und liebevollen Gesten gaben mir ein Gefühl von Heimat und Zuflucht.

Es war fast so wie bei Tante Gretel – wenn ich ehrlich war, sogar viel intensiver.

»Passt auf euch auf, Mädels!«, rief Lotti ins Wageninnere und warf die Tür mit einem Knall zu. Rasch wandte sie sich ab und ging ins Haus, ohne noch mal zu winken. Von Anton und Simon hatte ich mich bereits am Abend zuvor verabschiedet. Beide waren zum Nachbarhof gefahren, um dort dem kranken Bauern Heinrich zu helfen. Franzi würde ich unten im Tal kurz treffen.

Sie lief uns schon entgegen, als wir die Wirtschaft anfuhren. Der Wagen rollte noch, da riss sie die Tür auf.

»Ich werde euch schrecklich vermissen!«, rief sie und zog mich am Ärmel aus dem Käfer. Sie drückte mich an sich und flüsterte mir ins Ohr: »Was ist nur los mit Susanne? Sieh zu, dass ihr das wieder klarkriegt, ist ja nicht zum Aushalten.«

»Ich hoffe, dass das kein Dauerzustand wird, das würde mich sehr traurig machen«, hauchte ich ebenso leise zurück.

Susanne stieg nicht aus, was ich ziemlich unfreundlich fand. Sie winkte mit einem unechten Lächeln zum offenen Fenster hinaus und forderte mich auf, endlich einzusteigen, damit sie weiterfahren könne. Ich zuckte mit den Schultern, sah Franzi betrübt an und setzte mich wortlos ins Auto.

Die erste Stunde schwiegen wir beide und hingen unseren Gedanken nach. Wobei ich mir denken konnte, was in Susannes Kopf vorging. Ich sah sie von der Seite an. Sie kaute auf ihrer Unterlippe herum und starrte auf die Fahrbahn. Endlich gab ich mir einen Ruck.

»Susanne, es tut mir schrecklich leid, wenn das Wochenende für dich unerträglich war. Ich hatte gehofft –«

Susanne fuhr herum.

»Es tut dir leid? Das ist ja nett! Aber hättest du mir nicht von Anfang an sagen können, dass Simon und du ...« Sie brach ab und wandte sich finster wieder der Straße zu.

Jetzt wurde mir das alles zu dumm. »Da gab und gibt es nichts zu sagen!«, fauchte ich. »Verdammt noch mal, ich darf dir nicht …« Ich verstummte. Dann entschied ich mich kurzerhand um. »Ich durfte dir nicht erzählen, dass er schwul ist. Er fand es am einfachsten, mich vorzuschieben, um dein Interesse abzuwehren, auch wenn das unsere Freundschaft aufs Spiel setzt. Das will ich aber nicht mehr. Seit er es mir erzählt hat, zerspringe ich förmlich vor schlechtem Gewissen.«

Ich bereute meinen Ausbruch, kaum dass die Worte heraus waren, doch nun war es zu spät. Ich hatte Simon verraten. Susanne trat auf die Bremse und brachte den Käfer mitten auf der Straße zum Stehen. Sie sah mich aus geweiteten Augen an.

»Ach du Scheiße«, stieß sie hervor. »Und das weiß niemand außer dir?«

»Offiziell nicht, aber ich habe von Lotti erfahren, dass sie und Anton beide um Simons Neigung wissen, ihn bisher aber nicht darauf ansprechen wollten.«

Meine Freundin schlug sich mit der flachen Hand gegen die Stirn.

»Wie krank ist das denn, bitte schön? Warum reden sie nicht offen mit ihm und machen ihm klar, dass er nicht um ihre Liebe fürchten muss?«

»Sie möchten, dass er von selbst kommt und es ihnen erzählt«, erwiderte ich tonlos. Ich gab Susanne recht, konnte Lotti und Anton aber trotzdem verstehen.

»Oh mein Gott, ich hatte seinetwegen solche Selbstzweifel! Dass er so gar nicht auf mich reagierte, hat mir wehgetan«, gestand Susanne zerknirscht.

Ich senkte den Blick. »Ich weiß«, flüsterte ich betroffen, »ich bin mir aber nicht sicher, ob es richtig war, dir davon zu erzählen.«

Susanne zog mich in ihre Arme und drückte mich fest an

sich. »Das war goldrichtig. Das Ganze hätte beinahe unsere Freundschaft kaputtgemacht«, raunte sie in mein Ohr. »Ich verspreche dir, es für mich zu behalten. Ich weiß ohnehin noch nicht, ob ich jemals wieder auf die Alm mitkomme. Mein Benehmen ist mir unglaublich peinlich, was denken die Mosers jetzt wohl von mir?«

Ich grinste sie an. »Denen ist Menschliches nicht fremd, mach dir darüber keine Gedanken.«

»Na servus.« Meine Freundin stöhnte und ließ den Wagen rollen.

Ein Angebot

Zwei Wochen vor Ende des Semesters nahm mich Professor Bierkamm zur Seite. Er sah mich lange an, bevor er sich räusperte.

»Ich möchte Ihnen nahelegen, nach Hause zu fahren. Ihre Schwangerschaft ist weit fortgeschritten, und ich glaube, Sie haben sich mit dem Geburtstermin verrechnet. Begeben Sie sich in die Obhut Ihrer Familie. Ich verspreche Ihnen, dass Sie keine wichtigen Vorlesungen verpassen werden.«

Ich öffnete den Mund, bekam aber keinen Ton heraus. Mein Bauch war zu einer riesigen Kugel herangewachsen, und ich hatte Schwierigkeiten, meine Füße zu erreichen. Hinzu kam eine Kurzatmigkeit, die ich nicht einordnen konnte. Der Professor wirkte überrascht, als ich ihm ohne Widerworte zustimmte. Das war er nicht von mir gewohnt.

»Meine Familie hat das vor Wochen auch schon zu mir gesagt, vielleicht ist es besser so. Ich hoffe, dass ich zum Start des nächsten Semesters wieder dabei bin.«

»Sie schaffen alles, was Sie sich vornehmen. Meine Unterstützung haben Sie sicher.«

»Dafür bin ich Ihnen auch sehr dankbar, Herr Professor«, erwiderte ich.

»Darf ich Sie zum Mittagessen einladen?«, fragte er überraschend.

»Warum nicht, die Kantine hat heute ...«

»Nein, nicht hier, ich meinte in der Stadt. Soviel ich mitbekommen habe, haben Sie Wien noch nicht richtig kennengelernt. Ich habe von einem Italiener in der Stadt gehört, der sehr gut sein soll.«

Ich schüttelte nachdrücklich den Kopf. »Herr Professor, das geht nicht, ich möchte nicht, dass das jemand falsch versteht. Mein Start hier an der Uni war schwer genug. Da brauche ich keine neuen Gerüchte, die die Runde machen.«

Er betrachtete mich schweigend, dann nickte er verständnisvoll. »Okay. Sie denken, in der Kantine wäre es anders?«

Ich seufzte. »Zumindest sieht es da nicht nach Verstecken aus.«

Der Professor schmunzelte süffisant. »Och, mit Ihnen würde ich mich gern mal verstecken.«

Ich glaubte zunächst, ich hätte mich verhört. Ich richtete mich gerade auf und streckte meinen Bauch etwas vor. Zum Zeichen, dass ich vergeben war. Doch das wusste er ja schon.

»Lassen Sie diese Späße, Herr Professor, kümmern Sie sich lieber um Ihre Frau.« Ich wollte mich abwenden, doch er ergriff meinen Arm und hielt mich fest.

»Warten Sie«, bat er. »Es ist nicht so, wie Sie denken.« Mein Blick wanderte zu seiner Hand, die meinen Oberarm umklammerte. Sofort lockerte er den Griff, ließ mich aber dennoch nicht los. »Bitte, darf ich es erklären?«

»Müssen Sie mich dazu festhalten?«, zischte ich verärgert und funkelte ihn mit meinen blauen Augen an. Seine Hand fiel herab und baumelte kraftlos an seiner Seite.

»Verzeihen Sie. Ich bin außerhalb des Hörsaals nicht so gut im Reden.«

»Dann lassen Sie es doch«, konterte ich.

Er zeigte auf den angrenzenden Park, und ich folgte ihm hinein. Der weiche Boden gab unter meinen Füßen nach. Es war angenehm, hier zu gehen. Ich fühlte mich nicht mehr so schwer. Die zwitschernden Vögel begrüßten uns mit ihrem fröhlichen Gesang. Mir kam in den Sinn, dass ich noch nie hier gewesen war, und ich fragte mich, warum nicht. Dieser Ort wirkte nach dem Lärm der Hörsäle und Unterkünfte wie ein Erholungsurlaub. Deutlich spürte ich, wie mein Körper sich entspannte. Fast hätte ich den Professor neben mir vergessen. Doch da begann er leise zu sprechen.

»Alle halten mich für einen Schwerenöter, der seine Frau betrügt, dabei ist die Sache mehr als harmlos. Das müssen Sie mir glauben.«

Ich ärgerte mich darüber, dass er sich nun als Unschuldslamm ausgab. Abrupt blieb ich stehen und fuhr ihn an: »Warum erzählen Sie mir das alles? Ich will nichts von Ihren Eheproblemen hören. Es spielt für mich keine Rolle.«

»Für mich aber«, unterbrach er mich sanft. »Ich mag Sie sehr, und ich möchte nicht, dass Sie schlecht von mir denken.« Ich beschleunigte meine Schritte, doch der Professor stellte sich mir rasch in den Weg. »Langsam! Überfordern Sie sich nicht in Ihrem Zustand, ich möchte nicht, dass Ihnen etwas passiert.«

Ich holte tief Luft. Er hatte recht, ich war bereits außer Atem, und mein Herz pumpte immer mehr Blut durch meine Adern. Mir blieb nichts anderes übrig, als meine Schritte zu verlangsamen. Der Professor schlenderte neben mir her und sah dabei auf seine Schuhe. Unsicher warf ich ihm einen Blick zu.

»Meine Frau ist schwer krank«, sagte er schließlich. »Sie verlangt von mir, dass ich mit anderen Frauen flirte und vielleicht auch intim werde. Aber dazu ist es nie gekommen. Wissen Sie, ich liebe meine Frau und könnte sie nie betrügen. Aber sie braucht die Gewissheit, dass mir als Mann nichts fehlt. Darum lasse ich sie in dem Glauben, dass ich mich amüsiere und dann zu ihr zurückkomme. Ihre einzige Bedingung ist, dass ich mich dabei nicht verliebe.«

Ich war geschockt über die Beichte des Professors. Warum erzählte er mir davon?

»Das tut mir wirklich leid, Herr Professor. Ich hoffe, Ihre Frau wird wieder gesund?«

Er schüttelte den Kopf. »Es war ein Reitunfall, seitdem ist sie querschnittsgelähmt und auf Pflege angewiesen.«

Mir lief es eiskalt den Rücken herunter. Diese Geschichte berührte mich unsagbar. Ich rang nach Worten.

»Das ist ja furchtbar«, presste ich schließlich hervor. »Ich verstehe aber ehrlich gesagt immer noch nicht, warum Sie mir das anvertrauen. Ich kann nichts für Sie tun.«

Der Professor blieb stehen und sah mir tief in die Augen. »Werden Sie die Freundin meiner Frau, sie ist oft einsam. Sie könnte Ihnen nach der Geburt mit dem Baby helfen. Davon hätten Sie beide etwas. Sie könnten bei uns wohnen.«

»Ich weiß nicht. Ich bin gern hier auf dem Campus, und meine Freundinnen werden mich unterstützen.«

»Das kann ich natürlich gut verstehen, aber denken Sie dabei auch an Ihr Kind?«

»Ich denke *nur* an mein Kind, was glauben Sie eigentlich?« Ich war jetzt richtig verärgert. Gleichzeitig fürchtete ich mich vor Professor Bierkamm. Könnte es sein, dass er mir mein Studium erschwerte, wenn ich sein Angebot ablehnte? Er war einer der wenigen, die sich dafür ausgesprochen hatten, dass ich mein Baby in die Vorlesungen mitnehmen durfte. Die meisten Mediziner hatten ohnehin ein gestörtes Verhältnis zu weiblichen Studenten.

»Warum so kratzbürstig?«, fragte er. »Überlegen Sie es sich doch bitte. Fahren Sie erst mal heim und bringen Sie Ihr Kind zur Welt. Sobald das neue Semester beginnt, teilen Sie mir bitte Ihre Entscheidung mit. Aber keine Sorge, es werden Ihnen keine Nachteile entstehen, wenn Sie sich anders entscheiden. Ich lese in Ihren Augen, wie sehr Sie sich fürchten. Niemand wird Sie verletzen. Wenn ich Sie mir so anschaue, habe ich den Eindruck, dass Sie genug hinter sich haben. Lassen wir uns die Sonne ins Gesicht scheinen, nichts anderes zählt.«

Ich zögerte und suchte nach Ausreden. Ich konnte mir beim besten Willen nicht vorstellen, mir mit der Ehefrau meines Professors die Betreuung meines Kindes zu teilen. Was war Sinn und Zweck dieser Aktion? Brauchte die einsame Frau eine Aufgabe? Was wäre, wenn wir verschiedene Ansichten hätten, was die Erziehung betraf? Hätte ich Einfluss darauf, während ich mich in den Vorlesungen aufhielt?

»Herr Professor Bierkamm, bitte verstehen Sie mich richtig. Ich kenne Ihre Frau nicht, und auch wenn ich sehr jung bin, fühle ich mich doch verantwortlich für mein Kind und werde alles unternehmen, damit es ihm gutgeht. Da kann ich mir nicht vorstellen, es einer fremden Frau anzuvertrauen.«

Ich warf ihm einen besorgten Seitenblick zu. Würde er jeden Moment sauer auf mich werden? Doch ich täuschte mich.

»Wissen Sie, Christine Seidel, ich wäre enttäuscht von Ihnen, wenn Sie mein Angebot annähmen, ohne darüber nachzudenken. Ich halte Sie für sehr verantwortungsvoll. Ich rate Ihnen, es sich in Ruhe zu überlegen. Erst dann stelle ich Ihnen meine Frau Selma vor. Und danach entscheiden wir gemeinsam, ob wir zueinanderfinden werden. Einverstanden?« Er lächelte sanft und sah mich voller Verständnis an. Ich musste nicht lange überlegen.

»Einverstanden«, flüsterte ich. »Vielen Dank.« Als ob wir uns verabredet hätten, wanderten wir tiefer in den Park hinein.

Zufrieden und unglaublich entspannt kehrten wir zum Campus zurück. Ich ging sofort in meine Unterkunft und packte meine Sachen für die Heimreise. Professor Bierkamm hatte mir einen großen Stapel Unterlagen überreicht, damit ich mich in Ellmau auf das nächste Semester vorbereiten konnte. Ich verstaute alles in meiner Reisetasche und verschloss sie gründlich. Danach verabschiedete ich mich von meinen Freundinnen. Beide bestanden darauf, mich zum Bahnhof zu begleiten.

»Ich wünsche dir alles Gute für die Geburt, du schaffst das. Melde dich mal«, bat Susanne. Sie wirkte fast beleidigt, als Bettina sie zur Seite drängte, mich ebenfalls drückte und mir alles Glück der Welt wünschte. Wir lachten befreit, weil uns in diesem Augenblick bewusstwurde, welch kostbare Freundschaft zwischen uns entstanden war.

»Ich vermisse euch jetzt schon«, flüsterte ich tränenerstickt. Dann beeilte ich mich, in den Zug zu steigen. Im Abteil öffnete ich das Fenster, um ihnen »Servus« zuzurufen.

Mutterglück

Seit Tagen fühlte ich mich unruhig. Ich konnte mich nicht auf die Arbeitsblätter konzentrieren, die der Professor mir netterweise zur Verfügung gestellt hatte. In den Bergen war es inzwischen kühl geworden. Anton sprach davon, dass er den ersten Schnee rieche. Die Tiere im Stall waren träge, als spürten auch sie den Wintereinbruch.

Charlotte meinte belustigt: »Es fehlt nur noch, dass die Viecher nach Strickzeug verlangen, um während des Winters beschäftigt zu sein.«

Ich kicherte. »Das passt doch, dann können sie warme Kleidung für mein Baby stricken.«

Lotti stimmte in mein Lachen ein.

Wir saßen am Frühstückstisch und warteten darauf, dass Anton und Simon dazukamen. Es fehlte mir an Appetit. Lotti meinte, das wäre so kurz vor der Niederkunft normal. Wie sich das anhörte: kurz vor der Niederkunft. Langsam fürchtete ich mich etwas, aber Lotti tröstete mich, das sollte ich mir sparen. Ob nun mit oder ohne Angst, das Ergebnis bliebe das Gleiche. Heute würde die Hebamme aus dem Tal hochkommen, um nach mir zu schauen.

Meine Gedanken schlichen sich regelmäßig davon, und zwar direkt in die schützenden Arme Jacks. Meine Sehnsucht nach ihm war nicht weniger stark als vor einigen Monaten. Manchmal grübelte ich des Nachts, wie mein Leben wohl verlaufen wäre, wenn mein Stiefvater ... Ich musste die Erinnerungen daran verdrängen, sie schmerzten zu sehr. Doch Jack würde ich immer lieben. Ich hoffte, dass er sein Glück fand und mir eines Tages verzieh.

Lotti legte die Hand auf meinen Arm, und ich zuckte zusammen.

»Woran denkst du, Liebes?«

Die Berührung zwang mich zurück ins Hier und Jetzt. Dabei bemerkte ich, wie sehr ich alles um mich herum vergessen hatte, nur um von Jack zu träumen. Ich lächelte verstört.

»Ach, nichts, es ist alles in Ordnung. Ich war nur in Gedanken versunken.«

Lotti lächelte behutsam. »Das war nicht zu übersehen. Du liebst ihn immer noch, nicht wahr?«

Ich spürte die Hitze in mein Gesicht steigen. Aber warum sollte ich es vor Lotti leugnen? Ich seufzte tief.

»Ach Lotti, ich denke, diese Gefühle werden nie vergehen«, erwiderte ich traurig.

»Du kannst mit ihm telefonieren …«

Ich sprang vom Küchenstuhl auf.

»Nein! Das ist überhaupt keine Option!«, rief ich aufgeregt.

»Schon gut, beruhige dich, es tut mir leid«, beteuerte sie eindringlich. Ich nickte schwach, dann bewegte ich mich zurück zu meinem Platz. Plötzlich spürte ich einen stechenden Schmerz im Unterleib, der mich in die Knie zwang.

»Lotti«, entfuhr es mir erschrocken, »was geht da vor? Warum tut das so weh?« Ich lag zusammengekrümmt auf dem Boden. Sofort eilte Lotti auf mich zu und legte schützend ihre Arme um mich.

»Es geht los, dein Baby will auf die Welt«, raunte sie mir ins Ohr. Dann half sie mir beim Aufstehen. Entsetzt sah ich sie an.

»Aber du hast mir nicht gesagt, dass es so wehtut«, klagte ich. Der Schmerz ließ etwas nach. Ich klammerte mich an

Lotti und wimmerte. Vor lauter Angst, die nächste Welle nicht auszuhalten, rief ich: »Ich will das nicht, bitte, Lotti, mach, dass es nicht wiederkommt!«

»Das steht nicht in meiner Macht. Vertrau auf Gott und versuche dich in der Wehenpause zu entspannen. Du brauchst deine Kräfte später noch.«

Ich wimmerte weiter. Mit diesem Schmerz hatte ich nicht gerechnet. Sicher hatte ich viel über Geburten gelesen und gehört, aber war dieses Ausmaß an Pein wirklich normal? Ich brach in Panik aus. War das womöglich meine Strafe? Dafür, dass ich Jack aus meinem Leben gestrichen hatte? Ihm sein Kind genommen hatte, auf das er sich so sehr gefreut hatte? Kam ich nun geradewegs in die Hölle? Ich musste fort, an die Luft. Ich riss mich los und stolperte zur Tür – und Simon in die Arme.

»Ich muss gehen!«, rief ich.

Simon grinste mich an.

»Ich hatte mal eine Kuh, die wollte auch vor der Geburt flüchten, aber glaub mir, sie hat es nicht geschafft, an mir vorbeizukommen, und du wirst es erst recht nicht.« Er schob mich in die Zimmermitte, seiner Mutter entgegen.

»Ich hole die Hebamme«, raunte er zu ihr. »Du kommst klar?«

Lotti murmelte etwas, das ich nicht verstand, denn die nächste Welle erfasste mich mit voller Wucht und raubte mir beinahe den Verstand. War das die Rache? Lotti streichelte mich liebevoll und sprach beruhigend auf mich ein. Dann war es wieder vorbei. Schweißgebadet flehte ich sie an, mich gehen zu lassen.

»Nun hör mir mal gut zu«, donnerte sie los. »Du wirst dieses Kind zur Welt bringen, wie es Millionen andere Frauen vor dir getan haben. Glaub mir, alles ist in Ordnung. Hast du mich verstanden?« Ich sah Lotti an, dass auch sie sich fürchtete. Später erfuhr ich, dass sie große Angst um mich gehabt hatte. Doch in diesem Moment konnte ich nur unter Tränen nicken.

Jack! Was hast du mir angetan?

»Ich lasse dir ein Bad ein, das entspannt dich.«

»Ich will kein verdammtes Bad.« Ich keuchte beinahe wütend. »Ich will, dass es vorbei ist.«

»Ich weiß, Liebes, aber ich fürchte, du musst da durch.«

Lotti hatte recht, das Bad beruhigte meine Nerven, und die nächste Wehe im warmen Wasser war nicht so heftig wie die zuvor. Lotti wich nicht von meiner Seite, sie redete auf mich ein und summte ein Wiegenlied. Dabei hielt sie die Augen geschlossen. Ich war dieser Frau so unendlich dankbar. Für die Fürsorge, für ihr Lächeln, für das Mutmachen in jeder Situation. Gretel hatte die richtige Entscheidung getroffen, mich hierherzuschicken. In den Schoß dieser tollen Familie, zu der ich gehören durfte.

Unvermittelt erschien die Hebamme im Badezimmer und staunte offenbar über die junge Frau in der Badewanne. Simon hatte sie mit dem Auto aus dem Tal geholt.

»Wie es ausschaut, ist das wohl die werdende Mutter?« Es war eher eine Feststellung als eine Frage. Sie krauste die Stirn und rümpfte die spitze Nase. »Raus aus der Wanne«, befahl sie im herrischen Ton. Sofort erntete sie einen warnenden Blick von Lotti. Doch davon ließ sie sich nicht beirren. »So ist das, wenn Kinder Kinder kriegen«, brummte sie verächtlich. »Der Vater hat sich aus dem Staub gemacht?«

»Der ist bei einem Unfall ums Leben gekommen«, keifte Lotti die Frau an. Ich hatte ihr von meiner ersten Begegnung mit Susanne und Bettina berichtet, und nun übernahm sie einfach die Geschichte, die ich ihnen erzählt hatte.

»Schönes Märchen«, zischte die Hebamme. Flehend sah ich Lotti an. Ich wusste nichts über diese unfreundliche

Frau, aber ich konnte ihr unmöglich vertrauen. Ich wollte nicht, dass dieses Monster mein Baby auf die Welt brachte.

Lotti verstand mich sofort. Sie richtete sich auf und stemmte die Fäuste in ihre runden Hüften.

»Mach, dass du rauskommst, wir brauchen dich hier nicht!«, brüllte sie. Ich hatte sie nie zuvor schreien gehört. Das gab es bei Charlotte Moser normalerweise nicht, aber nun war auch bei ihr der Punkt erreicht, an dem es nicht anders ging.

Bevor sie die Hebamme hinausbegleitete, wandte sie sich mir zu: »Wir schaffen das auch so, mach dir keine Sorgen.«

Ich war beruhigt. Lotti würde mich nie belügen, und ich vertraute ihr. Wenn sie sagte, es würde alles gut werden, glaubte ich ihr.

Das Wasser war abgekühlt, und ich beschloss, mich abzutrocknen. Mühsam kletterte ich aus der Wanne. Jemand legte mir ein Handtuch über die Schulter. Kräftige Hände rieben über meinen Rücken. Ich sah mich um und blickte direkt in Simons Augen. Als ich mir meiner Nacktheit bewusstwurde, errötete ich.

»Ich verrate es niemandem«, schmunzelte er und schob mich in mein Zimmer. »Mutter holt den Doktor aus dem Tal und eine uralte Hebamme, die dort wohnt. Ich soll so lange auf dich aufpassen.« Ich erinnerte mich an die nette Dame aus dem Zug, die mir sofort angesehen hatte, dass ich ein Kind unter dem Herzen trug. Sie hatte damals gesagt, sie sei einmal Hebamme gewesen. Ich fragte mich, ob Lotti gerade diese Frau holte.

Simon reichte mir ein Nachthemd, Charlotte hatte es offenbar griffbereit auf mein Bett gelegt. Ich ließ es über meinen Körper gleiten. Sofort fühlte ich mich nicht mehr so schutzlos und ausgeliefert. Erleichtert ließ ich mich auf das Bett sinken. In diesem Augenblick erschütterte die nächste Wehe meinen Leib. Ich wimmerte den Schmerz jetzt weg, ohne zu schreien. Simon sprach beruhigend auf mich ein. Ich blinzelte zu ihm hoch.

»Deine Kühe haben es gut bei dir, aber ich bin froh, dass du jetzt bei mir bist«, hauchte ich erschöpft.

»Ich bin froh, dass ich dir beistehen darf«, meinte er gerührt. »Ich hoffe nur, dass Mutter rechtzeitig zurück ist.« Er grinste unsicher und schaute aus dem Fenster. Offenbar ließ Lotti sich Zeit.

»Ich habe mal gehört, dass Kinder auch ohne Hilfe auf die Welt kommen. Die Natur hat da ihre Finger im Spiel«, erwiderte ich altklug, obwohl ich selbst vor Angst schlotterte. Simon raufte seine blonde Mähne und stöhnte.

»Ich möchte es nicht darauf ankommen lassen«, sagte er verzweifelt.

»Simon?«

»Christine?«

»Ich spüre einen fürchterlichen Druck, meinst du, das könnten Presswehen sein?«

Vorsichtig hob er die Decke von meinem Körper an. Ein Leuchten huschte über sein Gesicht.

»Ich weiß nicht, aber ich sehe das Köpfchen, versuch mal.«

Ich presste, weil ich gar nicht anders konnte. Dass Simon mein Kind auf die Welt holen würde, hätte ich zwar vorher nie in Erwägung gezogen, aber er machte seine Sache gut. Ein letzter lauter Schrei … Und die kleine Sophie war geboren.

Simon legte mir das winzige Wesen auf den Bauch. Wir weinten beide vor Freude und Erleichterung. Zu spät, aber trotzdem zu meiner Freude erschien Lotti mit der Hebamme und einem Arzt. Sie sah abwechselnd von ihrem Sohn zu mir und Sophie.

»Ich wusste, ihr schafft das auch allein.« Tränen rannen über ihr Gesicht. »Ich bin unglaublich stolz auf euch.« Sie schniefte ergriffen. Die Hebamme nahm Sophie an sich und untersuchte sie. Der Arzt kümmerte sich um mich und nickte zufrieden.

»Alle wohlauf, wie es scheint, herzlichen Glückwunsch.« Er klopfte Simon auf die Schulter. »Gut gemacht, mein Junge. Das hätte die Hebamme nicht besser hinbekommen.« Er zwinkerte belustigt in meine Richtung.

Ich war gerade mal achtzehn Jahre alt und selbst noch ein halbes Kind. Doch als Sophie gebadet und angezogen in meine Arme gelegt wurde, war ich eine Frau, eine Mutter und verliebt in meine Tochter. Niemand würde sie mir wegnehmen oder anzweifeln dürfen, dass wir zusammengehörten. Dieser Funke war direkt in mein Herz übergesprungen. Ich würde für mein Mädchen durchs Feuer gehen.

Zärtlich drückte ich sie an mich. Sie hatte Jacks Mund, meine Nase – und die Augen? Das konnte ich noch nicht erkennen. Sie waren blau, passend zu ihren blonden Haaren. Oh mein Gott, wie sehr ich sie liebte.

Heimat in den Bergen

Sophie entwickelte sich prächtig und war jedermanns Sonnenschein. Besonders Simon hatte sie ins Herz geschlossen, immerhin hatte er sie auf die Welt geholt. Dieses gemeinsame Erlebnis hatte unsere Freundschaft zementiert. Er war ein freundlicher, selbstbewusster Landwirt und ruhte mehr in sich, seit er mit seinen Eltern über seine Zuneigung zu Männern gesprochen hatte. Die große Liebe ließ zwar noch auf sich warten, aber er hatte es diesbezüglich nicht eilig.

Es war später Abend und die Dämmerung bereits der Dunkelheit gewichen, als ich vor die Tür trat, um frische Luft zu schnappen. Lotti wachte über Sophies Schlaf. Ich war dankbar für die Auszeit und hockte mich draußen auf die alte Holzbank, nachdem ich sie vom Schnee befreit hatte. Von hier aus hatte man einen wunderschönen Blick auf den Wilden Kaiser. Ich hatte es immer noch nicht geschafft, ihn zu besteigen. Aber für das nächste Frühjahr hatte ich mir das fest vorgenommen. Im Schnee knirschende Schritte ließen mich aufhorchen.

»Servus, Christine«, hörte ich eine vertraute Stimme. Ich lächelte.

»Servus, Simon«, erwiderte ich sanft. »Alles okay bei den Tieren?«

»Ja. Und der Kleinen geht es gut?« Als ob er sie lange nicht gesehen hätte. Es verpasste keine Gelegenheit, mit Sophie Zeit zu verbringen. Ich schmunzelte.

»Du wärst der perfekte Patenonkel«, meinte ich versonnen. »Hättest du Lust, diesen Job für Sophie zu übernehmen?« Seine Augen schimmerten in der heraufziehenden Nacht.

»Ich wäre sehr stolz, das tun zu dürfen«, flüsterte er.

»Franzi habe ich auch schon gefragt. Ich denke, in den nächsten Semesterferien feiern wir die Taufe.« Ich freute mich sehr auf diesen Tag. Es sollte alles perfekt sein.

In den Ferien würden wir auch endlich wieder alle zusammen sein. Die Mitglieder der Familie Moser mochten nicht daran denken, dass ich Sophie bis dahin nach Wien mitnehmen würde. Lotti versuchte mich immer wieder zu überreden, sie auf der Alm zu lassen, doch das lehnte ich strikt ab. Ich konnte natürlich verstehen, dass hier niemand auf Sophie verzichten wollte, aber ich wollte das auch nicht. Lotti hatte außerdem gemeint, ich solle mir das Angebot des Professors durch den Kopf gehen lassen. Ich hatte versprochen, mich mit Frau Bierkamm zu treffen und sie kennenzulernen, sah der Sache jedoch skeptisch entgegen.

Ein leichter Wind wirbelte den Schnee um uns herum auf. Es wurde kalt, und Simon legte schützend seinen Arm um meine Schultern, als wir ins Haus zurückkehrten. Ich fühlte mich in seiner Nähe unglaublich wohl. Er wäre wirklich ein fürsorglicher Ehemann, ich musste aufpassen, mich nicht in ihn zu verlieben. Doch ich ahnte, dass eine einseitige Liebe mich zerstören würde, außerdem würde ich ohnehin immer nur Jack lieben. In der Diele löste ich mich von ihm und ging zur Treppe ins Obergeschoss.

»Gute Nacht«, rief ich Simon über die Schulter zu.

»Schlaf schön und gib Sophie einen Kuss von mir.«

»Wird gemacht.« Ich musste schmunzeln über seine Fürsorge meiner Tochter gegenüber, die mich mit unsagbarer Dankbarkeit erfüllte.

Lotti strickte ein Babyjäckchen, während sie über den friedlichen Schlaf Sophies wachte. Sie lächelte mir zu, als ich das Kinderzimmer betrat, das gleichzeitig auch mein Zimmer war.

»Sie schläft. Du hast so viel Glück mit diesem Kind. Wie zufrieden sie doch ist. Sie weint nur, wenn sie Hunger hat.«

Ich kicherte leise. »Ja, aber dann laut und kräftig.«

Ich warf einen Blick ins Bettchen und nickte Lotti dankend zu. Sie steckte das Strickzeug ein und erhob sich.

»Schlaf gut, Liebes«, wisperte sie und schlich zum Flur hinaus.

Versonnen ließ ich mich auf den Stuhl sinken, auf dem zuvor Lotti Platz genommen hatte. Dankbar beobachtete ich dieses perfekte Kind, während es schlief. Im Profil ähnelte sie Jack. Ein bisschen hoffte ich, dass sie nicht sein markantes Kinn geerbt hatte. Ich fand es unpassend für ein zartes Mädchen.

Vor meinem inneren Auge erschien Jack. Sein liebevolles Lächeln, dieser warme Blick, mit dem er mich stets angeschaut hatte. In diesem Moment fehlte er mir besonders. Ich überlegte, was er wohl gerade machte. Ob er noch manchmal an mich dachte? Gab es in seinem Leben eine neue Frau, mit der er Erfüllung fand? Ich wünschte ihm alles Glück der Welt, auch wenn ich ihn gern bei mir gehabt hätte.

Sophies kleines Gesicht war weich und ebenmäßig. Ich war froh, dass ich meine Verbrennungen nicht vererben konnte. Meine Tochter war schön und würde es auch bleiben, ich würde sie wie eine Löwin beschützen.

Jack, bitte verzeih mir. Ich werde dich immer in meinem Herzen tragen.

Ich entkleidete mich und legte mich ins Bett. Zuvor sah ich noch mal auf mein Baby hinunter und ließ die Wärme in meinem Herzen strahlen. Jetzt war Sophie die Liebe meines Lebens.

Sobald die Sonne am nächsten Tag hinter dem Wilden Kaiser hervorgekommen war, zog ich mich warm an und wickelte Sophie gut ein. Ich wollte ihr ihre Heimat zeigen. Sie sollte früh lernen, wo ihre Wurzeln lagen. Hier in Ellmau, bei meinen Freunden.

»Wo wollt ihr denn hin?«, erkundigte Lotti sich erstaunt.

Ich grinste vergnügt. »Sophie ihre Heimat zeigen.«

»Sie schläft doch«, entgegnete Lotti belustigt.

»Das macht nichts, sie bekommt alles mit«, versicherte ich ihr. »Bis bald.«

Ich trat vor die Tür. Zunächst war ich etwas geblendet vom Schnee, den die Sonne zum Strahlen brachte. Aber ich gewöhnte mich schnell daran. Sophies Augen schützte ich mit einem dünnen Tuch. Zusätzlich drückte ich sie vorsichtig an mich, damit sie durch meinen Körper gewärmt wurde. Von den Tannen rieselten leichte Schneewehen, die in der Sonne wie Feenstaub wirkten. Es war so wunderschön, dass ich fast vergaß, weiter zu atmen. Ich lief zuallererst in den Stall zu den Schafen. Die Rinder würde ich ihr später im Tal bei Franzi zeigen.

»Schau, Engel, das ist deine Heimat. Ist sie nicht wunderschön?« Ich drehte ihr Gesicht zum Berg. Sophie schlummerte zwar tief und fest, aber ich war mir sicher, ich legte gerade das Fundament für eine Zukunft, in der sie immer wusste, wo sie hingehörte. Ich hatte diese Sicherheit lange vermisst. Sophie sollte es an nichts fehlen. Erst recht nicht an Wurzeln, zu denen sie immer wieder zurückkehren konnte, falls sie mal die Orientierung verlieren sollte.

Heimweh

Drei Wochen waren ins Land gezogen, seit ich wieder zurück in Wien war. Doch so richtig gelang mir die Eingewöhnung nicht. Ich vermisste alle lieben Menschen auf der Moser-Alm. Sophie schien es genauso zu gehen. Sie war meist unruhig und wollte nach der Flasche nicht aufhören zu weinen. Lotti meinte, sie spüre meine Traurigkeit und sei darum aus dem inneren Gleichgewicht geraten. Dies spornte mich an, glücklich zu erscheinen, aber Sophie hatte ein feines Gespür dafür, ob ich ihr etwas vorspielte oder wirklich unbeschwert war.

Frau Bierkamm war mit der Pflege des kleinen Mädchens völlig überfordert. Sie meinte nach nur einer Woche, dass sie nicht für die Kindererziehung geboren sei, und bat mich, sie nicht mehr zu besuchen. Ich war nicht traurig über ihre Entscheidung, eher im Gegenteil. Susanne und Bettina hielten ihr Versprechen und versorgten Sophie, während ich zu den Vorlesungen ging. Ich für meinen Teil kümmerte mich darum, dass die beiden eine warme Mahlzeit erhielten, sobald sie mit ihren eigenen Vorlesungen fertig waren. Erstaunlicherweise wurde Sophie in der Obhut meiner Freundinnen ruhiger. Sie lächelte ihre Pflegemamis an, sobald sie sie erblickte, und die beiden waren so sehr in sie verliebt, dass sie sich stritten, wer an der Reihe war, mit Sophie raus an die Luft zu gehen.

Jedoch wurde der Lehrstoff immer schwieriger, und ich haderte mit mir, ob ich Sophie nicht doch auf der Moser-Alm lassen sollte. Dafür könnte ich dann öfter nach Hause fahren, um bei meinem Kind zu sein. Susanne und Bettina waren natürlich dagegen. Aber ich musste an Sophie denken. Sie würde größer werden und weniger pflegeleicht. Eine schwere Entscheidung, die ich immer wieder aufschob.

Professor Bierkamm schien mich zu meiden. Während der Vorlesungen war er freundlich, aber sobald ich ihn anderswo traf, ging er mir aus dem Weg. Ich ahnte, dass es daran lag, dass ich Sophie nicht mehr zu seiner Frau brachte. Aber das war mir gleichgültig. Meine Tochter war wieder zufriedener, seit sie von Susanne oder Bettina betreut wurde. Offenbar mochte sie Frau Bierkamm nicht.

Eines Tages brütete ich am Schreibtisch über meinem Lehrplan, als es an der Tür klopfte. Ohne aufzuschauen, rief ich: »Herein!«

Ich vermutete, dass es Susanne war, die mit Sophie in den Park gehen wollte.

»Guten Tag«, dröhnte da jedoch eine Männerstimme durch den kleinen Raum. Verwundert wandte ich mich um. Professor Bierkamm wartete im Türrahmen. Ich stand sofort auf und ging ihm entgegen.

»Herr Professor, was kann ich für Sie tun? Kommen Sie doch herein.«

Er trat einen Schritt vor und schloss die Tür hinter sich. Er schmunzelte, für meinen Geschmack etwas zu süffisant. Ich wurde unsicher.

»Die Frage ist doch, was ich für Sie tun kann, nicht wahr?« Verständnislos starrte ich ihn an. »Ich möchte Ihnen einen Vorschlag unterbreiten.«

Noch einen? Ich verkrampfte mich.

»Ihre Frau hat Sophie und mich weggeschickt, sie fühlte sich von der Pflege eines Babys überfordert«, sagte ich geradeheraus.

»Sie hat es nicht so gemeint. Wie wäre es, wenn wir Sophie adoptieren?«

Es war für mich wie ein Schlag ins Gesicht. Wie kam er nur darauf, dass ich meine Tochter fortgeben würde? Ich wollte ihn anschreien, schluckte den Impuls aber herunter und entgegnete stattdessen leise: »Gehen Sie bitte, ich habe Ihnen nichts zu sagen.«

Mein Herz raste vor lauter Wut.

Er sah mich überrascht an. »Aber meine Frau meinte –«

»Da müssen Sie sich verhört haben. Meine Tochter bleibt bei mir.« Ich bemühte mich, meine Gefühle zu verbergen, aber ich zitterte vor Wut und Angst.

Der Professor sah mich immer noch verständnislos an. »Aber wissen Sie, meine Frau sagte –«

Ich ließ ihn nicht aussprechen. »Das interessiert mich nicht, meine Tochter bleibt bei mir. Was ist daran so schwer zu verstehen?«

Er warf einen sehnsüchtigen Blick auf das Babybett, in dem Sophie schlummerte. Dann nickte er langsam und wandte sich zum Gehen.

»Ich glaube, das werden Sie bereuen«, murmelte er, bevor sich die Tür hinter ihm schloss.

Ich eilte zu Sophie und nahm sie hoch. Ich brauchte ihre Nähe, auch wenn ich sie nicht beim Schlafen stören wollte. Hatte der Professor mir gerade gedroht? Oder wie musste ich seine Worte deuten? Was würde ich bereuen?

Es war Freitag, und ich konnte keinen klaren Gedanken fassen. Kurz entschlossen packte ich die wichtigsten Dinge für eine Fahrt nach Ellmau ein und stürmte aus meinem Zimmer. Auf dem Flur stieß ich mit Susanne zusammen.

»Hoppla, warum hast du es so eilig? Ist der Teufel hinter dir her?« Sie lachte, weil sie nicht wusste, wie recht sie hatte. Dabei streichelte sie Sophie zärtlich über den Kopf.

»Ich fahre nach Hause«, presste ich hervor.

Sofort nahm meine Freundin mich zur Seite und schloss mich in ihre Arme. »Was ist los, Liebes?«

In wenigen Sätzen erklärte ich, was vorgefallen war. Dabei spürte ich Tränen über mein Gesicht laufen. Erschüttert krauste sie ihre Stirn.

»Bitte was? Der ist wohl nicht ganz bei Trost, was ist denn in den gefahren?«

»Ich habe solche Angst, wie ich sie schon lange nicht mehr hatte.« Ich schniefte. »Ich brauche meine Familie.«

»Das versteh ich gut, soll ich dich begleiten? Dann musst du nicht mit dem Zug …?«

Mir stockte der Atem. Susanne käme mir zuliebe nach Ellmau? Obwohl sie geschworen hatte, nie wieder dort hinzufahren?

»Ich kann dieses Angebot unmöglich annehmen«, sagte ich.

»Ach komm, du hast mir anvertraut, was mit Simon los ist, ich bin drüber hinweg, ehrlich.«

Ich lächelte erleichtert. »Oh Susanne …«

»Quatsch nicht, ich pack schnell ein paar Dinge ein, dann können wir los.«

Mit Sophie im Arm rutschte ich an der Wand herunter auf den Boden. Ich war so unendlich erleichtert. Susanne würde mich begleiten, und wir fuhren mit ihrem Käfer. Welch ein Luxus. Heimweh war schlimm, aber dann nach Hause reisen zu dürfen, war ein Segen.

Hamburg

Sophie war gerade fünfeinhalb Jahre alt, als ich erneut vor einer schweren Entscheidung stand. Ich hatte damals beschlossen, sie doch bei Charlotte zu lassen, und war regelmäßig zwischen Wien und Ellmau gependelt, um möglichst oft bei ihr zu sein. Das hatte gut funktioniert. Nun befand sie sich kurz vor der Einschulung und ich im zwölften Semester meines Studiums. Als Nächstes musste ich mein Praktikum absolvieren – ausgerechnet in Hamburg. Bei der Vorstellung, in den Norden zu ziehen, schnürte sich mir der Magen zu. Auch wenn Susanne mich begleiten würde, weil sie ebenfalls eine Stelle in Hamburg zugewiesen bekommen hatte, konnte ich mich beim besten Willen nicht mit dem Gedanken anfreunden. Charlotte brach in Tränen aus, als sie davon erfuhr, weil sie ihr geliebtes Kind nicht hergeben wollte. So überlegte ich hin und her, ob ich Sophie wieder bei ihr lassen sollte. Ich entschied mich dazu, meine Tochter zu fragen, und sie überraschte mich aufs Äußerste.

»Mami, Hamburg ist eine tolle Stadt, Onkel Simon hat mir so viel davon erzählt. Ich will in die große Stadt.«

Vorsichtig strich ich ihr eine Strähne aus dem Gesicht.

»Liebes, dann kannst du deine Tiere nicht mehr sehen, willst du das wirklich?« Besorgt blickte ich mein Kind an, das so voller Tatendrang vor mir stand. Sophie nickte heftig.

»Simon wird uns begleiten, hat er gesagt«, fügte sie mit klarer Stimme hinzu. Mit offenem Mund starrte ich Sophie an. Woher nahm sie die Überzeugung, dass Simon mit uns nach Hamburg kommen würde? Sicher hatte ich einmal mit ihm darüber gesprochen, dass er in der Großstadt freier leben könnte, aber warum jetzt? Er hätte in Hamburg keine Arbeit und müsste – könnte – auf Sophie aufpassen? Ich grinste, die Idee gefiel mir. Aber war sie auch realistisch?

»Engelchen, ich weiß nicht, ob das umsetzbar ist, aber ich rede mal mit Simon«, versprach ich.

»Musst du nicht, ich ziehe auch ohne dich mit Simon nach Hamburg«, konterte sie keck und strahlte.

Irgendwie wurde ich das Gefühl nicht los, dass mein Kind mir entglitt. Sie hatte gemeinsam mit ihrem Patenonkel Pläne geschmiedet, ohne mich zu informieren? Wie alt war sie noch mal, fünfeinhalb Jahre? Mir graute etwas davor, was auf mich zukam, wenn sie älter wurde. Unweigerlich musste ich an Jack denken. Hatte sie das rebellische Verhalten von ihm geerbt? Ich konnte mir das nicht vorstellen. Leider hatte ich meine Natur als Kind nicht ausleben dürfen, daher wusste ich nicht, wie ich mich in Sophies Alter verhalten hätte, wenn ich in einer liebevollen Familie aufgewachsen wäre.

»Sophie?«, mahnte ich. »Ich bin deine Mutter, ich bestimme, wo es hingeht. Weder du noch Simon hat darauf irgendeinen Einfluss. Haben wir uns verstanden?«

Die vor Entsetzen geweiteten Augen meiner Tochter würde ich nie im Leben vergessen. Ich rief mich zur Ordnung. Ich durfte mich nicht im Ton vergreifen, dazu war ich zu oft fort. Wie es schien, hatte Simon mehr Einfluss auf sie, als ich es je vermutet hatte. Kein Wunder, wenn er es war, der die meiste Zeit mit ihr verbrachte. Mein Entschluss, Sophie während meines Studiums auf der Moser-Alm leben zu lassen, war mir nicht leichtgefallen. Aber die Situation in Wien hatte mir einfach keine Wahl gelassen. Obwohl Professor Bierkamm mir nach der Adoptionsabsage nicht wie befürchtet das Leben schwer machte, blieb es dabei, dass er Medizinstudentinnen nicht ernst nahm. Susanne, Bettina und ich schafften unsere Aufgaben trotzdem und bestanden alle Tests mit der Note ›Sehr gut‹. Aber es war viel Arbeit. Und ich war mir nicht sicher, ob der Professor nun Hamburg als Ort meines Praktikums ausgewählt hatte, um mich zu schikanieren.

»Christine, Sophie, hier steckt ihr. Ich wollte euch …« Lotti stockte und sah von mir zu meiner Tochter. »Habt ihr Streit?«

»Nein, nicht unbedingt«, sagte ich zögernd. Lotti lachte herzlich.

»Ich finde aber doch, ich komme später wieder«, meinte sie und wollte sich zurückziehen.

»Mama will mich nicht nach Hamburg mitnehmen!«, rief Sophie mit schriller Stimme. Bockig kreuzte sie die Ärmchen vor der Brust und blickte aus dem Fenster.

Lottis blasses Gesicht sprach Bände. Sie wollte sich nur ungern von Sophie trennen. Doch sie bewahrte Haltung. »Liebes, möchtest du das denn? Ich weiß nicht, ob die Großstadt etwas für dich ist.«

»Klar möchte ich das!« Ich hielt den Atem an und hoffte inständig, dass sie nicht erzählte, dass Simon uns begleiten wollte. Doch dazu wollte meine Kleine zu gern prahlen. »Simon wird auf mich aufpassen«, berichtete sie neunmalklug.

»Jetzt muss ich mich setzen.« Lotti ließ sich schnaufend auf den Küchenstuhl fallen.

»Sophie«, zischte ich, »wenn du doch nur einmal …«

»Die Klappe halten könntest«, vollendete meine Tochter meinen Satz.

Ich ging neben Lotti in die Hocke. »Bitte glaub mir, ich höre das auch zum ersten Mal. Die beiden haben das ganz allein ausgeheckt.«

Lotti nickte schwach. »Das sieht ihnen ähnlich. Die beiden sind beste Freunde.«

Jetzt mussten wir lachen, war uns doch allen bewusst, dass wir eine großartige Familie waren. Auch wenn wir nicht alle miteinander verwandt waren, oder vielleicht gerade aus diesem Grund, waren wir füreinander da, ohne Wenn und Aber.

Mir fehlte eindeutig das Verlangen danach, in den Norden zu ziehen. Hamburg war laut, groß und für ein Landei wie mich nicht unbedingt ein Traum. Doch an der Uniklinik mein Praktikum absolvieren zu dürfen, war eine große Chance. Darüber war ich mir im Klaren. Ich tröstete mich damit, dass ich auch in Wien zurechtgekommen war. Nur dass ich mein Kind nicht dorthin mitnehmen musste. Würde Sophie in Hamburg wirklich glücklich sein? Die weiterführenden Schulen, die wir für sie ins Auge gefasst hatten, waren sicher nichts für schwache Nerven. Aber zum Glück war es noch lange nicht so weit, dass ich für meine Tochter eine passende Hochschule suchen musste. Ich grinste unvermittelt. Sophie hatte mir eben erst bewiesen, dass sie sich durchsetzen konnte. Plötzlich war ich mir sicher: Mit Simon und mir würde sie zu einer starken Persönlichkeit heranwachsen. Ich war unheimlich stolz auf mein Kind, auch wenn es nicht immer bequem war, mich gegen die Minirebellin zu behaupten.

Am schwersten fiel mir der Abschied von der Alm und ihren Bewohnern, die ich allesamt liebgewonnen hatte. Lotti hielt sich tapfer. Lediglich eine Träne lief über ihr rundes Gesicht. Aber ich war mir sicher, und das machte mich traurig, dass sie nach unserer Abfahrt für den Rest des Tages in ihre Taschentücher weinen würde.

»Passt auf euch auf«, ermahnte sie nacheinander ihre Zöglinge. Als Letztes zog sie Sophie in ihre Arme und schniefte. »Du wirst bei uns immer ein Zuhause haben.« Dann wandte sie sich um und lief in den Stall.

»Das weiß ich, Lotti!«, rief Sophie ihr zitternd hinterher. Danach stieg sie ohne Zögern in Simons Auto.

Wenn Simon der Abschied schwerfiel, so ließ er sich nichts anmerken. Er freute sich auf Hamburg und machte daraus auch keinen Hehl. Während ich die letzten Wochen in Wien an der Uni verbracht hatte, hatte Simon alle Hebel in Bewegung gesetzt, um für uns eine Wohnung zu finden. Er war sogar einige Male in die Hansestadt gefahren, um Wohnungen zu besichtigen. Letztlich hatte er eine gewählt, die etwas außerhalb gelegen, aber mit öffentlichen Verkehrsmitteln gut erreichbar war. Für Sophie fand er eine Schule, die ihr ermöglichte, auch ihre musikalischen Talente einzubringen.

Während der Fahrt beobachtete ich schmunzelnd sein Profil. Er war sichtlich nervös, hatte er doch die gesamte Verantwortung übernommen. Er fürchtete sich davor, dass mir die Wohnung nicht zusagte.

»Dir fällt der Abschied nicht sonderlich schwer, oder?«, sprach ich ihn schließlich an. Er löste den Blick für eine Sekunde von der Straße und sah zu mir.

»Doch, schon, aber ich freue mich auch wahnsinnig auf ein neues Leben in der Großstadt«, antwortete er verlegen.

Ich legte die Hand auf seinen Arm. »Es ist vollkommen okay, ich finde es super, dass du mich begleitest. Auch wenn ich nie wieder Richtung Norden ziehen wollte. Ich werde dort im Krankenhaus viel lernen, und das ist es, was am Ende zählt. Sophie brauche ich nicht zu fragen, sie ist absolut begeistert.«

Ich wandte mich zu ihr um. Sie war mit einem zufriedenen Lächeln eingenickt. Die vergangenen zwei Tage hatte sie vor Aufregung kaum schlafen können. Nun galt es, alles nachzuholen.

»Ich hoffe, euch wird die Wohnung gefallen.« Simon

seufzte. »Das war schon eine Herausforderung, für uns alle die Verantwortung zu übernehmen.«

»Ich weiß, dafür bin ich dir auch sehr dankbar«, raunte ich und starrte aus dem Seitenfenster. Die Landschaft wurde allmählich flacher. Die Grenze zwischen Österreich und Deutschland hatten wir längst passiert. Ich betrachtete die Gegend mit einem mulmigen Gefühl, versuchte aber, einen gleichgültigen Gesichtsausdruck zu wahren.

»Du musst hier nicht die Coole spielen, ich weiß, wie nahe dir das alles geht«, sagte Simon. »Und das auch zu Recht. Ich hoffe, du lebst dich trotzdem schnell ein.« Ich zuckte zusammen und schaute besorgt zu Sophie. Doch seit Kassel schlief sie schon wieder.

Simon erntete einen entrüsteten Blick und einen Knuff in die Rippengegend.

»Hör auf damit«, zischte ich.

»Ich denke, wir fahren an der nächsten Raststätte ab und vertreten uns die Beine«, kommentierte er meinen Ausbruch. Dazu nickte ich nur. Wenn wir uns später auch so anfauchten, wäre das Zusammenwohnen nicht die ideale Lösung. Doch im Grunde hatten wir nie Streit. Ich schob es darauf, dass wir von der langen Fahrt erschöpft waren. Ich reckte den Hals.

»Schau mal, Simon, dort ist ein Motel.« Ich deutete auf ein Hinweisschild an der Autobahn. »Sollen wir sonst hier übernachten und morgen weiterfahren?«

Er zögerte für einen Moment, schüttelte dann jedoch energisch den Kopf. »Nein, wir legen bloß eine Pause ein. Nachher fahren wir weiter.«

Ich zog die Schulter hoch. »Okay, wenn du meinst.«

Sophie wurde wach und maulte etwas ungnädig: »Mama, ich hab ziemlichen Hunger.«

Ich konnte sie beruhigen, dass wir gleich eine Pause machten.

Die Wohnung, die Simon gefunden hatte, lag in Rellingen. Sie hatte nicht nur genügend Platz für uns alle, sondern verfügte auch über ein kleines Grundstück, das von der Terrasse aus zu betreten war.

Sophie juchzte auf. »Mensch, hier könnten wir sogar zwei Ziegen halten!«

Ich sah meine Tochter verständnislos an. Doch Simon machte ihrer Schwärmerei sofort ein Ende. »Kleines, Tiere sind leider verboten. Ich habe der Vermieterin versichern müssen, dass wir uns daran halten.«

»Och«, meinte Sophie, fand sich dann aber mit der Antwort ab.

Die Zimmer waren hell und lichtdurchflutet. Simon hatte sogar Betten hergeschafft. Jetzt musste nur noch der Möbelwagen ankommen, aber der würde erst am Folgetag eintreffen. Die wichtigsten Habseligkeiten, die wir benötigten, hatten wir im Kofferraum mitgenommen.

Sophie erstaunte mich immer wieder aufs Neue. Sie lebte sich sehr schnell in der Großstadt ein, und niemand nahm ihr ab, dass sie auf einer Alm groß geworden war. Ich hatte da mehr Schwierigkeiten. Doch die Klinik gab mir Halt, ich war zufrieden mit meiner Karriere als Assistenzärztin, und meine Vorgesetzten waren es erst recht. Ich schlug den Weg zur Fachärztin für Kardiologie ein. In diese Ausbildung vergrub ich mich förmlich und blieb der Spezialisierung später jahrzehntelang treu. Ich wurde gelobt für mein Fingerspitzengefühl in der Chirurgie, dagegen verblasste die Kritik, dass ich nur wenig Interesse am öffentlichen Leben hatte. Die Einladungen zu Ärztekongressen häuften sich, und viele angehende Mediziner hingen ehrfürchtig an meinen Lippen. Ich hatte alles erreicht, was ich mir zum Ziel gesetzt hatte.

Nur die eine Sehnsucht in mir blieb unerfüllt: nach dem Mann, der mir die Liebe gezeigt hatte. Es gab viele Männer aus dem Kollegium, die um mich warben. Ich zweifelte jedoch, ob es wirklich um mich selbst als Frau ging und nicht vielmehr um mein berufliches Ansehen. Dabei lernte ich über die Jahre, meine rote Mähne hochzustecken und mein wahres, zerstörtes Antlitz zu zeigen, vielleicht sogar mit so etwas wie Stolz. Doch einen Mann ließ ich trotzdem nicht an mich heran.

Die Nächte gehörten weiterhin nur mir allein. In stillen Momenten gedachte ich meiner Tante Gretel. Ohne sie wäre ich unter Umständen gar nicht mehr am Leben. Ich war ihr unendlich dankbar für alles, was sie für mich getan hatte.

Ich lag oft wach und träumte mit offenen Augen von Jack. Dann war er mir ganz nahe, flüsterte mir liebe Worte ins Ohr und küsste mich zärtlich, so wie ich es in Erinnerung hatte. Ich würde ihn bis ans Ende meiner Zeit in meinem Herzen tragen, das wusste ich.

Der Sehnsucht stille Worte
2014

Ich war noch lange aufgewühlt, nachdem Lia und Sam gegangen waren. Sam war ein hübscher junger Mann, ich konnte sehr gut nachvollziehen, was Lia an ihm fand. Ich versuchte mich zu beruhigen, indem ich weiter an meiner Geschichte schrieb. Zwischendurch hielt ich inne und dachte an Simon. Er war längst aus Hamburg weggezogen. Nach fünf Jahren hatte er seine große Liebe Jan gefunden und war mit ihm auf den Hof seiner Eltern zurückgekehrt. Charlotte und Anton schafften die Arbeit nicht mehr allein. Franzi hatte mit der Wirtschaft genug zu tun. Ich war Simon unendlich dankbar gewesen dafür, dass er sich um Sophie gekümmert hatte. Doch ich konnte auch gut verstehen, dass die Heimat ihn rief. Damals wäre ich sogar mit ihm gegangen, doch dann hatte ich ein Angebot aus Hannover erhalten und es angenommen.

Waren wirklich fast zwanzig Jahre ins Land gezogen, in denen wir uns nicht gesehen hatten? Das letzte Mal war auf der Trauerfeier seiner Eltern gewesen. Nur selten telefonierten wir. Durch die Arbeit und sicher auch die Entfernung hatten wir uns aus den Augen verloren. Doch im Herzen waren Franzi und er immer bei mir. Sophie hatte damals fürchterlich gelitten, dass ihr Onkel uns verlassen hatte. War er doch so etwas wie ein Vaterersatz für sie gewesen. Ein Ruck ergriff meinen Körper. Ich würde ihn anrufen ... Bald.

Dann schrieb ich weiter. Ich musste meine Gedanken sortieren und merkte, dass mir das auf der Reise in die Vergangenheit ganz gut gelang. War es ein Fehler gewesen, diesen Teil meines Lebens wie einen Wasserhahn zuzudrehen? Mehr und mehr wurde mir bewusst, wie wenig ich die Vorkommnisse während meiner Kindheit verarbeitet hatte.

Ich hämmerte wie besessen in die Tasten, bis die Türglocke erneut läutete. Mein Herz klopfte aufgeregt in der Brust. Waren Lia und Sam zurück? Ein Blick auf den Monitor zeigte jedoch stattdessen meine Tochter. Ich drückte den Türsummer und schaute ihr verblüfft entgegen.

»Sophie, Liebes, welch eine Überraschung. Ich freue mich, dich zu sehen«, empfing ich sie glücklich. Denn ich fürchtete, dass sie immer noch verärgert war. Doch ich täuschte mich. Zur Begrüßung nahm sie mich in ihre Arme, küsste mich leicht auf die Wange und lächelte mich an. Sofort war ich alarmiert. War jemand gestorben? Warum war sie so sanft?

»Herzlichen Glückwunsch zum verdienten Ruhestand, Mama.«

Ich sog hörbar die Luft ein. »Danke schön, aber du verunsicherst mich. Ist etwas passiert?«

»Ach wo, ich … Ich … Es tut mir leid, Mama. Ich werde mich mit meinen Fragen gedulden, und was Lia angeht … Du hast recht, wir lassen sie ziehen, dann ist sie umso schneller wieder da.« Sie zwinkerte mir aufmunternd zu. »Gibt es Tee?«, fragte sie dann und eilte in die Küche.

Mir stockte der Atem, als sie im Vorbeigehen einen Blick auf meinen Laptop warf, doch der Bildschirm war dunkel. Sie strich leicht über die Tastatur, blieb aber nicht stehen.

Mein Liebling, mein tolles Mädchen, ich weiß, du hast ein Recht darauf, zu erfahren, wer dein Vater ist.

Sophie kam mit einem Becher dampfenden Tees zurück und setzte sich auf das Sofa. Sie räusperte sich kurz. »Mama, es tut mir leid, wenn ich dich unter Druck gesetzt habe, ich hatte kein Recht dazu. Du bestimmst, wann der Moment gekommen ist, von deinem Leben zu erzählen. Mir ist klar geworden, wie sehr du gelitten hast. Du kannst dir die Zeit nehmen, die du brauchst.«

Sie sah mich über den Becherrand hinweg an, während sie trank. Ich schluckte die aufsteigenden Tränen herunter. Sie hatte ja nicht die leiseste Ahnung, wie nahe die Antworten uns gekommen waren.

»Danke, Liebes, ich weiß, wie wichtig dir das ist. Ich weiß auch, dass ich euch meine Geschichte nicht länger vorenthalten kann. Aber bitte stell dich darauf ein, dass es ein Schock werden könnte, alles zu erfahren. Ich fürchte mich davor.« Meine Stimme zitterte, ich fühlte mich meiner Tochter gegenüber unglaublich schuldig. Was ich schließlich auch war. Ich hatte ihr ihren Vater vorenthalten.

Sophie runzelte die Stirn und blinzelte Tränen weg. »Mama, du machst mir Angst.«

»Ich mir selbst auch«, sagte ich erstickt. Dann zuckte ich zusammen, als mein Handy klingelte.

Oh du meine Güte, Jörn ruft an.

»Seidel«, meldete ich mich, obwohl ich auf dem Display sah, wer dran war.

»Christine, ich habe Neuigkeiten. Wenn du Zeit hast, komm doch vorbei.« Seine Stimme klang wie immer ruhig und gelassen. War Jack zurück? Die Vorstellung, ihm bald gegenüberzutreten, ließ meinen Körper erbeben. Schnell warf ich Sophie einen Blick zu.

»Ähm, ich ... Meine Tochter ist bei mir. Wann, meinst du, passt es dir?« Sophie fuchtelte mit den Armen, was bedeuten sollte: ›Ich bin gleich weg.‹ »Okay, ich bin in einer Stunde bei dir«, sagte ich rasch, dann unterbrach ich die Verbindung.

Sophie schmunzelte. »Du verabredest dich mit Jörn? Ist das etwa das Date, auf das der Gute schon so lange wartet?«

Ich wischte einen imaginären Fussel von meiner Hose. »Unsinn, ich habe ...«

»Schon gut, Mamilein, du musst mir nichts erklären. Du bist alt genug.« Sie kicherte ausgelassen und küsste mich auf die Wange. »Ich bin schon weg. Bis bald.« Sie schnappte sich ihren Autoschlüssel, den sie achtlos auf den Wohnzimmertisch geworfen hatte, und schwebte immer noch kichernd hinaus. Wie vom Blitz getroffen blieb ich zurück.

»Wenn du wüsstest ...« Ich stöhnte verzweifelt. Nun konnte alles passieren, ich konnte meine Familie für immer verlieren. Ich hatte alles auf eine Karte gesetzt. Mein Leben lief vor meinem inneren Auge ab. Ich hatte gekämpft, geliebt und einfach alles versucht, um meine kleine Familie zusammenzuhalten. Würde bald alles anders werden? Das würde ich nicht überleben. Ich versuchte mich zu beruhigen. Doch es gelang mir nicht wirklich, darum rief ich ein Taxi.

Der Kies spritzte auf, als der Wagen auf Jörns Grundstück rollte. Jeder einzelne Stein schien sich in mein Nervenkostüm zu bohren. Mit zittrigen Knien stieg ich die Außentreppe empor und klingelte. Ich vernahm Schritte in der Diele, die nicht Jörn gehörten. Sie waren leichter, beschwingter. Ich vermutete die Haushälterin. Für gewöhnlich ließ es sich Jörn nicht nehmen, mich persönlich zu begrüßen. Ungeduldig sah ich mich auf dem Hof um. Es befand sich kein fremdes Auto vor dem Anwesen. Hatte Jörn mich nur aus eigenem Interesse angerufen? Ich spitzte die Lippen und wusste nicht, was mir in diesem Moment lieber gewesen wäre.

Eine rundliche Frau mittleren Alters öffnete die Tür und führte mich in den Salon.

»Der Herr Petersen ist gleich bei Ihnen«, meinte sie und zog die Tür hinter mir zu. Ich bewegte mich einige Schritte auf den Kamin zu. Dabei rieb ich meine feucht gewordenen

Handflächen nervös am Hosenbein. Ein Blitz durchfuhr meinen Körper, als ich in meiner Nähe am Fenster eine Person stehen sah, die mir den Rücken zugewandt hatte. Jetzt drehte sie sich langsam um.

Jack! Er war hier!

Ich hatte Angst, das Bewusstsein zu verlieren. Mein Herz raste übernatürlich schnell in meiner Brust, als würde es gleich zerspringen. Wie angewurzelt stand ich am Kamin, zu keiner Bewegung fähig, während er auf mich zukam.

»Christine, Darling.« Seine Stimme zitterte, in seinen Augen schimmerte es feucht. »Endlich habe ich dich gefunden.« Diese warmen Worte – wie sehr hatte ich sie vermisst. Mein ganzes verdammtes Leben lang hatte ich sie in meinem Herzen getragen. Meine Beine drohten zu versagen.

Jack hob die Hand und strich mit einem Zeigefinger über meine vernarbte Gesichtshälfte. Dann legte er seine Handfläche gegen meine Wange. Ich schloss die Augen und genoss die Berührung dieser Hände, die ich über Jahrzehnte schmerzlich vermisst hatte. Ich sog den Duft seines Aftershaves ein. Jacks Daumen strich zärtlich über die verblassten Narben.

»Baby, war das der Grund, weshalb du mir nicht gefolgt bist? Durfte unser Kind deswegen nicht leben?«

Sein trauriger Blick durchdrang meine Seele, bis sie bebte. Meine Knie gaben nun doch nach, und ich sank zu Boden. Doch Jack hielt mich fest, wie er es immer getan hatte. Er wiegte mich in seinen Armen wie ein kleines Kind. Ich wäre nicht böse gewesen, wenn mein Leben hier und jetzt ein Ende gefunden hätte. In den Armen des Mannes, den ich immer geliebt hatte, den ich so sehr belogen hatte, den Vater meiner Tochter. Es wurde dunkel um mich herum.

Ich erwachte auf dem Sofa vor dem Balkonfenster. Jack saß neben mir und küsste meine Handflächen. Seine Berührungen brachten meinen Kreislauf auf Tour. Ruckartig richtete ich mich auf.

»Jack«, brachte ich verwirrt hervor. »Wir müssen –«

Sanft legte er seinen Zeigefinger auf meine Lippen. »Ich weiß, aber nicht jetzt.«

Er zog mich in seine Arme und küsste mich leidenschaftlich. Atemlos schob ich ihn von mir. Waren diese Gefühle wirklich angemessen? Ich war fast siebzig.

»Du bist verheiratet?«, fragte er und wirkte besorgt. Ich schüttelte rasch den Kopf.

»Nein, ich war nie ...« Ich schluckte einen Kloß herunter. »Nie gab es jemand anderen«, wisperte ich verlegen. Ich konnte ihm nicht in die Augen schauen. Ich hatte mich nie mehr als jetzt geschämt, ihm Sophie vorenthalten zu haben. Aber nun gab es etwas Wichtigeres, das wir klären mussten. Noch einmal sank ich in seine Arme, die ich so vermisst hatte. Ich hatte geglaubt, ich würde keine Nähe mehr benötigen. Doch nun wäre ich am liebsten für immer so liegen geblieben. Mit Mühe riss ich mich zusammen und stieß ihn von mir.

»Jack, wir haben ein Problem!«, rief ich.

Er schmunzelte verlegen. »Kann sein, aber wir verraten es niemandem.«

Er war noch immer derselbe Kindskopf wie damals. Ich verdrehte genervt die Augen.

»Du bist nicht allein nach Deutschland gekommen, oder?«

Jetzt lachte er vergnügt. »Woher weißt du das? Ich bin mit Sam hier. Er hat sich auch in ein Mädchen aus Old Germany verliebt. Ist das nicht süß?«

Ich sprang auf und lief aufgebracht auf und ab, bis ich wieder vor ihm stehen blieb.

»Das darf nicht sein!«, rief ich außer mir.

»Ich verstehe nicht, Darling.«

Tagelang hatte ich überlegt, wie ich ihm am besten sagen sollte, dass unsere Tochter noch lebte. Einfühlsam? Sollte ich erst um den heißen Brei herumreden? Oder ohne Umschweife zum Punkt kommen? Jetzt schoss es aus mir heraus: »Lia ist deine Enkelin. Unsere Tochter Sophie ist ihre Mutter!«

Jacks Gesicht wurde erst rot und dann weiß.

»Sag mir, dass das nicht wahr ist«, flüsterte er. Dabei griff er sich an die Brust und schien kaum Luft zu bekommen. Sofort eilte ich auf ihn zu. Versuchte, seinen Puls zu messen. Doch er wehrte mich mit einer Hand ab. Ertrug er meine Nähe nicht mehr? Ich verstand das nur zu gut. Ich hatte ihm seine wundervolle Tochter verheimlicht.

»Jack, du machst jetzt nicht schlapp! Wir müssen den Kindern sagen, dass ihre Liebe nicht sein darf.«

»Sam ist der Sohn meiner Nichte. Ich habe immer gedacht, dass ich keine eigenen Kinder hätte.«

Ich überlegte fieberhaft. Der Sohn seiner Nichte – das wäre nicht so schlimm wie gedacht, aber miteinander verwandt waren sie trotzdem.

»Aber er ist dir wie aus dem Gesicht geschnitten, wie ist das möglich? Fast hätte ich mich in ihn verliebt«, erwiderte ich kleinlaut.

Jetzt lachte Jack auf, sein Schwächeanfall war verflogen. »Darling, das ist nicht möglich. Meine Nichte hat ihn adoptiert, weil sie nicht schwanger wurde.«

Ich riss die Augen auf. Hatte ich mich ohne Grund so gequält? Ich verstand mich selbst nicht mehr. Hatte ich mir die Ähnlichkeit zwischen Jack und Sam nur eingebildet? Ich fand jedoch nach wie vor, dass die beiden durchaus Blutsverwandte sein könnten. Nun musste ich auch lachen. Meine Erleichterung darüber, meiner Enkelin nicht ihre erste Liebe rauben zu müssen, war gewaltig. Lia würde ihr Glück ausleben dürfen, ganz gleich, was daraus wurde.

Zwar hatte sich nun herausgestellt, dass ich Jack gar nicht hätte treffen müssen, doch ich bereute es nicht. Im Gegenteil, ich wünschte mir noch viele weitere solcher Momente. Die Frage war nur, ob er mich noch sehen wollte.

Auch Jacks Gedanken schienen auf Wanderschaft zu gehen. Betroffen legte er sich die Fingerspitzen auf den Mund.

»Wir sind uns einmal begegnet, oder?«, murmelte er. Seine Augen schienen auf einen Abend vor zwanzig Jahren zurückzublicken. »Die Frau auf dem Kongress ...« Er sank in sich zusammen. »Ich habe dich nicht erkannt, aber du warst es tatsächlich ...«

Das war ein schrecklicher Abend für mich gewesen. Auch ich erinnerte mich noch genau daran. Mit einem Sektglas in der Hand hatte ich die Preisverleihung einer Forschungsgruppe verfolgt. Dann hatte mich jemand an der Schulter berührt und meinen Namen gerufen. Rasch hatte ich mich halb umgewandt, mit meiner zerstörten Gesichtshälfte zuerst. Ich hatte Jack sofort erkannt. Doch er war zusammengezuckt, als er mich sah. Seine Reaktion war für mich schmerzhafter als die Verletzung durch Hans. Jack hatte sich höflich entschuldigt und von einer Verwechslung gesprochen, bevor er auf dem Absatz umgekehrt und in der Menge der Gäste verschwunden war. Ich hatte zu Boden geschaut und mit den Tränen gekämpft.

»Es hat mich sehr getroffen, dass du so auf mich reagiert hast«, erwiderte ich leise.

Jack schwankte leicht, als er sich erhob. »Ich habe dich überall gesucht, mein ganzes Leben lang ... Und dann war ich dir so nahe, ohne es zu merken ...«

Er legte die Hände aufs Gesicht und krümmte sich unter dem Gewicht dieser Offenbarung. Ich erkannte deutlich den Schmerz, den er durchlitt. Die Erinnerungen schienen ihn zu zerreißen.

Ich eilte auf ihn zu und umarmte ihn von hinten, presste mein Gesicht gegen seinen Pulli, während meine Finger sich in den Stoff krallten. Endlich weinte ich die Tränen, die ich mir bisher verboten hatte. So viele Jahre der Sehnsucht nach diesem Mann, und nun waren wir hier, und ich konnte ihn berühren. Wir waren beide älter geworden, aber Jacks Körper fühlte sich in meinen Armen immer noch trainiert an. Seine Kraft, die mir damals Schutz versprochen hatte, war nach wie vor da. Ich spürte die Vergangenheit schwer in meinen Knochen.

Wir umklammerten einander wie Ertrinkende, bis Jacks Tränen versiegten. Mit dem Handrücken wischte er sich über die Wangen und sah mich dann flehend an.

»Bitte, ich möchte sofort zu Sophie«, bat er.

Erschrocken sah ich zu ihm auf. Ich wollte rufen: ›Aber das geht doch nicht!‹

Doch ich nickte nur. Ich nahm ihn bei der Hand und führte ihn aus dem Haus. Jörn, der dieses Wiedersehen unterstützt hatte, ließ sich nicht blicken. Ich hätte ihm gern noch gedankt, aber dann wurde mir klar, dass auch für ihn eine Hoffnung erlosch, die er über Jahre nie aufgegeben hatte. Ich hoffte, er würde bald sein Glück finden, welches er bei mir vergebens suchte. Vor der Tür erinnerte ich mich erst, dass ich gar kein Auto dabeihatte. Unschlüssig verharrte ich auf der Treppe.

»Du bist vorhin mit dem Taxi gekommen, ich habe dich gesehen.« Jacks Stimme streichelte mich wie eine Feder.

»Stimmt, ich habe es fast vergessen«, gestand ich kleinlaut. Wir sahen uns an und mussten lachen.

»Warte, ich hole meinen Wagen.« Jack lief die Steintreppe hinunter, erstaunlich beweglich für sein Alter. »Ich bin gleich wieder da!«

Ich sah ihm hinterher und spürte, wie unglaublich warm es in meinem Inneren wurde. War es denn zu glauben?

Ich wusste, dass ich ihn immer lieben würde, aber dass die Gefühle mich derart überrumpeln konnten, war mir neu.

Nicht weniger überraschend war für mich das Auto, das in diesem Augenblick vorfuhr. Es sah genauso aus wie der Jeep, mit dem er mich damals von der Schule abgeholt hatte. Lachend lief ich ihm entgegen und ging aufgeregt um das Fahrzeug herum.

»Jack, ist es das, was ich denke?«

Er schmunzelte verwegen. »Du meinst, ob es das Auto ist, in dem ich dich von der Schule abgeholt habe?« Ich lief rot an. Wir waren alt geworden, aber nur äußerlich. Ich kicherte immer noch wie ein Backfisch. »Nein«, sagte Jack amüsiert, »aber es ist das gleiche Modell, nur etwas jünger. Wir verfügen nun über eine Klimaanlage.«

Er öffnete die Tür und machte eine einladende Bewegung.

»Welch ein Luxus«, kommentierte ich und stieg etwas umständlich ein. Jack berührte den Zündschlüssel, doch ich legte meine Hand auf seine, ehe er den Wagen starten konnte.

»Jack, wäre es nicht besser, wir unterhalten uns über das, was damals geschehen ist? Ich habe Sorge, dass wir Sophie überrumpeln, wenn wir uns nicht darüber verständigen, was wir ihr erzählen wollen.«

Jack schien einen Moment zu überlegen. »Sie ist doch eine echte Williams, oder?«

»Zum Teil, zum anderen Teil ist sie eine Seidel«, gab ich zu bedenken.

»Wir waren stark und sind es immer noch, Darling, dann wird unsere Tochter es auch sein.« Er schob sanft meine Hand weg und drehte den Schlüssel um.

Vaterglück

Ich war so nervös wie noch nie zuvor in meinem Leben. Würde Sophie verstehen, warum ich so gehandelt hatte? Oder würde ich heute meine Tochter verlieren? Jack schien nicht weniger unruhig, schließlich hatte er bis eben nicht einmal gewusst, dass Sophie lebte. Ich entschied mich für den Heimvorteil und bat Sophie telefonisch, in meine Wohnung zu kommen.

»Bist du krank, Mama?« Sie klang sehr besorgt und verunsichert. Ahnte sie, dass sie endlich die Wahrheit erfahren und sich alles verändern würde?

Sophie war schneller da, als ich es erwartet hatte. Ich trat gerade mit Jack aus dem Fahrstuhl heraus, da vernahm ich auch schon ihre Schritte im Treppenhaus. Ich zupfte Jack am Ärmel.

»Hörst du die Schritte? Gleich wirst du deine Tochter treffen.«

Jack wurde kalkweiß, und Schweißperlen bildeten sich auf seiner Stirn. Ich konnte ihn gut verstehen. Mir erging es nicht anders, meine Gefühle fuhren Achterbahn. Jack ergriff meine Hand und ließ sie nicht los, auch nicht in dem Moment, als er Sophie erblickte und sie ihn. Ihr Blick fiel sofort auf unsere Hände, die so fest miteinander verschränkt waren, als müssten wir uns gegenseitig vor einem Absturz bewahren. Was im Grunde genommen auch zutraf.

»Mama! Du hast mir nie erzählt, dass du einen …« Sie brach ab. Ihre Augen wurden schmal, sie presste die Lippen aufeinander.

»Lasst uns erst einmal reingehen«, forderte ich sie auf und zog meine Wohnungsschlüssel hervor. Fast hätte ich das Schloss nicht getroffen, so sehr zitterten meine Hände. Jack stellte sich dicht hinter mich und legte eine Hand auf meine Schulter. Das beruhigte mich sofort, und der Schlüssel drehte sich im Schloss. Obwohl es in der Wohnung warm war, fror ich plötzlich. Ich fürchtete mich vor Sophies Reaktion. Beiden, Jack und meiner Tochter, musste ich das Recht zugestehen, wütend und enttäuscht zu sein. Aber hatte nicht auch ich gelitten? Zählte das womöglich nicht?

Unsicher sah ich zu Sophie hinüber, die ... Ihre Jacke sorgfältig an der Garderobe aufhängte? Das gab es nur selten. Wenn die Situation nicht so ernst gewesen wäre, hätte ich gegrinst. Ach mein Baby, wie sehr ich sie doch liebte. Meine Augen füllten sich mit Tränen.

»Kommt doch ins Wohnzimmer«, rief ich krächzend. Meine Stimme gehorchte mir nicht. Sophie straffte ihre Schultern und marschierte voraus, gefolgt von Jack und mir. Sie warf sich in den Sessel, schlug die Beine übereinander und wippte mit ihrem Fuß auf und ab. Dabei sah sie abwechselnd von Jack zu mir. Ich kannte meine Tochter, aber in diesem Moment konnte ich ihre Gefühlslage nicht deuten. Mir schien, es war eine Mischung aus Ungeduld und Ärger.

Jack, der offenbar die Spannung im Raum nicht mehr ertrug, räusperte sich. Ich blickte ihn vorsichtig von der Seite an. Was ich sah, rührte mich. Er lächelte und wirkte in keiner Weise mehr unsicher. Mein Fels in der Brandung, da war er wieder. Er wies auf das Sofa.

»Darf ich?«, fragte er.

Ich schluckte. »Natürlich, bitte entschuldige.«

Wieder dieses Krächzen. Jack ließ sich nieder, nun saß er seiner Tochter gegenüber. Ich tat einen Schritt in Richtung Sofa, zögerte aber, mich zu setzen. Jack klopfte neben sich auf die Sitzfläche, und ich nahm endlich Platz.

»Ihr macht das aber spannend«, meinte Sophie in spötti-schem Ton. »Ich freue mich für meine Mutter«, sagte sie zu Jack, »aber warum benehmt ihr euch wie unsichere Teen-ager?«

Ich straffte meine Schultern.

»Als ich Jack kennengelernt habe, war ich ein Teenager.« Zu meiner Erleichterung versagte meine Stimme nun nicht mehr, sondern klang klar, fest und sicher. Mein Gesicht brannte, es war wohl rot geworden. Jack ließ Sophie nicht aus den Augen, er schien jeden Moment zu genießen, den er in ihrer Nähe verbrachte. Doch er schob die rechte Hand in meine und drückte sie fest.

»Sophie, ich habe eben erst erfahren, dass ich dein Vater bin«, sagte er. »Ich hatte keine Ahnung von deiner Existenz, aber ich freue mich heute umso mehr, dass es dich gibt.« Seine Stimme brach, nun war ich an der Reihe, seine Hand zu drücken.

Sophie verschränkte die Arme vor der Brust. Der Fuß wippte nicht mehr, dafür waren ihre Augen geweitet und die Lippen gespitzt.

»Ach, das ist ja …« Ihr fehlten offenbar die Worte. Ich hielt die Luft an. Würde sie gleich aufspringen und die Woh-nung verlassen? Hätte ich meine Tochter dann für immer verloren?

Ich räusperte mich.

»Weißt du, mein Schatz, diese Verletzungen«, ich legte für einen Moment meine rechte Hand auf mein Gesicht, »die hat mein Stiefvater mir angetan, als ich ihm sagte, dass ich zu Jack nach England gehen würde. Er war so sauer, dass er mit einem Atemzug mein ganzes Leben zerstört hat.« Ich sah Jack flehend an. »Ich wollte einfach nicht, dass du aus Mitleid bei mir bleibst. Ich sah aus wie ein Monster …« Ich versuchte die Tränen zu unterdrücken. Jack zog mich liebevoll in seine Arme.

»Darling« flüsterte er ergriffen, »wie konntest du annehmen, dass ich dich nicht mehr lieben würde? Das ganze Leid über Jahrzehnte.« Er küsste mir zart auf die Lippen. Sophie meldete sich zu Wort.

»Warum jetzt?«, fragte sie schließlich. Ich hörte einen Vorwurf heraus.

»Weil deine Mutter dachte, dass ihre Enkelin, deine Tochter, mit einem Verwandten von mir anbandelt.« Jack schmunzelte.

»Sam ist mit dir gekommen?«, hakte Sophie nach. Jack nickte. »Aber ihr seid nicht verwandt?« Ihr Atem ging schneller.

»Ja und nein. Er ist mein Großneffe, aber wir sind nicht blutsverwandt.«

»Wie soll das denn gehen?« Sophie zog die Stirn in Falten.

»Er ist adoptiert.« Ich musste nun doch schmunzeln. Allein wegen der Tatsache, dass ich vermutete, Sam wäre Jacks Enkel, glaubte ich eine Ähnlichkeit erkannt zu haben. Dennoch fand ich, dass Sam sehr wohl ein Williams sein könnte.

Sophie schlug sich auf die Oberschenkel. »Mannomann, das hätte aber ganz schön ins Auge gehen können!«

»Deswegen hat Christine mich auch gesucht. Ich bin seit über fünfzig Jahren auf der Suche nach dieser wunderbaren Frau und habe nie aufgehört, sie zu lieben.« Dabei sah er mich an und lächelte glücklich.

Sophie ließ sich immer noch nicht anmerken, was sie empfand. Sie erhob sich etwas schwerfällig aus dem Sessel und ging einige Schritte um das Sofa herum. Schließlich blieb sie vor uns stehen. Nachdenklich legte sie den Zeigefinger ans Kinn und sah mich dabei durchdringend an.

»Ich weiß ja nicht«, begann sie langsam, »ob ich nicht zornig gewesen wäre, wenn ich deine Beweggründe, liebe Mama, nicht gekannt hätte. Mein lieber Patenonkel Simon hat mir einen Teil deiner Geschichte erzählt. Aber heute freue ich mich einfach, dass du dich entschieden hast, mir meinen Vater vorzustellen.« Sie sah Jack an. »Hallo Papa.« Ihre Stimme stockte, und Tränen nahmen ihr die Sicht.

Jack sprang auf und breitete die Arme aus. »Darf ich?«

Sophie antwortete, indem sie ihm in die Arme flog. Beide schluchzten. Kurzerhand schloss ich mich ihnen an und weinte lautlos mit.

Jack murmelte ergriffen: »Willkommen in meinem Leben, Darling.«

Eine rührselige Szene, die in jeden Hollywoodfilm gepasst hätte. Doch dies hier war real. Menschen, die sich gefunden hatten, ohne vorher voneinander gewusst zu haben. Pünktlich zum Happy End erschienen auch noch Lia und Sam. Sie strahlten vor Glück, und ich durfte mich endlich mit ihnen freuen.

Der siebzigste Geburtstag

Anmutig positionierte ich mich vor dem bodentiefen Spiegel meines Schlafzimmers. Ich trug ein hellblaues Kleid aus Wildseide. Die rot gefärbten Haare fielen lose und in leichten Wellen über meine Schulter. Nie hatten meine blauen Augen so sehr geleuchtet wie heute. Christine Seidel war unglaublich glücklich. Obwohl ich meinen siebzigsten Geburtstag feierte, hatte ich mich nie jünger gefühlt. Jack war an diesem Tag an meiner Seite und strahlte ebenso vor Glück. Er trat zu mir und schloss seine Arme um mich.

»Du bist wunderschön«, hauchte er in mein Ohr. Meine Gefühle drohten überzusprudeln. Ich drehte mich zu ihm und küsste ihn leidenschaftlich. Im hohen Alter war ich so verliebt wie nie zuvor. Das Leben war schön.

Jack war bei mir in Deutschland geblieben. Er dachte gar nicht daran, mich noch einmal alleinzulassen. Für die Erledigungen in England flog ich mit ihm hin. Endlich hatte ich das Land besucht, das meine Heimat hätte werden sollen. Ich empfand die Freiheit, nicht mehr in die Klinik zu müssen, als ausgesprochen herrlich. Wir lebten unsere versäumte gemeinsame Zeit nach, auch wenn wir beide wussten, dass sie uns davonlief und wir nicht alles aufholen konnten. Doch gerade dieses Wissen machte unsere Zweisamkeit so ungeheuer wertvoll und kostbar.

»Heute sagen wir es den Kindern?«, fragte er. Ich lächelte ihn an und nickte heftig. Jörn hatte darauf bestanden, seinen Gutshof für die Feier zur Verfügung zu stellen. Ich war nach wie vor keine Partymaus, doch selbst ich sah ein, dass mein runder Geburtstag Grund genug war, die Korken knallen zu lassen. Alle würden kommen, selbst Simon und Franzi. Wie lange hatte ich sie schon nicht gesehen? Selbst telefoniert hatten wir seit Ewigkeiten nicht. Charlotte und Anton waren längst gestorben. Doch es war gut zu wissen, dass die beiden ein ausgefülltes Leben gehabt hatten. Sophie und ich hatten unsere Ferien noch oft auf der Alm verbracht, und Lotti, die immer in meinem Herzen präsent sein würde, hatte ihre Liebsten jedes Mal mit Hingabe verwöhnt..

Dabei hatten wir nun allerhand zu besprechen. Sophie hatte mir gestanden, dass Simon ihr schon vor Jahren heimlich einiges aus meiner Kindheit und Jugend anvertraut hatte. Nur so hatte er sie damals davon abhalten können, ihn nach Ellmau zu begleiten. Ich hatte natürlich mitbekommen, dass sie diese Pläne hegte, und es hätte mir das Herz gebrochen, doch ich hätte es ihr nicht verboten. Bis zu dieser Erklärung von Sophie war mir schleierhaft gewesen, wie Simon sie dazu überredet hatte, doch noch bei mir zu bleiben. Jetzt verstand ich, dass sie die ganze Zeit darauf gedrängt hatte, dass ich die Wahrheit freiwillig mit ihr teilte, die sie in groben Zügen schon gekannt hatte.

Mein liebes Kind, auch du hast viel mit dir herumtragen müssen. Doch du hast Simon nie verraten.

Mich überkam ein kleiner Schwächeanfall, und ich ließ mich auf das Bett sinken. Oft schon war mein Leben vor meinem inneren Auge vorbeigezogen, aber nie derart heftig, wie es gerade geschehen war. Jack sah mich besorgt an.

»Darling, ist dir nicht gut?«

Sofort sprang ich auf und küsste ihn.

»Doch, doch, die Geister der Vergangenheit spuken nur ein wenig durch mein Hirn.« Ich lächelte ihn an und sah in seine wundervollen Augen. »Es ist alles in Ordnung«, wisperte ich und zwinkerte ihm zu. »Wollen wir?«

»Unbedingt, es wäre doch schade, wenn die Hauptperson

zu spät zu ihrer eigenen Feier kommt.« Jack bot mir seinen
Arm, und ich hakte mich sofort ein. Guter Laune verließen
wir die Wohnung.

In Jörns Salon spielte leise Unterhaltungsmusik. Es waren
bereits einige der Gäste eingetroffen. Sophie und Lia hatten die Tische dekoriert und für die richtige Beleuchtung
gesorgt. Auf jedem der Tische hatten sie Blumen in den
Farben meines Kleides platziert. Mir gingen die Augen über.
Die Überraschung war ihnen gelungen.

»Ist das alles schön gemacht«, flüsterte ich ergriffen und
tastete nach Jacks Hand. Ich zuckte zusammen, als der DJ
einen Tusch spielte, sobald ich in der Mitte der Tanzfläche
stehen blieb. Aber ich begriff nicht recht: Was ging hier
vor? Stand schon ein Ehrentanz an, obwohl noch nicht alle
Gäste anwesend waren?

Doch da umringten uns auch schon alle mit strahlenden
Gesichtern. Es wurde ein Walzer gespielt, Jack verbeugte
sich artig und bat mich um diesen Tanz. Während wir uns
drehten und lachten, entdeckte ich aus dem Augenwinkel
einige bekannte Gesichter. Elena und die anderen Ärzte
der Klinik klatschten im Takt. Da waren auch schon meine
Kinder. Sophie war umwerfend schön an der Seite ihres
Mannes Georg. Lia lag in den Armen von Sam. Jörn stand
zufrieden neben einer Dame, die ich noch nie gesehen hatte.
Mein Atem stockte, als ich auch noch Susanne und Bettina
erblickte. Beide waren älter geworden, aber ich erkannte
sie sofort. Wo waren die Freundinnen aus der Studienzeit
hergekommen? Wer hatte sie eingeladen?

Jack drehte mich unbeirrt weiter über die Tanzfläche,
obwohl es mich zu meinen unerwarteten Gästen zog. Doch
die Überraschungen fanden noch kein Ende. Plötzlich spielte die Musik auf, eine Blaskapelle löste den Walzer ab. Ich
schnappte nach Luft. Zwei weitere Personen waren im Sa-

lon erschienen, eine im Dirndlkleid und eine in Lederhose und mit Gamsbart auf dem Hut. Simon und Franzi! Ich stampfte energisch mit dem Fuß auf, um diesen Tanz zu beenden. Lachend gab Jack mich frei. Ausgelassen eilte ich auf die beiden zu und warf mich in ihre Arme. Tränen der Freude liefen nicht nur über meine Wangen. Ich löste mich aus der Umarmung und musterte sie von allen Seiten.

»Wo kommt ihr denn her?«, fragte ich überwältigt.

Franzi lachte ausgelassen. »Du hast doch Geburtstag, oder nicht?«

»Noch dazu einen runden«, fügte Simon hinzu. Eben noch hatte ich an die beiden gedacht. Geister der Vergangenheit hatte ich sie genannt. Aber sie waren real. Schöner hätte ich meinen Geburtstag nicht begehen können. Wir hielten uns wieder fest umschlungen.

Jack näherte sich uns. Er grinste verwegen. »Darling, keine Angst, sie werden einige Tage bei uns bleiben.«

Gespielt empört trommelte ich mit den Fäusten auf ihn ein. »Du hast es gewusst und mir nichts verraten? Du Schuft!«

Alle lachten, und ich schloss mich ihnen an.

Franzi war natürlich wie wir alle älter geworden, doch ihre wachen Augen verrieten, dass sie immer noch aufgeschlossen war. Sie strahlte mit den Scheinwerfern des DJs um die Wette. Simon war stiller als damals, doch ich sah ihm deutlich an, wie glücklich er mit seinem Ehemann war. Er ruhte in sich selbst. Susanne und Bettina waren offensichtlich immer noch unzertrennliche Freundinnen, beide inzwischen im Ruhestand. Ich genoss jede Sekunde mit ihnen und meinen anderen Gästen. Seit ich Jack an meiner Seite wusste, waren derart große Versammlungen kein Problem mehr für mich. Ich war nicht mehr die graue Maus, die sich am liebsten in ihrem Kämmerlein verkroch. Schon gar nicht, wenn es sich um so liebe Menschen handelte.

Ich war unglaublich aufgeregt, sodass ich fast nichts von dem herrlichen Essen herunterbekam. Jack drückte zwischendurch immer wieder meine Hand. Das half, um mich daran zu erinnern, dass dies kein Traum war, wie früher. Das war mein Leben. Endlich konnte ich mich frei fühlen, ohne meiner versäumten Liebe nachzutrauern.

Schließlich hob Jack sein Glas zum Toast. »Darf ich um Aufmerksamkeit bitten?«

Die Musik verstummte, auch das Stimmengewirr verklang, und alle sahen neugierig zu uns.

»Liebe Familie, liebe Freunde.« Jack legte eine Pause ein, sah in die Runde der lächelnden Gäste und nickte zufrieden. »Ich mache es kurz. Es wird bald ein weiteres Fest stattfinden, dazu laden wir euch jetzt schon ein. Christine und ich …«, er zog mich an sich und küsste mich auf die Lippen, »… werden heiraten.«

Er öffnete den Mund, um noch etwas zu sagen, doch es ging in dem begeisterten Applaus unter. Also verstummte er und freute sich mit mir über die Reaktionen unserer Familien und Freunde.

Weit nach Mitternacht schlich ich mich allein auf die Dachterrasse. Ich sehnte mich danach, einen Moment in mich zu horchen und meine Dankbarkeit zu spüren. Der Mond war heute besonders hell und schien mich anzulächeln. Ich schmunzelte zurück.

»Die Nacht gehörte lange ganz allein mir, nur du hast mich mit deinem Licht bewacht«, flüsterte ich ihm zu. Eine lange einsame Zeit lag hinter mir. Es waren auch gute Jahre dabei gewesen. Doch ich wollte nicht dorthin zurück.

Ich hatte mit Sams Hilfe einen Verlag gefunden, der meine Memoiren herausbringen wollte. Aber bevor sie der Öffentlichkeit zugänglich wurden, hatten meine Kinder Gelegenheit, sie zu lesen. Seither gab es reichlich Gesprächsstoff, wenn Sophie und Lia mich besuchten. Jack, dem ich es auch gegeben hatte, weinte viele Tränen, wenn er sich leise zurückzog, um weiterzulesen. Mich hatte das Schreiben befreit und mir geholfen Frieden mit mir und der Vergangenheit zu schließen.

Ich zuckte zusammen, als hinter mir fröhliches Plappern laut wurde. Sophies Stimme hörte ich deutlich zwischen den anderen heraus.

»Ich weiß, wo sie ist!«, rief sie ausgelassen. »Bitte folgt mir!«

Ich wandte mich lachend um. Da waren sie alle, die wichtigsten Menschen in meinem Leben. Eilig lief ich auf sie zu und versank in den Armen meines zukünftigen Ehemannes. Er fing mich auf und küsste mich leidenschaftlich.

– Ende –

Danksagung

Danke …

Liebe Leser und Leserinnen, euch gilt auch an dieser Stelle mein besonderer Dank. Warum? Ihr seid die wichtigsten Menschen für ein Projekt. Denn ihr tragt die Emotionen hinaus, wenn es gefällt oder auch nicht gefällt.

Manches an diesem Buch ist mir nicht leichtgefallen. Oft lag ein schwerer Stein auf meiner Brust, und ich habe mich gefragt, ob es möglich ist, dieses Buch zu Ende zu bringen. Doch ich musste und wollte es tun. Bei meinen Recherchen bin ich auf zahlreiche Schicksale gestoßen, die es alle verdienen, zu Papier gebracht zu werden. Ansatzweise waren es meine eigenen Gefühle und Erlebnisse, die während des Schreibens an die Oberfläche gelangten. Das war eigentlich nie meine Absicht gewesen. Ja, so ist es mit der Eigendynamik der Protagonisten.

Dieses Buch ist anders, als ihr es von mir gewohnt seid. Ich danke euch, dass ihr es trotzdem gelesen habt.

Ich bedanke mich bei meinem Verlag Zeilenfluss für die tolle Zusammenarbeit. Auch dieses Mal hat es unglaublich Spaß gemacht.

Vielleicht habe ich jemanden vergessen? Das Lektorat und Korrektorat? Covergestalter und Medienbeauftragte? Nein, nein, ihr seid alle in meinem Herzen, das hier voller Dankbarkeit leise klopft, während ich mich verneige. DANKE SCHÖN.

Ich hoffe, wir lesen uns. Auf die Liebe!

Über die Autorin

Anni Deckner, geboren 1961 in Winnert bei Husum, lebt mit ihrer Familie in Hanerau-Hademarschen. Ihre Liebe zur *Grauen Stadt am Meer* kann man in ihren Werken spüren. Die kreative Luft des Nord-Ostsee-Kanals inspiriert die Autorin, genau wie damals den berühmten Dichter Theodor Storm, der an diesem Ort seinen Schimmelreiter zu Papier brachte. Ihre Leidenschaft zum Schreiben entwickelte sich schon in früher Jugend. Ihr erstes Buch »Heimathafen Husum« erschien jedoch erst im März 2014, gefolgt von »Knocking Out« in 2015. In ihrer Freizeit geht die Autorin gern mit ihrem Mann auf Reisen. Bevor sie sich 2017 ganz dem Schreiben widmete, hatte sie bei der Kirchengemeinde Hanerau-Hademarschen als Küsterin gearbeitet.

Liebesrezept auf Friesisch

Wenn die Nordsee braust und die Gefühle Wellen schlagen – eine Liebesgeschichte in Husum zum Mitfühlen!

Tierärztin Hanna ist in ihrer Ehe schon lange nicht mehr glücklich. Ihr Mann Ben ist so mit sich und seinem Job beschäftigt, dass er ihre Hilferufe, um die Ehe zu retten, nicht wahrnimmt. Zeit für Hanna, die Reißleine zu ziehen!

Um Abstand zu gewinnen, verlässt sie schweren Herzens das gemeinsame Haus. Doch Ben interessiert das nur wenig. Verletzt von seiner Reaktion wendet sich Hanna von ihm ab.

Als sie den Konditor Oliver kennenlernt, fühlt sie sich zum ersten Mal seit Langem verstanden und auch ihr Kollege Helge findet Gefallen an ihr. Trotzdem spürt sie, dass ihr etwas Grundlegendes fehlt. Als sich dann noch herausstellt, dass sie von Ben schwanger ist, steht Hanna vor einem Dilemma: Welcher der drei Männer ist nur der Richtige für sie?

Hallig-Melodie

Wenn die Musik des Meeres die Vergangenheit anspült, bleibt nur die Flucht nach vorn – denn die Nordsee komponiert ihre ganz eigenen Geschichten.

Die 35-jährige Starcellistin Enna Jakobi füllt sämtliche Konzertsäle. Um ihrer Tochter Erholung zu verschaffen, plant Mutter Hilke eine gemeinsame Auszeit ausgerechnet auf der Hallig Hooge: dem Ort, an dem Enna einen Großteil ihrer Kindheit bei ihrem Großvater verbracht hat. Damit ist es mit einem Urlaub in Anonymität erstmal vorbei.

Kurz nach ihrer Ankunft auf Hooge trifft Enna auf ihre Jugendliebe Jorin, der ihr Herz noch immer höherschlagen lässt. Und auch ein rätselhafter Unbekannter, der all ihre Konzerte besucht, scheint ihr im Urlaub keine Ruhe zu gönnen. Doch die Hallig Hooge birgt nicht nur Überraschungen, sondern hütet auch Ennas Familiengeschichte wie einen Schatz. Denn auf Hooge wissen die Bewohner mehr über Enna und ihre Herkunft, als sie selbst je erfahren durfte …